라마야나

RAMAYANA
Copyright ⓒ 1972 by R. K. Narayan
All rights reserved.

Korean translation copyright ⓒ 2012 by Asia Publishers
This edition is published by arrangement with Marsh Agency Ltd.

이 책의 한국어판 저작권은 마시에이전시를 통해 저작권자와 독점 계약한 도서출판 아시아에 있습니다.
저작권법에 따라 한국 내에서 보호를 받는 저작물이므로 무단 전재와 무단 복제를 금합니다.

라마야나

Ramayana

R. K. 나라얀 편저 | 김석희 옮김

작가의 말

인도의 서사시 『라마야나』가 지어진 연대는 일부 초기 학자들에 따르면 기원전 1500년까지 거슬러 올라간다. 최근의 연구를 통해 그 연대는 기원전 4세기경까지 내려왔다. 하지만 어떤 연대도 이 점에서는 추정일 수밖에 없고, 기원전 4세기경에 지어졌다 해도 이 위대한 서사시의 본질적인 가치는 어떤 의미에서도 전혀 줄어들지 않는다. 『라마야나』의 저자인 발미키(Valmiki)는 인도의 고대 언어인 산스크리트어로 이 서사시를 지었다. 그는 24,000연에 이르는 이 작품 전체를 순수한 영감 상태에서 지었다고 한다.[1] 과장으로 들릴지 모르지만, 나는 인도에 살고 있는 오억 명이 거의 다 『라마야나』의 줄거리를 어느 정도는 알고 있다고 말할 준비가 되어 있다. 나이와 사고방식, 교육 정도와 생활수준에 관계없이 이 서사시의 핵심 부분을 알고 있고, 주요 등장인물 ― 라마와 시타 ― 을 숭배한다. 모든 아이들은 잠자리에서 그 이야기를 듣는다. 『라마야나』를 종교적 경험의 일부로 연구하는 사람도 있다. 이들은 날마다 정해진 개수만

---

[1] 이 작품 창작에 대한 이야기는 졸저인 『신들, 악마들, 기타』의 「발미키」편에 나와 있다.

큼의 연을 검토하면서, 평생 동안 여러 번 이 책을 읽고 또 읽는다. 『라마야나』는 우리의 문화생활에 항상 이런저런 형태로 널리 퍼져 있다. 그것은 공회당의 학술 강연 형태를 취할 수도 있고, 광장에서 이야기를 들려주는 전통적 이야기꾼의 설화 형태를 취할 수도 있고, 무대에 오른 연극이나 무용극 형태를 취할 수도 있다. 표현 수단이 무엇이든, 청중은 열심히 귀를 기울인다. 이 이야기는 누구나 알고 있지만, 몇 번을 들어도 또 듣고 싶어 한다. 청중은 이 작품을 여러 가지로 다양하게 받아들인다. 인상적인 성격 연구가 포함되어 있는 단순한 이야기로 받아들이기도 하고, 문학의 걸작으로 받아들이기도 하고, 심지어는 거룩한 경전으로 받아들이기도 한다. 작품에 대한 이해도가 높아질수록 그들은 더 미묘한 의미를 분간한다. 상징은 더 명확해지고 일상생활과 더 깊은 관련성을 갖게 된다. 『라마야나』는 모든 의미에서 '영원한 철학'의 책이라고 부를 수 있는 책이다.

『라마야나』에 제시되어 있는 모티프 및 작용과 반작용 속에는 시대나 생활 조건에 관계없이 언제 어디에나 적용될 수 있는 교훈이 담겨 있다. 우리는 군사와 정치 및 경제 분야의 유력자들에게서 오늘날의 라바나―사악한 적대자―들을 볼 뿐만 아니라, 가장 비천한 사회 집단이나 가족 안에서도 라바나 같은 인물과 맞서 평화와 정의를 확립하려고 애쓰는 라마 같은 인물이 그렇게 눈에 띄지는 않지만 다양한 정도로 존재하는 것을 탐지할 수 있다.

하지만 『라마야나』가 시인에게 미치는 영향은 단순한 개인적 계몽을 넘어선다. 『라마야나』는 이 서사시를 시인 자신의 언어로 다시 쓰고 거기에 자신의 개성적 특징을 남기고 싶은 생각이 들게 한다. 그래서 『라마야나』는 오랫동안 인도 시인들에게 가장 큰 영감의 원천이었다. 인도에서는 많은 언어가 사용되고, 그 많은 언어가 저마다 특정 지역에서 우세한 지위를 차지하고 있다. 『라마야나』는 그 모든 언어로 쓰여졌고, 각각의 언어를 알고 있는 수백만 독자들이 독창적이고 찬란한 『라마야나』에 매료된다. 그리하여 그 많은 언어들 가운데 몇 가지만 언급하면 힌두어와 벵골어, 아삼어, 오리야어, 타밀어, 칸나다어, 카슈미르어, 텔루구어, 말라얄람어로 쓰인 수백 년 된 『라마야나』가 존재하는 것이다.

이 책은 11세기에 캄반(Kamban)이라는 시인이 타밀어로 쓴 서사시를 저본으로 삼고 있다. 타밀어는 남인도에 거주하는 사천만 명이 넘는 인구가 사용하는 아주 오래된 드라비다어족의 언어로서, 고유한 문학적·문화적 가치를 지니고 있다.[2]

캄반은 밤마다 학자들의 도움을 얻어 발미키가 산스크리트어로 쓴 원본을 연구했고, 낮에는 자작시를 날마다 수천 행씩 쓰면서 시간을 보냈다고 한다. 원본으로 발미키를 흡수하고 타밀어로 발미키를 재해석하는 작업에 대해 캄반은 이렇게 말하고 있다. "나는 우유가 가득한 바다에 가서 그 우유를 몽땅 마셔버리기를 바라면서 바닷

---

[2] 나는 『신들, 악마들, 기타』의 「짝짝이 양말」이라는 제목의 장에서 원래의 타밀어 서사시에 대해 이야기했다.

가에 앉아 있는 고양이 같다."

　야자수 잎에 새겨진 10,500연에 이르는 캄반의 작품을 쌓아 올리면 어마어마한 높이가 되었을 것이다. 나의 현대판 『라마야나』도 6부로 이루어져 있고, 한 부가 각각 1천 쪽에 이른다(주해 포함).

　나는 캄반의 작품 중에서 여러 부분을 내 서술에 차용했다. 내 책은 결코 번역서나 학술서가 아니고, 캄반이 내 마음에 미친 영향의 문학적 소산이라고 부를 수 있다. 소설가로서 나는 캄반의 작품을 즐겨 읽었고, 그의 시에서 자극을 받았으며, 그의 시어가 구사하는 절묘하고 적절한 표현에 감동했으며, 그의 사상과 견해, 성격 묘사와 극적 감각의 심오함에 감탄했다. 무엇보다도 내가 감탄한 것은, 그가 독자들의 마음에 불러일으키는, 주인공 라마에 대한 사랑과 존경이었다. 라마는 젊은이, 사도, 형제, 연인, 고행자, 그리고 전사의 모습으로 등장한다. 우리는 이 모든 역할을 수행하는 라마를 경외의 눈길로 지켜본다. 나는 캄반의 작품을 읽으면서 느낀 기쁨을 이 책에서 전달하려고 애썼다.

1971년, 인도 마이소르에서
R. K. 나라얀

차례

작가의 말　5
프롤로그　16
1. 라마의 탄생과 성장　22
2. 결혼식　50
3. 두 가지 약속　69
4. 유배지에서　122
5. 마귀 대왕 라바나　143
6. 원숭이 왕 발리　172
7. 우기가 끝난 뒤　199
8. 라마의 증표　225
9. 회의실에서　230
10. 바다를 건너　239
11. 랑카 포위전　245
12. 대결전　253
13. 간주곡　269
14. 대관식　272
에필로그　279

해설 판카지 미슈라　284
옮긴이의 말 김석희　299

캄반의 『라마야나』를 애독했고
내가 공부를 계속하는 것이 마지막 소원이라고 말한
삼촌 T. N. 세샤찰람의 영전에 바친다.

시인 발미키는 라마에게 자신을 이렇게 설명했다. "당신의 이름이 가진 잠재력 덕분에 나는 과거와 현재와 미래를 하나로 볼 수 있는 현자가 되었습니다. 그때 나는 아직 당신 이야기를 몰랐습니다. 어느 날 현자 나라다가 나를 찾아왔기에, 그에게 물었습니다. '완벽한 인간이 누굽니까? 힘이 있고, 의무를 알고, 절대적으로 정직하고 진실하며, 약속을 반드시 지키고, 자비롭고 박식하고 매력적이고 침착하고 강력하고, 분노와 질투에서 자유롭지만 화가 나면 무서운 사람이 누굽니까?' 그러자 나라다는 대답했습니다. '그런 자질을 한 사람이 모두 갖춘 경우는 대체로 드물지만, 당신도 이름을 잘 알고 있는 사람이 그런 경우입니다. 라마가 바로 그런 인물이지요. 라마는 익슈바후족에서 다사라타 왕의 아들로 태어나…….'" 나라다는 그렇게 라마의 일대기를 말해주었다.

일러두기
1. 이 책은 R. K. 나라얀이 편저한 『라마야나』를 우리말로 옮긴 것이다.
2. 편저자와 옮긴이의 각주를 달고 옮긴이의 각주에는 '옮긴이'라고 덧붙였다.

라마야나

프롤로그

 전통에 따라서, 캄반은 이야기의 무대가 된 지역을 묘사하는 것으로 자신의 서사시를 시작한다. 첫 연은 코살라 왕국을 가로질러 흐르는 사라유 강을 묘사한다. 두 번째 연은 하얀 양털구름을 관찰하도록 독자들의 시선을 하늘 쪽으로 끌어올린다. 양털구름은 하늘을 가로질러 바다 쪽으로 떠가다가 물기를 잔뜩 머금은 먹구름이 되어 산꼭대기로 돌아와 응축한 뒤, 산비탈을 따라 흘러내리며 거기에 감추어진 귀한 광물과 에센스를 찾아 헤맨다("손님을 끌어안고 애무하면서, 손님의 귀중품을 슬쩍 빼내는 매춘부처럼"). 강은 보석과 백단향, 공작 깃털, 무지갯빛 꽃잎과 꽃가루 알갱이 같은 상품을 싣고, 코살라 왕국의 산과 숲, 골짜기와 평원을 지나 내려가면서 그 선물을 골고루 나누어준 다음 바다에서 생을 마친다.
 이어서 시인은 정원과 숲이 있는 시골을 묘사한다. 시골의 남자와 여자들은 온종일 바쁘다. 그들의 활동은 밭을 갈고 농작물을 거두고 타작하는 일에서부터 오후에 닭싸움을 구경하는 것까지 다양하다. 배경에서는 사탕수수나 옥수수를 빻는 물레방아가 끊임없이 삐걱거리며 돌아가는 소리, 소 떼의 울음소리, 농산물을 싣고 멀리 떨어진 지방으로 떠나는 소달구지들이 덜거덕거리는 소리가 들린다. 부엌 굴뚝, 가마, 희생제물을 태우는 불, 향내를 얻기 위해 태우는 향나무 따위에서 나는 온갖 종류의 연기가 허공으로 피어오른다. 그리고 온갖 종류의 즙액—사탕수수와 야자나무의 즙, 국화나 연꽃 한가운데에 맺힌 이슬, 또는 향기로운 나무 아래 매달린 벌집에 가득 들어 있는 꿀—은 꿀벌만이 아니라 오로지 그런 영양분만 먹고 사는 작은 새들에게도 좋은 먹이가 되었다. 물고기들까지도 나무에서 떨어져 강물로 흘러내리는 그 달콤한 즙액을 즐겼다. 사원에서는 언제나 축제나 결혼식이 열려, 북을 치고 피리를 불고 행진을 한다. 캄반은 코살라 왕국의 온갖 소리와 풍경과 냄새를 묘사하고, 발로 부지런히 쓰레기 더미를 헤집으며 먹이를 찾는 까마귀와 암탉들까지 언급한다.

  코살라는 넓은 나라여서, 이 나라를 끝에서 끝까지 가로질렀다고 주장할 수 있는 사람은 거의 없었다. 아요디아는 코살라 왕국의 수도였고, 궁전과 저택, 분수와 광장과 성벽으로 이루어진 도시지만, 풍경을 지배하는 것은 왕궁이었다. 아요디아는 인드라[1]의 전설적인 도시였던 암라바티나 쿠베라의 알카푸리에 견줄 만큼 커다란 도시였다. 이 수도와 나라를 관장하는 것은 다사라타 왕이었는데, 그는 자비롭고 용감하게 나라를 다스려 백성들의 사랑과 존경을 받았고, 많은 점에서 축복받은 사람이었다. 그가 삶에서 느끼는 슬픔 하나는 뒤를 이을 자식이 없다는 것이었다.

하루는 스승인 현자 바시슈타를 궁전으로 불러서 말했다. "나는 슬픈 곤경에 빠져 있소. 이 왕조가 나를 끝으로 대가 끊길 것 같소. 세상을 떠날 때 후계자를 남기지 못할 거란 생각에 잠을 이루지 못할 지경이오. 어떻게 하면 이 상황을 바로잡을 수 있을지, 부디 말해주시오."

이 말에 바시슈타는 마음의 눈으로 본 사건을 생각해냈다. 한번은 최고신 비슈누에게 도움을 청하려고 모든 신이 한 몸이 되었다. 그들은 이렇게 설명했다. "머리가 열 개인 라바나와 그의 형제들이 고행과 기도로 우리한테서 특별한 능력을 얻었는데, 이제 우리 세계를 파괴하고 우리를 노예로 삼으려 하고 있습니다. 그들은 미덕과 선행이 발견되는 족족 억압하면서 무모하게 폭정을 계속하고 있습니다. 시바는 도울 수 없습니다. 창조신 브라흐마도 할 수 있는 일이 거의 없습니다. 라바나와 그의 형제들이 지금 남용하고 있는 힘은 원래 시바와 브라흐마가 준 것이어서, 일단 주었던 것을 회수할 수는 없으니까요. 당신만이 수호신이니, 우리를 구해주셔야 합니다." 그러

---

1) 인도 신화에 나오는 영웅으로, 비와 천둥의 신. (옮긴이)

자 비슈누는 약속했다. "라바나는 오직 인간만이 죽일 수 있다. 라바나는 인간으로부터 보호해달라고 요청한 적이 없으니까. 나는 다사라타의 아들로 태어나겠다. 그리고 어떤 목적을 위해 조가비와 바퀴를 양손에 하나씩 쥐고 있겠다. 내가 잠잘 때 똬리를 틀어 내 침상이 되어주는 큰뱀 아디세샤는 내 동생들로 태어날 것이다. 그리고 여기 있는 모든 신들도 아래 세상에서 원숭이 일족으로 태어날 것이다. 라바나는 일찍이 원숭이한테만 목숨을 잃을 거라는 저주를 받았기 때문이다."

바시슈타는 이 일을 기억해냈지만, 거기에 대해서는 아무 말도 하지 않고 다사라타 왕에게 충고했다. "대왕님께서는 지금 당장 '야그나(희생제)' 의식을 준비해야 합니다. 그런 의식을 집전할 수 있는 사람은 현자인 리슈야 스링가뿐입니다."

다사라타 왕이 물었다. "그 사람은 어디 있소? 어떻게 하면 그 사람을 여기로 데려올 수 있겠소?"

바시슈타가 대답했다. "리슈야 스링가는 지금 이웃 나라인 앙가에 있습니다."

다사라타 왕이 외쳤다. "그거 참 다행한 일이군! 나는 그가 여기서 멀리 떨어진 산속 암자에 있을 줄 알았는데."

그러자 바시슈타가 설명했다. "앙가의 로마파다 왕은 오랜 가뭄을 끝내려면 리슈야 스링가를 앙가로 초빙하라는 충고를 받았습니다. 리슈야 스링가가 가까이에 있으면 항상 비가 내렸으니까요. 하지만 그들은 리슈야 스링가가 산속 암자에서 결코 떠나지 않으리라는 것을 알았습니다. 왕이 이 문제의 해결책을 궁리하고 있을 때, 한 무리의 미인들이 왕을 돕겠다고 제의한 뒤 그 젊은 현자를 찾으러 갔습니다. 현자의 외딴 집에 도착한 그들은 혼자 있는 현자를 유혹하여 앙가로 데려왔습니다. 그는 아버지를 제외하고는 어떤 인간도 본 적이 없었고, 그래서 앙가에서 온 처녀들이 그를 에워쌌을 때 그들의 정체를 알지 못했습니다. 하지만 본능이 작용할 시간이 주어지자 그는 호기심에 사로잡혀 처녀들에게 자신을 내맡겼습니다. 처녀들은 자신들이 고행자라고 말하면서, 자기네 암자에 가달라고 그를 초대한 것입니다. 그가 앙가에 도착하자마자 비가 내렸습니다. 왕은 무척 기뻐하며 처녀들에게 상을 주고, 젊은이에게는 자기 딸과 결혼하여 궁정에 자리를 잡으라고 설득했습니다."

다사라타 왕은 앙가 왕국으로 가서 리슈야 스링가에게 아요디아를 방문해줄 것을 요청했다. 리슈야 스링가는 이를 흔쾌히 응낙했다. 코살라 왕국에서는 리슈야 스링가의 지시에 따라 희생제물을 바치는 의식이 치러졌다. 의식은 꼬박 일 년 동안 계속되었고, 의식이 끝나자 거대한 천신이 신성한 밥 덩어리가 놓인 은쟁반을 들고 제물을 태우는 모닥불에서 나타났다. 이 천신은 은쟁반을 다사라타 왕 앞에 내려놓고 다시 불 속으로 사라졌다.

리슈야 스링가가 왕에게 말했다. "그 밥을 왕비들에게 나누어주면 왕비들이 아이를 가지게 될 것입니다."

때가 되자, 다사라타의 왕비인 카우살야와 카이케이가 제각기 라마와 바라타를 낳았고, 수미트라는 쌍둥이인 락슈마나와 사트루그나를 낳았다.

다사라타 왕의 삶은 더욱 완전한 의미를 얻었고, 그는 아이들이 자라는 것을 지켜보면서 엄청난 기쁨을 느꼈다. 각 단계마다 그는 아이들의 교육과 개발을 위해 가정교사를 고용했다. 아이들이 젊은 이로 성장하자, 아침마다 교외의 작은 숲에 가서 그곳에 사는 현자에게 요가와 철학을 배웠다. 저녁 늦게 수업을 끝낸 왕자들이 궁전으로 돌아오면, 그들을 보려고 백성들이 도로에 구름처럼 모여들었다.

라마는 항상 백성들에게 말을 걸고 이렇게 물었다. "안녕하세요? 아이들은 행복한가요? 내 도움이 필요하세요?"

그러면 백성들은 항상 대답했다. "왕자님은 우리의 왕자님이고, 왕자님의 위대한 아버지가 우리의 보호자니까, 우리는 더 이상 바랄 게 없습니다."

1
라마의 탄생과 성장

　새로 마련한 회관은 다사라타 왕의 최근 자랑거리였는데, 이곳은 방문하는 고관들, 외국 사절들, 진정서나 탄원서를 들고 찾아오는 백성들로 온종일 붐볐다. 왕은 누구든 언제나 쉽게 만날 수 있는 친근한 존재였으며, 코살라 왕국의 통치자로서 공무에 쏟는 시간을 아까워하지 않고 임무를 수행했다.
　어느 날 오후, 전령들이 회관 안으로 뛰어 들어오면서 외쳤다.
　"현자 비스와미트라 님이 오셨습니다."
　이 전갈을 받은 왕은 일어나서 손님을 맞으려고 서둘러 앞으로 나왔다. 비스와미트라는 한때 임금이자 정복자였으나 스스로 임금의 역할을 포기하고 현자의 길을 택했는데, 그 전까지만 해도 두려움의 대상이었다(그는 혹독한 고행을 통해 결국 현자가 되었다). 그렇게 현자의 고귀함과 군왕의 권위를 겸비한 그는 성미가 급하고 적극적이었다. 다사라타는 비스와미트라를 그의 신분에 걸맞은 자리로 안내한 뒤 말했다.

"오늘은 참으로 영광스러운 날입니다. 은혜롭게도 이렇게 친히 왕림해주시니 반갑고 고맙기 이를 데 없습니다. 멀리서 오셨을 텐데, 우선 좀 쉬시겠습니까?"

"그럴 필요 없소이다." 현자가 짤막하게 대답했다. 그는 정신 수양과 고행을 통해 육체적 요구를 억제할 수 있게 되었고, 더위와 추위, 허기와 피로, 심지어는 노쇠에도 전혀 영향을 받지 않았다.

"뭐든 내가 해드릴 수 있는 일이 있습니까?" 왕이 공손히 물었다.

비스와미트라는 왕을 찬찬히 바라보다가 대답했다.

"그렇소. 실은 부탁할 게 있어서 왔소. 다음 보름달이 뜨기 전에 시다스라마에서 야그나를 올리고 싶은데…… 거기가 어딘지는 물론 알고 있겠지요?"

"강가(갠지스) 강 너머에 있는 그 신성한 곳은 지금까지 수없이 지나갔지요."

"하지만 그 주변에는 항상 짐승들이 어슬렁거리면서, 그곳에서 진행되는 모든 신성한 의식을 방해하려고 호시탐탐 노리고 있소. 사람은 자기 안에 있는 다섯 가지 악[2]을 정복해야만 신성함을 실현할 수 있는 것과 마찬가지로, 우리는 그 짐승들을 정복해야 합니다. 그

---

2) 정욕, 분노, 탐욕, 이기심, 시샘.

사악한 짐승들은 헤아릴 수 없는 파괴력을 타고났소. 하지만 거기에 좌절하지 않고 우리의 목적을 추구하는 것이 우리의 의무요. 내가 올리려는 야그나는 이 세상의 유익한 세력을 강화하고 천상의 신들을 기쁘게 해줄 것이오."

"성자님의 숭고한 노력을 지켜드리는 것이 내 의무입니다. 제사를 언제 올릴 것인지만 말씀해주시면 내가 거기로 가겠습니다."

"존귀한 분께서 몸소 왕림하실 필요는 없소이다. 당신의 아들 라마를 나에게 딸려 보내주면, 그가 나를 도울 겁니다. 라마는 충분히 할 수 있습니다."

"라마라고요?" 왕이 놀라서 외쳤다. "내가 성자님을 도우려고 여기 있는데!"

성마른 비스와미트라는 벌써 흥분을 참지 못하고 왕의 말을 잘라 버렸다.

"당신이 훌륭하다는 건 나도 알고 있소. 하지만 내가 동행하고 싶은 사람은 라마요. 라마를 나에게 딸려 보낼 마음이 내키지 않거든, 솔직히 그렇다고 말해도 좋소."

공기가 갑자기 팽팽하게 긴장되었다. 그 자리에 모인 대신들과 고관들은 엄숙한 침묵 속에서 서로 얼굴을 마주보았다. 왕은 난감해 보였다.

"라마는 아직도 기술을 배우고 무기 쓰는 법을 익히고 있는 어린 애입니다." 왕은 사정을 설명하려고 애썼기 때문에, 그의 말은 두서

없이 질질 끌며 끝없이 계속될 것 같았다. "라마는 아직 어렵습니다. 어린애지요. 마귀들과 싸우기에는 너무 어리고 미숙합니다."

"하지만 나는 라마를 알고 있소." 비스와미트라의 대답은 그것뿐이었다.

"성자님께 군대를 보내드릴 수도 있고, 내가 직접 군대를 이끌고 가서 제사를 지켜드릴 수도 있습니다. 라마 같은 풋내기가 그런 무서운 힘과 맞서서 도대체 뭘 할 수 있겠습니까? 언젠가 인드라가 공격을 당하여 왕국을 빼앗겼을 때 그를 도왔듯이, 내가 당신을 도와드리겠습니다."

비스와미트라는 왕의 말을 무시한 채 떠나려고 일어섰다.

"라마를 보낼 수 없다면, 다른 사람은 필요 없소."

그러고는 통로를 걸어가기 시작했다.

다사라타는 너무 놀라서 꼼짝도 하지 못했다. 비스와미트라가 통로를 절반쯤 올라간 뒤에야 왕은 손님이 떠나는데 문까지 배웅하는 예의조차 차리지 않고 있다는 것을 깨달았다. 궁정사제인 바시슈타가 왕에게 속삭였다.

"빨리 따라가서 붙잡으십시오."

그러고는 왕이 말뜻을 미처 파악하기도 전에 서둘러 앞으로 나섰다. 비스와미트라가 통로 끝에 다다랐을 때, 사제는 뛰다시피 하여 그의 앞길을 가로막고 말했다.

"폐하께서 오고 계십니다. 제발 가지 마세요. 폐하께서는 절대 그런 뜻으로……."

 비스와미트라는 쓴웃음을 지었지만 빈정거리는 기색은 전혀 없이 말했다.

 "당신이든 누구든, 무엇 때문에 동요하는 거요? 나는 한 가지 목적을 이루기 위해 여기 왔는데, 거기에 실패했으니 오래 머물러 있을 이유가 전혀 없소."

 "오, 현자님, 당신도 한때는 임금이었지요."

 "그게 지금 우리와 무슨 관계가 있단 말이오?" 비스와미트라는 좀 질색을 하며 물었다. 그는 과거의 속세 생활에 대해 남이 언급하는 것을 싫어했고, 항상 '현자'로 알려지기를 원했다.

 바시슈타는 부드럽게 대답했다.

 "보통사람의 감정을 상기시켜 드리려는 것뿐입니다. 특히 자식이 없어서 후사를 얻으려고 열심히 기도를 드려야 했던 사람의 심정을……."

 "글쎄, 뭐 그럴 수도 있겠지만, 그래도 나는 한 가지 사명을 띠고 왔는데 실패했기 때문에 떠나고 싶다고 말할 수밖에 없소."

 "실패하지 않았습니다." 바시슈타가 말했다.

 바로 그때 왕이 통로에 서 있는 그들에게 다가왔다. 회관에 모인 사람들은 모두 자리에서 일어났다.

 다사라타 왕은 허리를 깊이 숙여 절을 하고 말했다.

 "자리로 돌아가시지요."

"무엇 때문에?" 비스와미트라가 물었다.

"앉아서 얘기하는 게 더 편하지 않겠습니까?"

"나는 어떤 이야기도 믿지 않소." 비스와미트라가 말했다.

하지만 바시슈타는 현자가 자리로 돌아갈 때까지 계속 간청했다. 이윽고 그들이 모두 다시 자리에 앉자 바시슈타가 왕에게 말했다. "어떤 신성한 의지가 이 예지자를 통해 작용하고 있는 게 분명합니다. 물론 이분은 그 의지가 뭔지는 알지만 설명하려 하지는 않을 것입니다. 라마 왕자의 도움을 청한 것은, 왕자에게 특별한 명예입니다. 왕자의 길을 막지 마십시오. 왕자를 현자와 함께 보내도록 하십시오."

"언제? 오오, 언제?" 왕은 불안한 얼굴로 물었다.

"지금 당장." 비스와미트라가 말했다. 왕은 슬픔과 절망에 빠진 것처럼 보였다. 현자는 마음이 누그러져서 그에게 한 마디 위로의 말을 던졌다. "사랑하는 사람이 늘 가까이 있을 거라고 기대해서는 안 되오. 부모 나무의 발치에서 싹을 틔운 씨앗을 다른 데로 옮겨 심지 않고 그 자리에 남겨두면 제대로 자라지 못하는 법이오. 라마는 내가 잘 돌볼 테고, 아주 잘 지낼 거요. 하지만 결국에는 내게서도 떠날 거요. 인간은 누구나 때가 되면 보호자 곁을 떠나 자기 나름대로 성취를 추구해야 하니까 말이오."

"시다스라마는 먼 곳인데······." 왕이 입을 열었다.

"라마가 편히 갈 수 있게 해주겠소. 전차가 우리를 거기까지 태워다 줄 필요는 없소." 비스와미트라는 왕의 마음을 읽고 말했다.

"라마는 동생인 락슈마나와 떨어져본 적이 없습니다. 락슈마나가 같이 가도 될까요?" 왕이 말했다. 그러자 비스와미트라가 말했다.

"좋소. 내가 두 아이를 잘 돌봐주겠소. 나를 돌보는 것이 두 아이의 임무가 되겠지만 말이오. 두 아이에게 나를 따라갈 준비를 시키시오. 좋아하는 무기를 고르고 떠날 준비를 하라고 이르시오."

이 말에 다사라타는 안심했지만, 그래도 적의 손에 볼모를 넘겨주는 듯한 표정으로 대신들을 돌아보며 말했다.

"내 아들들을 데려오시오."

라마와 락슈마나는 그림자처럼 스승의 뒤를 따라 사라유 강에 이르렀다. 밤이 되자 그들은 나무가 울창한 숲에서 쉬고 새벽에 강을 건넜다. 해가 산꼭대기 위에 이르렀을 때 그들은 아름다운 숲에 이르렀다. 숲 위에는 제물을 태우기 위해 피운 수많은 불에서 올라오는 향기로운 연기가 닫집처럼 자욱하게 덮여 있었다. 비스와미트라는 라마에게 설명해주었다.

"여기는 시바 신이 옛날 명상을 한 곳이고, 사랑의 신이 그의 명상을 방해하려고 하자 그 신을 불태워 재로 만들어버린 곳이기도 하단다. 아득한 옛날부터 시바 신에게 기도하는 성자들은 제물을 바치기 위해 여기 오고, 네가 보는 연기 장막은 그들이 제물을 태우는 불에서 나오는 거란다."

은자들이 암자에서 나타나 비스와미트라를 맞이하고, 자신들과 함께 밤을 보내자고 말했다. 비스와미트라는 새벽에 다시 길을 떠나 정오에는 사막 지역에 도착했다. '사막'이라는 단순한 표현은 그 지역의 지독하게 건조한 풍경을 전달해주지 못한다. 사정없이 내리쬐는 태양 아래에서 모든 식물은 바싹 말라 먼지처럼 바스라지고, 돌과 바위는 가루처럼 고운 모래로 부스러져 지평선까지 뻗어 있는 거대한 모래언덕을 이루고 있었다. 여기서는 한 치의 땅도 남김없이 모두 햇볕에 검게 그을리고 바싹 마르고 상상할 수 없을 만큼 뜨거웠다. 땅은 갈라지고 금이 가서 도처에 거대한 틈이 드러나 있었다. 이곳에는 아침과 낮과 저녁의 구별이 존재하지 않았다. 해는 항상 머리 위에 머무른 채 움직이지 않고 계속 땅을 태우는 것 같았기 때문이다. 동물들이 죽은 자리에는 하얗게 변한 뼈 무더기가 놓여 있었다. 심한 갈증으로 입을 벌린 채 죽어간 거대한 뱀들의 뼈다귀도 보였다. 필사적으로 그늘을 찾던 코끼리들은 이 거대한 뱀의 아가리 속으로 뛰어들었고, 뱀도 코끼리도 모두 죽어서 화석이 되었다. 아지랑이가 피어올라 하늘까지 태워 그슬렸다. 이 메마른 땅을 건너는 동안, 비스와미트라는 아이들의 얼굴에 떠오른 곤혹스럽고 고통스러운 표정을 알아차리고, 마음속으로 만트라[3]를 아이들에게 전달했다. 아이들이 이 만트라에 대해 명상하고 주문을 외자, 그들이 사

[3) 짧은 음절로 이루어진 주문. (옮긴이)

막을 다 지날 때까지 메마른 풍경은 사라지고, 그들은 남쪽에서 불어오는 산들바람을 얼굴에 받으며 시원한 시냇물 속을 걷고 있는 듯한 기분을 느꼈다.

어딜 가든 호기심이 많은 라마가 물었다.

"이 땅은 왜 이렇게 지독합니까? 왜 저주받은 것처럼 보입니까?"

"내가 하는 이야기에 귀를 기울이면 대답은 저절로 알게 될 것이다. 살아 있는 생물을 모조리 잡아먹어서 소화시켰다는, 미친 코끼리 천 마리와 맞먹는 힘을 가진, 사납고 무자비한 여자에 관한 이야기란다."

타타카 이야기

이 이야기의 주인공인 타타카는 야크샤(야차) 왕 수키타의 딸이었고, 대단한 용기와 힘을 가졌을 뿐만 아니라 순수함까지 갖춘 마녀였다. 그녀는 아름다웠고 야성적인 에너지로 가득 차 있었다. 그녀는 자라서 순다라는 이름의 족장과 결혼했는데, 둘 사이에 태어난 두 아들—마리차와 수바후—은 강한 체력만이 아니라 엄청난 초자연적 능력까지 타고났다. 자부심이 강한 그들은 지나치게 왕성한 활동으로 주위를 황폐하게 했다. 아버지는 두 아들의 못된 장난을 즐거워했고, 그들의 기분에 감염되어 못된 장난에 가담하기도 했다.

아버지는 오래된 나무들을 뿌리째 뽑아서 내던졌고, 동물도 눈에 띄는 족족 죽여버렸다. 이런 행위는 위대한 현자인 아가스티아의 주의를 끌었다(하급 성자인 그는, 언젠가 악귀들이 바다 밑바닥에 숨었을 때 인드라가 그들을 추적하기 위해 도움을 청하자 바닷물을 다 마셔버린 적도 있었다). 이 숲 속 암자에 은둔해 있던 아가스티아는 주위에서 벌어지는 파괴 행위를 알아차리자 그런 짓을 저지른 자를 저주했고, 그러자 순다는 당장 쓰러져 죽고 말았다. 순다의 아내는 남편이 죽은 것을 알고 화가 나서 펄펄 뛰었다. 두 아들도 격분하여, 어머니와 함께 현자에게 복수하고야 말겠다고 으르렁거렸다. 현자는 그들의 도전에 맞서서 그들에게 저주를 내렸다.

"너희는 생명의 파괴자이니, 아수라가 되어 저승에서 살아라."(지금까지 그들은 반신이었지만, 이제는 마귀로 격하되었다.)

그러자 세 모자는 당장 아수라로 변했다. 얼굴과 몸뚱이는 흉측해졌고, 성질도 그에 걸맞게 흉악해졌다. 두 아들은 상급 마귀들과 합류하러 떠났고, 혼자 남은 어머니는 불을 내뿜고 모든 것이 병들기를 바라면서 계속 이곳에 살고 있다. 여기서는 아무것도 번성하지 않는다. 더위와 모래만 남아 있다. 어머니는 불을 내뿜어 모든 것을 태워버린다. 그녀는 삼지창을 들고 다닌다. 팔에는 코브라 팔찌가 감겨 있다. 이 무시무시한 괴물의 이름은 타타카다. 하찮은 존재가 인간성 전체를 고갈시키고 가치를 손상시키듯, 이 괴물의 존재는 한때 비옥했던 지역을 사막으로 만들어버린다. 그녀는 잠시도 가만히 있지 못하고, 기도하는 은자들을 끊임없이 괴롭힌다. 움직이는 거라면 무엇이든 꿀꺽 삼켜서 창자로 내려 보낸다.

***

라마는 어깨에 멘 활을 만지면서 물었다.
"어디 가면 타타카를 찾을 수 있습니까?"
비스와미트라가 미처 대답하기도 전에 타타카가 나타났다. 그녀의 발밑에서 땅이 흔들리고, 폭풍이 그녀보다 먼저 닥쳐왔다. 이윽고 그녀가 눈에서 불을 내뿜고 엄니를 드러내고 동굴 같은 목구멍이 다 보이도록 입을 벌린 채 불쑥 나타났다. 격분한 나머지 눈썹이 씰룩거리고 있었다. 그녀는 삼지창을 치켜들면서 으르렁거렸다.
"나는 이 왕국에서 아무리 작은 생명의 자궁도 모조리 짓밟아버렸다. 그래서 내가 굶주리지 않도록 네놈들을 내려 보낸 모양이구나."
라마는 망설였다. 아무리 사악하다 해도 상대는 여자였다. 어떻게 여자를 죽일 수 있단 말인가? 그의 속마음을 읽고 비스와미트라가 말했다.
"저 괴물을 여자로 생각하면 안 된다. 저런 괴물은 절대로 동정하면 안 돼. 엄청난 힘과 무자비함, 그리고 흉측한 외모 때문에 저 괴물은 그 범주에서 벗어나 있단다. 일찍이 비슈누 신은 브리구의 아내인 키아티가 비슈누 신의 분노를 피해 달아난 아수라들을 숨겨주고 내주기를 거부하자, 키아티를 서슴없이 죽여버렸지. 세상을 파괴하는 데 열중하는 만도라이라는 여자는 인드라에게 정복당했고, 사람들은 모두 인드라에게 감사했다. 이 두 가지 예는 극히 일부일 뿐이야. 악마적 성향을 가진 여자는 여자로 취급할 가치가 전혀 없어. 저 타타카는 죽음의 신 야마보다 더 무서워. 야마는 죽을 때가 되었을 때만 목숨을 가져가는데, 저 괴물은 살아 있는 동물의 냄새만 맡아도 잡아먹고 싶어 환장하지. 타타카를 여자로 생각하지 마라. 너는 타타카를 이 세상에서 없애야 한다. 그게 너의 의무야."

"시키는 대로 하겠습니다." 라마가 말했다.

그때 타타카가 라마에게 삼지창을 던졌다. 삼지창이 불꽃을 내며 날아오자, 라마는 활시위를 당겨 화살을 날려 보냈다. 화살은 삼지창을 산산이 조각냈다. 그러자 타타카는 돌멩이가 우박처럼 쏟아지게 했다. 일찍이 그녀의 적들은 이 돌우박에 맞아 짜부라졌지만, 라마가 쏘아 보낸 화살들은 마치 방패처럼 돌우박의 공격을 막아냈다. 마지막으로 쏜 화살은 타타카의 목을 꿰뚫어 목숨을 끊었다. 이리하여 라마는 이 세상의 악과 마귀를 파괴하는 필생의 사명을 수행하기 시작했다. 신들은 천상에 모여 기쁨과 안도감을 표현하고 비스와미트라에게 요구했다.

"무기의 명수이자 달인이여, 그대의 모든 지식과 능력을 이 젊은이에게 무조건 나누어주라. 이 젊은이는 구원자이니라."

비스와미트라는 이 권고에 따라 무기 다루는 비법을 라마에게 모두 가르쳐주었다. 그 후 다양한 무기를 관장하는 아스트라들이 공손하게 라마 앞에 나타나 선언했다.

"위대한 라마여, 이제 우리는 당신의 종입니다. 밤이든 낮이든 언제라도 명령만 내려주십시오."

산속의 안개 낀 숲에 이르자, 비스와미트라는 또 다른 이야기를 해주었다.

마하발리 이야기

이곳은 언젠가 비슈누가 앉아서 명상한 적이 있는 신성한 땅이다. (라마는 비슈누였지만, 인간으로 환생했기 때문에 그때는 자신의 정체를 알지 못했다.) 비슈누가 그렇게 명상에 잠겨 있는 동안, 아수라 왕 마하발리가 땅과 하늘을 점령하여 자기 것으로 삼았다. 그는 대규모 야그나를 올려 승리를 자축하고, 이 기회를 이용하여 학자들을 모두 초대하고 경의를 표했다. 마하발리와의 싸움에서 패한 신들은 비슈누가 명상에 잠겨 있는 곳으로 몰려와 왕국을 되찾도록 도와달라고 간청했다. 그들의 호소를 듣고 비슈누는 브라만[4] 집안에 몸

---

[4] 인도의 카스트 제도에서 가장 높은 지위인 승려 계급. (옮긴이)

집이 작은 난쟁이로 태어났다. 그 작은 몸 속에는 큰 힘과 많은 학식이 가득 들어 있었다. 이 난쟁이가 궁전 문간에 나타났을 때, 마하발리는 그의 위대한 본성을 당장 알아차렸다. 그래서 마하발리는 친절하고 공손하게 손님을 맞아들였다.

"나는 당신이 위대하다는 소문을 듣고 멀리서 왔습니다." 손님이 말했다. "내 평생소원은 용기와 너그러움을 겸비한 것으로 이름난 분을 잠깐이라도 만나보는 것이었지요. 이제 당신을 만났으니 소원을 이루었습니다. 당신이 이룩한 업적은 헤아릴 수가 없습니다. 나같이 부족한 사람도 잠깐이나마 당신의 신성을 보면, 그 신성의 일부가 내게도 전달되는 듯합니다."

"오, 위대한 이여, 나를 찬미하지 마십시오." 마하발리가 대답했다. "나는 결국 전사이자 정복자에 지나지 않습니다. 당신의 학식과 재능에 비하면 지극히 하찮은 자질이지요. 나는 겉모습에 쉽게 유인당하지 않습니다. 당신이 얼마나 위대한 분인지, 나는 한눈에 알 수 있었습니다. 영광스럽게도 나를 찾아주신 보답으로 선물을 드리고 싶으니, 기쁘게 받아주시면 고맙겠습니다."

"나는 아무것도 바라지 않습니다. 당신의 호의 말고는 어떤 선물도 필요 없습니다."

"아니, 제발 가지 마십시오. 무엇이든 요구하십시오. 원하시는 게 있으면 뭐든지 말씀하세요. 기꺼이 드리겠습니다."

"정 그러시다면 땅을 좀 주십시오."

"좋습니다. 어디든 마음에 드는 땅을 고르시지요."

"내가 세 걸음 내딛는 만큼만……."

마하발리는 껄껄 웃으면서 난쟁이를 위아래로 훑어보고 말했다.

"그것뿐입니까?"

"그렇습니다."

"지금 나는……." 마하발리가 입을 열었지만, 말을 끝맺기 전에 그의 독선생인 수크라차리아가 경고했다.

"폐하, 경솔하게 굴지 마십시오. 폐하의 눈에 보이는 작은 형상은 속임수일 뿐입니다. 보기에는 작지만 이 작은 우주는……."

"그만하시오! 나도 내 책임은 알고 있소. 줄 수 있을 때 주는 건 옳은 일이고, 선물을 주지 못하게 막는 것은 당신답지 않은 사악한 짓이오. 이기적인 사람보다 더 나쁜 건, 남에게 뭘 주려는 사람을 가로막고 방해하는 사람이오. 나를 막지 마시오."

그는 이렇게 말하고 자신의 약속을 보증하기 위해 난쟁이가 내민 손바닥에 주전자의 물을 조금 따랐다. (일부 다른 출전에 따르면, 이 순간 수크라차리아는 물이 흘러나오는 것을 막음으로써 맹세가 이루어지는 것을 방해하기 위해, 꿀벌만 한 크기로 작아져서 주전자의 주둥이 속으로 날아들었다고 한다. 난쟁이는 이것을 알아차리고, 장애물을 제거하기 위해 날카로운 '다르바'[5] 풀잎을 주전자 주둥이 속

---

5) 종교의식에 쓰이는 뻣뻣한 풀. (옮긴이)

에 밀어 넣었다. 풀잎은 수크라차리아의 눈을 찔렀고, 그 후 그는 애꾸눈 학자로 알려지게 되었다.) 봉납물인 이 물을 따르면서 마하발리는 난쟁이에게 말했다.

"자, 이제 세 걸음을 걷고, 그 걸은 만큼의 땅을 가지세요."

물이 손바닥 위에 떨어진 순간, 그때까지 부모에게도 웃음거리였던 난쟁이가 하늘에 닿을 만큼 어마어마한 거인으로 변했다. 첫 번째 걸음에 그는 땅을 모두 차지했고, 두 번째 걸음으로는 하늘을 몽땅 차지했다. 우주에는 이제 남은 공간이 없었다.

"세 번째 걸음은 어디에 놓을까요?" 그가 마하발리에게 물었다.

마하발리는 두려움에 사로잡혀, 무릎을 꿇고 절을 하면서 말했다.

"다른 공간이 없다면 여기 제 머리를 밟으십시오."

비슈누는 발을 들어 마하발리의 머리 위에 내려놓았다. 그러고는 발을 지그시 눌러 마하발리를 아래 저승으로 밀어 내렸다.

"당신은 계속 거기에 있어도 됩니다."

그는 이렇게 세상의 골칫거리를 제거한 것이다.

***

이야기를 마무리하면서 비스와미트라는 예고했다.

"당분간은 이곳이 우리의 목적지다. 여기서 너희들의 보호를 받으며 야그나를 올리겠다."

비스와미트라는 성자들을 꽤 많이 모아서 야그나를 준비했고, 라마와 락슈마나는 경계 태세로 그곳을 지켰다. 한편 아수라들은 야그나를 방해할 준비를 갖추고 성소 위의 하늘에 모였다. 마귀들은 다양한 무기로 무장하고 있었다. 그들은 비명을 지르고 울부짖거나 그 밖의 방법으로 혼란을 일으키려고 했다. 그들은 끓는 물과 썩은 고기를 신성한 땅에 뿌렸고, 협박과 저주와 신성모독적인 말을 내뱉었다. 거대한 바위를 잘라서 그 조각을 아래로 내던졌다. 그리고 무시무시한 마법적 소동을 일으켰다.

성자들은 심란해 보였다. 라마가 현자들에게 말했다.

"불안해하지 마세요. 기도하면서 전진하세요."

락슈마나가 라마에게 말했다.

"저 녀석들은 내가 처리할게."

그러고는 그들에게 화살을 쏘았고, 그동안 라마는 화살들을 위로 쏘았다. 그러자 화살들은 우산이 되어, 제물을 태우는 불이 아수라들의 피로 더럽혀지지 않도록 막아주었다. 타타카의 두 아들—마리차와 수바후—은 이제야말로 어머니의 원수를 갚을 기회라고 생각하여 라마에게 공격을 집중했다. 그러나 마리차는 라마가 쏜 첫 번째 화살을 맞고 바다에 떨어졌고, 수바후는 두 번째 화살을 맞고 죽었다. 열의에 차서 모여들었던 마귀들은 겁을 먹고 허둥지둥 물러났다.

야그나는 성공적으로 끝났다. 비스와미트라는 선언했다.

"라마야, 이 일에서 나를 도와줄 수 있는 것은 오직 너뿐이었다. 이 제사를 올린 목적은 내 개인적 만족을 위해서가 아니라 인류 전체를 위해서였다."

"다음은 무엇입니까?" 라마가 물었다.

"너는 이제 많은 것을 성취했지만, 앞으로도 할 일이 많다. 하지만 지금은 우선 미틸라로 가자꾸나. 거기서 자나카 왕이 대규모 야그나를 거행할 예정이다. 다른 사람들도 많이 올 거야. 너는 기분 전환을 즐기면 된다." 비스와미트라는 이 단계를 라마의 긴장을 풀어주는 일종의 오락인 것처럼 말했지만, 라마의 미래에 일어날 수많은 사건들의 시작일 뿐이라는 것을 선견지명으로 알고 있었다.

그날 하루의 여정이 끝났을 때, 그들은 강가 강이 흐르는 골짜기에 도착했다.

비스와미트라가 말했다.

"저기 보이는 것이 세상에서 가장 신성한 강인 강가란다. 히말라야에서 발원하여 산과 골짜기를 지나고 여러 왕국을 가로질러 흐르지. 오늘은 평화롭게 흐르고 있지만, 처음에는……. 그럼, 강가 이야기를 들어보렴."

강가 이야기

　지금은 너도 알아차렸겠지만, 지상의 땅은 한 치도 남김없이 모두 신과 관련되어 있다. 어머니 대지는 창조가 시작된 이래 줄곧 5대 원소의 하나로 존재해왔다. 대지는 그 목표가 좋든 나쁘든 수많은 목표를 향해 헤아릴 수 없이 많은 발이 이리저리 뛰어다니는 것을 보았고, '칼라(시간)'가 모든 것을 삼켜버릴 때까지 앞으로도 계속 그럴 것이다. 관계자가 모두 사라진 뒤에도 대지에는 여전히 전에 그곳을 지나간 모든 발자국이 빈틈없이 남아 있다. 우리는 우리 발이 밟는 땅 한 조각 한 조각이 신이나 그밖의 것과 맺고 있는 관계를 알아야만 비로소 완전한 깨달음을 얻게 된다. 그러지 않으면 불이 환하게 켜진 복도와 정원을 장님이 지나가는 것과 마찬가지일 것이다. 너는 지금 그 강을 보고 있다. 그것은 히말라야 산중에서 흘러내리면서 도중에 발견한 희귀한 약초와 원소들의 정수를 품고 골짜기를 따라 흐르는 강가 강이다. 강은 많은 왕국을 지나고, 강이 닿는 땅은 모두 신성해진다. 강가 강은 정화하고 변형시킨다. 죽어가는 사람이 그 강물을 한 모금 마시거나 고인의 뼈를 태운 재가 강물 속에서 녹으면 그 사람은 구원을 얻게 된다. 지금은 강이 잔잔하고 아름답지만, 이 땅에 닿기 전에 강은 우선 길들이고 통제되어야 했다. 강가의 이야기는 네 조상들의 운명, 아주 오래전에 살았던 먼 조상들의 운명과 관련되어 있다.

네 조상들 가운데 하나인 사카라는 한때 뛰어나게 지상을 다스렸다. 그는 수많은 아들을 두었는데, 그 아들들이 모두 용감하고 아버지에게 헌신적이었다. 그는 적당한 시기에 아주 중요한 희생제— 말을 제물로 바치는 제사—를 거행할 계획을 세웠다.

이 제사를 준비하려면 장식 마의를 입고 화려하게 꾸민 눈부시게 아름다운 말 한 마리를 자유롭게 풀어준다. 그 말은 많은 왕국의 국경을 마음대로 넘나드는데, 그 말의 통과를 허용하는 나라는 말 주인을 자기네 영주로 받아들인 것으로 간주된다. 하지만 어느 단계에서 누군가가 그 말을 가로막으러 들면, 그것은 도전으로 간주되어 전쟁이 일어난다. 말의 주인은 말이 붙잡혀 있는 나라를 공격하여 말을 다시 자유롭게 풀어준다. 말이 난관을 이겨내고 집에 돌아올 때까지 이 과정이 몇 번이고 되풀이된다. 말이 집으로 돌아오면, 그때까지 말이 통과한 모든 나라가 왕의 속국이 된다. 왕은 대규모 '말 희생제'를 열어 승리를 자축하는 한편, 그 자신이 지상의 최고 통치자임을 과시한다. 이런 계획에 착수하는 사람들은 승리를 확신하고, 결국에는 자신의 제국을 더욱 확대하여 인드라에게 도전하고 싶다는 야망을 품을 수 있다. 따라서 인드라를 비롯한 신들은 희생제가 계획될 때마다 유심히 경계하고 신경을 곤두세우면서 그 계획을 좌절시키려고 애쓴다.

사카라의 말이 여행을 떠나자, 인드라는 말을 납치하여, 눈에 보이지 않는 지하 세계에 은둔해 살고 있는 현자 카필라 뒤에 감추었다. 카필라는 정신 수련을 위해 지상에서 멀리 떨어진 이 외진 곳에 오래전부터 숨어 있었다. 말이 지하로 사라진 것이 알려지자, 사카라의 아들들은 땅을 넓고 깊게 파기 시작하여 지구의 배꼽에 이르렀다. 그들은 자기네 말이 명상에 잠겨 있는 남자 뒤에 묶여 있는 것을 발견하고는, 말을 빼앗고 현자를 고문했다. 현자가 말을 훔쳤다고 생각했기 때문이다. 그러자 현자는 성난 눈으로 그들을 노려보았고, 그들은 재가 되어버렸다. 원정대원 가운데 살아남은 것은 사카라 왕의 손자뿐이었다. 그는 현자에게 사과하고 집으로 돌아가서 늙은 왕이 '말 희생제'를 끝내도록 도와주었다. 나중에 사카라 왕은 세상을 손자에게 물려주었고, 이 손자의 아들이 바로 강가 강을 땅으로 내려 보낸 바기라타였다.

자라서 조상들의 운명을 알게 된 바기라타는 조상들의 영혼이 구원을 얻도록 도와주는 것을 필생의 과업으로 삼았다. 조상들의 영혼이 구원을 얻지 못하고 어중간한 상태로 허공에 매달려 있는 것은 그들의 유해가 제대로 처리되지 않았기 때문이다. 그는 창조신 브라흐마에게 일만 년 동안 열심히 기도를 드렸다. 그러자 브라흐마는 바기라타에게 권하기를, 강가를 높은 하늘에서 끌어내려 조상들의 뼈를 신성한 물로 씻을 수 있도록 시바 신의 도움을 청하라고 말했다. 그가 다시 일만 년 동안 시바 신에게 기도를 드리자 시바 신이 나타나서 바기라타에게 약속하기를, 어떻게든 강가를 설득하여 땅으로 내려가게 할 수 있다면 그의 소원을 들어주겠다고 말했다. 그래서 그는 다시 오천 년 동안 강가에게 기도를 드렸다. 그러자 강가는 우아한 소녀의 모습으로 변장하고 나타나서 바기라타에게 말했다.

"시바는 당신을 도와주겠다고 약속했을 테지만, 강가가 전력을 다해서 내려오면 땅은 그걸 견디지 못할 거예요. 강가가 내려오는 힘을 견딜 수 있는 건 아무것도 없어요. 시바는 당신을 도와주겠다고 했지만, 그 속셈이 뭔지 알아내세요. 다시 시바한테 기도하세요."

바기라타가 오랫동안 명상에 잠기자, 시바가 다시 나타나서 말했다.

"강가를 땅으로 내려오게 하면 너를 도와주마. 그 강물이 한 방울도 낭비되지 않도록, 그리고 그 강물이 아무도 괴롭히지 못하게 해주마."

이것은 시바와 강가가 주고받는 일련의 도전으로 발전하고 있었다. 바기라타는 서로 도전하는 신들이 자기를 공처럼 주고받고 있는 듯한 기분을 느끼기 시작했다. 하지만 그는 기가 꺾이지 않고(그의 이름은 지칠 줄 모르는 노력의 본보기다) 통틀어 삼천 년 동안 기도를 드리면서 혹독한 고행을 실천했다. 마른 낙엽만 먹고 살다가 다음에는 공기만 먹고 살았고, 다음에는 햇빛만 먹고 살다가 마지막 단계에서는 이것조차 포기하고, 순전히 자신의 목표와 대의에 대한 믿음만 의식하면서, 사실상 아무것도 먹지 않고 살았다.

바기라타의 고행이 끝난 뒤, 멀리 떨어져 있는 창조신 브라흐마의 세계에서 발원한 강가가 으르렁거리는 홍수를 타고 지상으로 내려가기 시작했다. 약속대로 시바는 홍수가 막 지상에 닿아 땅을 가루로 만들려는 순간 그 현장에 나타났다. 시바는 자세를 잡더니, 두 발을 단단히 딛고 두 손을 허리에 대고 팔꿈치는 옆으로 벌린 다음, 하강의 충격을 자신의 머리로 받아냈다. 위협당한 홍수는 엉키고 헝클어진 시바의 머리카락 속으로 사라졌다. 강가는 소란을 피우고 자만심에 빠져 우쭐한 모습을 보였지만, 끝은 이렇게 무기력하고 비굴했다. 사실은 너무 유순하고 조용해서 바기라타는 불안을 느끼기 시작했다. 이것으로 강가는 끝났고, 바기라타의 기도와 고행은 결국 아무 성과도 거두지 못한 것처럼 보였다. 시바는 그의 두려움을 이해하고 제 머리카락에서 강물 한 방울을 떨어뜨렸다. 바기라타는 마음을 졸이며 그 물방울을 조상들의 유골이 묻혀 있는 땅의 지하로 조심스럽게 유도하여, 조상들의 영혼이 구원을 받도록 도와주었다. 그리하여 바기라타는 자신의 조상들만이 아니라 모든 인류를 돕게 되었다. 강가 강 기슭에는 헤아릴 수 없이 많은 신전이 있고, 그 강물은 유역에 있는 수백만 헥타르의 땅과 수많은 사람들에게 자양분을 주기 때문이다. 사카라의 아들들이 말을 찾으려고 파헤친 구덩이들도 물로 채워져서 오늘날의 바다가 되었다.

***

일행은 미틸라 시가 보이는 곳에 이르렀다. 요새 성벽 옆의 낮은 둔덕을 지날 때, 라마는 볼품없는 석판 하나가 땅에 수직으로 반쯤 묻혀 있는 것을 알아차렸다. 라마가 그 옆을 스치듯 지날 때, 발에 묻은 흙먼지가 석판 위에 떨어졌다. 그러자 석판은 당장 아름다운 여인으로 변했다. 여자가 절을 하고 공손히 옆으로 비켜서자, 비스와미트라는 그녀를 라마에게 소개했다.

"현자 가우타마에 대해 들어본 적이 있다면, 가우타마의 저주로 인드라의 온몸에 눈 천 개가 점점이 박히게 된 이야기도 알고 있겠지. 이 여자는 가우타마의 아내였고 이름은 아할야란다."

그러면서 라마에게 아할야의 사연을 이야기해주었다.

아할야 이야기

언젠가 브라흐마는 완벽한 아름다움을 이루는 성분들을 조합하여 여자를 만들었다. 그 여자의 이름은 아할야였다(아할야는 산스크리트어로 '원전무결'이라는 뜻이다). 인드라는 신의 세계에서는 가장 지위가 높은 최고신이었지만, 아할야의 아름다움에 사로잡힌 나머지, 자기만이 그녀와 결혼할 가치가 있다고 확신하게 되었다. 브라흐마는 인드라의 자만심과 건방짐을 알아차리고는, 그를 무시하고 현자 가우타마를 찾아내어 그에게 아할야를 맡겼다. 그녀는 가우타마의 보호를 받으며 성장했고, 때가 되자 현자는 그녀를 브라흐마에게 다시 데려갔다.

브라흐마는 가우타마의 정신과 마음이 순수한 것을 인정하고(욕정이 가우타마의 마음을 스치고 지나간 적은 한 번도 없었다) 말했다.

"아할야와 결혼해라. 아할야는 네 아내가 되기에 적합하다. 아니, 오히려 너만이 아할야의 남편이 될 자격이 있다."

그렇게 해서 아할야는 브라흐마를 비롯한 신들의 축복을 받으며 가우타마와 결혼했다. 아할야는 어린 시절을 가우타마와 함께 보냈기 때문에 가우타마가 무엇을 필요로 하는지 알았고, 그래서 완벽한 아내가 되어 행복하게 살았다.

하지만 아할야에게 사로잡힌 인드라는 그녀를 잊지 못하고, 걸핏하면 다양한 모습으로 변장하고 가우타마의 암자에 접근하여 아할야의 모습을 엿보며 기회를 노렸다. 인드라는 또한 가우타마의 습관을 유심히 관찰하여, 가우타마가 날마다 새벽에 암자를 떠나 두어 시간 강에서 목욕과 기도를 하며 보낸다는 것을 알아차렸다. 연모의 고통을 더 이상 참을 수 없게 된 인드라는 속임수를 써서라도 사랑하는 여자를 차지하기로 결심했다. 어느 날 인드라는 가우타마가 여느 때와 같은 시각에 집을 나갈 때까지 기다리지 못하고, 수탉 울음

소리를 내어 현자를 깨웠다. 가우타마는 아침이 온 줄 알고 강으로 떠났다. 그러자 인드라는 현자의 모습으로 변신하고 오두막으로 들어가 아할야와 사랑을 나누었다. 그러나 도중에 아할야는 자기를 탐하고 있는 남자가 사기꾼인 것을 알아차렸다. 하지만 어쩔 도리가 없었다. 그런데 바로 그때, 무언가가 잘못되었음을 직감한 가우타마가 집에 돌아와 침대에 누워 있는 두 남녀를 불시에 덮쳤다. 아할야는 수치심과 양심의 가책에 겨워 옆으로 비켜섰고, 인드라는 고양이(몰래 들어오거나 나가기에 가장 적합한 동물)로 변신하여 슬며시 빠져나가려고 했다. 현자는 고양이와 아내를 차례로 바라보고 속임수를 알아차렸다. 그는 고양이를 붙잡고 말했다.

"고양아, 나는 너를 안다. 여자에게 집착하는 것이 네 파멸의 원인이지. 네 몸은 천 개의 여자 성기로 뒤덮일 것이다. 그러면 어느 세상에서나 사람들은 네 마음속에 정말로 존재하는 게 무엇인지 알 수 있겠지."

이 말이 그의 입술을 떠나기가 무섭게 인드라의 몸은 여자의 성기로 빈틈없이 뒤덮였다. 자존심 강하고 멋내기 좋아하는 인드라에게 그보다 더 수치스러운 일은 없었다.

인드라가 살금살금 달아나 자기 세계로 돌아가자, 가우타마는 아내를 바라보며 말했다.

"당신은 몸뚱이로 죄를 지었소. 그 몸뚱이가 볼품없는 돌조각으로 단단해져서, 지금 그 자리에……."

절망에 빠진 아할야가 애원했다.

"큰 잘못을 저질렀습니다. 하찮은 존재의 잘못을 용서하는 것은 고귀한 영혼의 본질입니다. 제발…… 벌써 발이 무거워지는 게 느껴집니다. 어떻게 좀 해주세요…… 제발 저를 살려……."

현자는 아내를 가엾게 여기고 말했다.

"당신은 언젠가 다사라타의 아들 라마가 이 길을 지나갈 때 구원받을 것이오."

"언제요? 어디서요?" 그녀는 필사적으로 물었지만, 말이 그녀의 입술을 떠나기도 전에 그녀는 돌이 되어버렸다.

인드라의 곤경은 처음에는 모든 세계에서 웃음거리가 되었지만, 나중에는 매우 비극적이라는 사실이 밝혀졌다. 그는 어둠 속에 혼자 머물렀고, 남자든 여자든 누구 앞에도 나타날 수 없었다. 신들은 이 상황이 무척 걱정되었다. 인드라가 여러 세계에서 맡고 있는 다양한 임무가 중단되었기 때문이다. 신들은 모두 함께 브라흐마에게 가서 가우타마에게 잘 말해달라고 부탁했다. 이때쯤에는 현자의 분노도 이미 사라진 뒤였다. 그래서 그는 브라흐마의 간청에 이렇게 대답했다.

"인드라의 몸뚱이에 덧붙은 것이 이제는 천 개의 눈으로 바뀌기를."

그 후 인드라는 '천 개의 눈을 가진 신'으로 알려지게 되었다.

***

비스와미트라는 이야기를 마치고 라마에게 말했다.

"라마야, 너는 인류에게 정의와 미덕을 되돌려주고 모든 악을 없애기 위해 태어났다. 우리의 야그나에서 나는 너의 팔힘을 보았고, 이제는 네 발이 어딘가에 닿는 것이 얼마나 놀라운 결과를 가져오는지 알고 있다."

이어서 라마는 아할야에게 말했다.

"존경받는 남편을 찾아내어, 그를 다시 섬기며 행복하게 살기를. 이미 지나간 과거지사가 당신의 심장에 부담을 주지 않기를."

그들은 미틸라로 가는 길에 가우타마의 암자에 들러서 쉬었다. 비스와미트라가 현자에게 말했다.

"당신의 아내는 라마의 발이 닿은 덕에 정상적인 형상으로 돌아왔습니다. 가서 아내를 데려오세요. 당신 아내의 심장은 그동안 겪은 시련을 통해 깨끗해졌습니다."

이 모든 일이 이루어지자, 일행은 향기로운 숲과 덤불을 뒤에 남기고 계속 나아가 미틸라 시의 성문으로 다가갔다.

2
결혼식

 이제까지 일행은 숲과 산길, 골짜기, 조용한 외딴 곳들을 지나왔다. 그런 곳을 지나 미틸라에 도착하면, 사람들이 인생을 즐기고 있는 도시, 다채로운 빛깔과 쾌락이 있는 도시로의 유쾌한 변화가 일어난다. 라마가 미틸라에 들어선 순간, 황금빛 포탑과 첨탑, 돔 지붕, 공주의 신랑을 환영하듯 바람에 펄럭이는 다채로운 색깔의 깃발이 보인다. 길거리에는 사람들이 던져버린 온갖 장신구(춤을 추거나 놀이를 하다가 줄이 끊어져버린 목걸이, 또는 포옹하다가 걸리적거려서 내던져버린 목걸이)가 반짝거리고 있다. 그런데 이 풍요로운 사회에서는 아무도 그것을 주우려 하지 않는다. 코살라 왕국에는 자선이 없었다. 자선을 받을 사람이 없었기 때문이다. 너덜너덜한 화환이 길가에 무더기로 쌓여 있고, 꿀벌이 그 위에 떼 지어 모여들고 있었다. 산처럼 거대한 코끼리들의 궁둥이를 따라 흘러내리는

'무스트(짝짓기 철에 코끼리 몸에서 나오는 분비물)'가 검은 물줄기를 이루어 도로를 따라 흐르면서, 전력 질주하는 말들의 입에서 뚝뚝 떨어지는 하얀 거품과 섞이고, 계속 돌아가는 마차 바퀴가 그것을 다시 진흙 먼지와 섞고 있었다.

높은 테라스에서는 여인들이 비나(현악기의 일종)와 타악기의 반주에 맞추어 노래를 부르며 춤을 추고 있었다. 높은 야자나무에 매달린 그네를 타고 있는 남녀는 앞뒤로 흔들리는 즐거움을 마음껏 누리고, 그들이 목에 두른 목걸이나 화환은 공중으로 두둥실 떠올랐다. 라마와 락슈마나는 보석과 황금, 상아와 구슬, 공작 깃털, 희귀한 히말라야 사슴 털로 만든 가발 따위가 진열된 가게들을 지나갔다. 그들은 경기장에서 벌어지고 있는 신기한 코끼리 싸움을 구경했다. 경기장에는 젊은이들이 모여 환호성을 지르고 있었다. 여인들이 길가 천막 밑에서 사랑의 노래를 연주하고 있었다. 말들은 잠시도 쉬지 않고 승마 트랙을 돌고 또 돌았으며, 멋쟁이 남녀들이 그것을 지켜보고 있었다. 웅덩이에서는 물 속에서 헤엄치며 노는 사람들 때문에 다채로운 빛깔의 물고기들이 동요하고 있었다.

그들은 자나카의 궁전을 둘러싸고 있는 해자를 건넜다. 궁전의 황금빛 첨탑들이 도시의 다른 건물들 위로 높이 솟아 있었다. 라마는 시타 공주가 친구들과 놀고 있는 발코니를 바라보았다. 그는 시타의 아름다움에 사로잡혀 멈춰 섰고, 시타도 같은 순간 그를 알아보았다. 그들의 눈길이 마주쳤다. 그들이 천상에 있는 본향인 바이쿤타에서 비슈누와 그의 아내 락슈미로서 함께 지낸 것은 그리 오래전 일이 아니었지만, 라마와 시타로 환생한 이 생에서는 죽음을 피할 수 없는 인간의 한계가 그들을 제약하고 있었기 때문에 서로 상대를 낯선 사람으로 생각했다. 시타는 장신구와 꽃으로 치장하고 시녀들 한가운데에 앉아서, 번갯불처럼 번득이는 눈으로 그를 쏘아보았다. 시타는 라마가 일행과 함께 천천히 시야에서 사라지는 것을 멍하니 지켜보았다. 그가 사라진 순간, 그녀의 마음은 걷잡을 수 없이 흔들렸다. 그녀의 눈에는 사랑의 화살이 꽂혔고, 그 화살은 그 후 점점 커져서 그녀의 존재 전체로 퍼졌다. 그녀는 몸이 좋지 않은 것을 느꼈다.

그녀에게 갑작스러운 변화가 일어나, 온몸이 쇠약해지고 축 늘어져서 손목에 찬 팔찌까지도 헐거워진 것을 보고, 시녀들은 그녀를 발코니에서 데리고 나가서 푹신한 침대에 눕혔다.

그녀는 이리저리 몸을 뒤치며 불평했다.

"너희는 푹신한 침대를 만드는 법도 잊어버렸구나. 모두가 나를 괴롭히려고 기를 쓰고 있어."

시녀들은 공주가 이런 기분에 빠진 것을 한 번도 본 적이 없었다. 그들은 처음에는 당황했고 재미있어했지만, 눈물이 공주의 볼을 타고 흘러내리는 것을 보고는 정말로 걱정하기 시작했다. 시녀들은 공주가 헛소리를 주절거리는 것을 알아차렸다.

"에메랄드 같은 어깨, 연꽃 같은 눈, 아아, 누구일까? 그이가 내 마음속에 쳐들어와 내 수치심을 모두 앗아버렸어! 내 마음을 사로잡고 내 마음의 평화를 앗아버린 강도! 어깨가 벌어졌지만, 그렇게 빠른 걸음으로 사라져간 사내! 왜 그이는 잠시라도 걸음을 멈추지 못했을까? 그랬다면 그를 한 번 더 바라보고, 폭동을 일으킨 내 심장을 진정시킬 수 있었을 텐데. 그이는 여기 있는가 싶더니 다음 순간에는 벌써 저만치 가버렸어. 그러고는 영영 사라져버렸어. 그이가 신일 리는 없어. 눈꺼풀이 깜박거렸으니까. 아니면 그이는 사람들에게 주술을 거는 마법사였을까?"

어느덧 해가 바다 너머로 가라앉았다. 밤을 보내려고 자리를 잡은 새들의 울음소리와 바닷가에 밀려와 부서지는 파도 소리는 땅거미가 지고 어둠의 장막이 내릴수록 점점 더 또렷해졌다. 시원한 산들바람이 바다에서 불어왔지만, 그것도 시타를 달래주지는 못했다. 밤이 깊어질수록 사랑의 고통은 더욱 심해졌고, 가망 없는 갈망으로 그녀의 마음을 흔들어댔다. '안릴'이라고 불리는 희귀한 새 한 마리가 어디선가 짝을 부르고 있었다. 평소에 이 시간이면 시타는 그 새의 아름다운 지저귐에 귀를 기울이곤 했지만, 오늘은 새의 노랫소리가 거칠고 불쾌하게 들렸다. 그래서 시타는 간청했다.

"오오, 새야, 어디 있는지 모르지만, 제발 조용히 해다오. 너는 울음소리와 비탄으로 나를 괴롭히는 짓궂은 장난에 열중해 있구나. 내가 전생에 지은 죄들이 너의 모습을 하고 이제 나를 괴롭히러 온 거야!"

바다에서 보름달이 떠올라, 그 은은한 빛으로 대지를 가득 채웠다. 보름달을 보고 시타는 두 손으로 눈을 가렸다. 시타는 자연의 모든 요소가 자신의 기분과는 전혀 맞지 않고, 서로 합세하여 자신의 고통을 더욱 악화시킨다고 느꼈다. 시녀들은 시타의 고통을 알아차리고, 어떤 뿌리 깊은 고통이 갑자기 그녀를 사로잡은 게 아닐까 하고 걱정했다. 그들은 심지에 정화된 버터를 먹인 등불을 켰지만, 그런 차가운 불꽃조차 그녀에게 참을 수 없는 고통을 주는 것을 알고 등불을 다 꺼버렸다. 그리고 등불 대신 은은한 빛을 내는 보석을 그 자리에 놓아두었다. 시녀들은 월장석 석판 위에 부드러운 꽃잎을 몇 겹이나 깔아서 푹신한 침대를 만들었지만, 꽃은 시들었고, 시타는 몸부림치고 신음하면서 모든 것─밤, 별, 달빛, 꽃, 매정한 자연물로 이루어진 온 우주─을 불평했다. 그녀의 마음속에서는 의문이 계속되고 있었다.

"그분은 누구일까? 어디로 가버렸지? 불쑥 눈앞에 나타났다가 다시 사라졌어. 아니면 내가 환각에 사로잡혔나? 아니야, 그럴 리가 없어. 단순한 환각 따위가 사람을 그렇게 약하게 만들 수는 없어."

여관에서 라마는 잠을 자러 물러갔다. 혼자 침실에 들어온 그는 궁전 발코니에 있었던 소녀를 생각하기 시작했다. 그에게도 달은 그의 외로움을 더욱 강조하는 것처럼 보였다. 그가 겉으로는 내색하지 않았지만, 마음속 깊은 곳에서는 혼란을 느꼈다. 규율과 예절에 대한 타고난 감각 때문에 남들 앞에서는 애써 감정을 감추었지만, 이제 그는 발코니에 있던 소녀를 계속 생각했고, 한 번만이라도 더 그녀를 보고 싶었다. 그녀는 누구일까? 공주임을 나타내는 특징은 전혀 없었다. 그렇다면 궁궐에 있는 수백 명의 소녀들 가운데 하나일 수도 있었다. 결혼했을 리는 없었다. 그녀가 결혼한 여자였다면 그는 본능적으로 물러났을 것이다. 지금 그는 소녀를 마음속에 자세히 그려보고 있었다. 소녀가 눈앞에 있다고 상상하고, 소녀를 품에 끌어안고 싶었다.

"내 품에 안을 수는 없다 해도, 그 빛나는 얼굴과 입술을 잠깐만이라도 한 번 더 볼 수 있을까? 눈, 입술, 이마에 흘러내린 고수머리, 그 이목구비 하나하나가 나를 공격하여 억누를 태세를 갖추고 있는 것 같았어. 마귀들이 파멸하느냐 마느냐 내 활에 달려 있는데, 사탕수수로 만든 활만 휘두르고 꽃을 화살로 사용하는 신[6]이 그런 나를 가지고 놀다니······."

그는 이 얄궂은 상황에 웃음만 나왔다.

밤이 지났다. 그는 거의 잠을 이루지 못했다. 달이 지고 새벽이 왔다. 라마는 일어나서 자나카의 궁전에서 열리는 의식을 위해 스승과 동행할 준비를 할 시간이라는 것을 알았다.

---

[6] 사랑의 신 만마타.

회관에서 자나카 왕은 라마와 락슈마나를 보고 비스와미트라에게 물었다.

"저 매력적인 젊은이들은 누굽니까?"

비스와미트라가 설명했다. 자나카 왕은 라마의 혈통과 용맹함을 듣고 한숨을 내쉬며 말했다.

"저 젊은이한테 내 딸을 주겠다고 제의할 수 있다면 얼마나 좋겠소."

비스와미트라는 자나카 왕이 절망하는 이유를 이해했다. 시타의 결혼에 관한 제의에는 결코 넘을 수 없을 것처럼 보이는 조건이 걸려 있었기 때문이다.

자나카 왕은 한때 시바 신의 소유였던 거대한 활을 가지고 있었다. 시바는 그 활을 포기하고 자나카의 먼 조상에게 맡겼다. 그 후 활은 대대로 내려오는 가보로 남아 있었다. 시타는 어머니 대지가 자나카에게 준 선물이었다. 밭을 갈 때 고랑에서 발견된 여자 아기가 시타였기 때문이다. 자나카는 이 아기를 입양하여 돌보았고, 시타는 아름다운 소녀로 성장했다. 너무 아름다워서, 시타의 남편이 될 자격이 있다고 자부하는 왕자들이 자나카의 궁전에 모여들어, 시타를 신부로 얻기 위해 경쟁을 벌였다. 자나카 왕은 특별히 누군가에게 호의를 베풀 수도 없어서, 그들을 쫓아내기 위해 조건을 내걸었다. 시바의 활을 들어서 시위를 팽팽하게 당길 수 있는 사람이라면 누구나 시타의 남편 자격이 있는 인물로 평가될 거라고 공언한 것이다. 구혼자들은 시바의 활을 보고는, 그것이 가망도 없고 받아들일 수도 없는 조건이라는 것을 깨달았다. 화가 나서 떠난 그들은 시타를 강제로 차지할 생각으로 군대와 함께 돌아왔다. 하지만 자나카 왕은 그들의 공격에 저항했고, 결국 구혼자들은 물러났다. 시간이 흐르자 자나카는 딸의 결혼을 살아생전에 볼 수 있을지 불안해졌다. 일단 내건 조건은 철회할 수 없었기 때문이다. 시바의 활에 접근할 만한 사람은 지상에 없는 것 같았다. 자나카는 한숨을 내쉬었다.

"시타의 장래를 생각하면 온몸이 떨리고, 우리 집안의 신성한 가보와 시타의 운명을 결부시킨 내 판단력에 의문이 드는군요."

"절망하지 마십시오." 비스와미트라가 왕을 달래는 투로 말했다. "폐하께 그런 생각을 불어넣은 것이 신의 영감인지도 모르잖습니까?"

"이 세상에 그 활과 맞붙을 수 있는 사람이 있을까요? 시바가 그 활을 들고 있는 모습만 보아도 잘못을 저지른 신들과 하급 신들은 부들부들 떨면서 무너졌답니다. 그래서 결국 시바 신은 활을 치워버리고 더 이상 쓰지 않았다지 않습니까?"

"그 활을 우리도 볼 수 있을까요?"

"이리로 가져오도록 하겠습니다. 활은 너무 오랫동안 창고 안에 놓여 있었어요. 또 누가 압니까? 활을 꺼내는 것이 우리의 운명을 바꾸어줄지도 모르지요."

자나카 왕은 시종들을 불러서 활을 가져오라고 일렀다. 시종들이 망설이자 왕이 말했다.

"필요하다면 군대를 동원해도 좋다. 어쨌든 이곳은 최근에 거행된 신성한 의식 덕분에 신성해졌다. 그러니까 활을 이리로 가져와도 된다."

활은 여덟 쌍의 바퀴가 달린 수레에 실렸고, 수많은 남정네가 그 수레를 끌고 왔다. 활이 창고에서 나와 거리를 지나는 동안, 군중이 그 뒤를 따랐다. 활은 너무 거대해서, 한 번 보고는 아무도 그게 활이라는 것을 파악할 수 없었다.

"이것은 활인가? 아니면 먼 옛날 우유 바다를 휘저은 메루라는 이름의 산인가?"[7] 사람들은 놀라서 말했다.

"누군가가 이 활을 들어 시위를 당긴다 해도, 활에서 발사된 화살을 받아낼 과녁이 과연 있을까?" 누군가가 궁금해했다.

"대왕님이 진심으로 사윗감을 찾을 생각이었다면, 이 조건을 철회했어야 해. 대왕님은 정말 미련해!"

활이 회관에 도착하자, 라마는 스승을 쳐다보았다. 그러자 비스와미트라는 해보라고 말하는 듯이 고개를 끄덕였다. 라마가 천천히 위엄있게 활로 다가가자 사람들은 숨을 죽이고 지켜보았다. 소리 없이 그를 위해 기도하는 사람들도 있었다.

"정말 잔인하군!" 누군가가 말했다. "저 현자라는 사람은 저 섬세

---

[7] 메루 산은 고대 인도의 우주관에서 세계의 중심에 있다는 상상의 산. 수미산. (옮긴이)

하고 훌륭한 젊은이가 그 가혹한 시련을 겪는 것을 조금도 부끄러워하지 않아!"

"저 거룩한 젊은이를 곤경에 빠뜨리다니, 대왕님은 정말 심술궂고 잔인해. 대왕님이 이 문제를 진지하게 생각한다면, 이렇게 곡예 같은 묘기를 요구하는 대신, 그냥 시타를 저 젊은이와 결혼시켰어야 해."

"대왕님의 목적은 시타를 영원히 곁에 두는 거야. 이것이야말로 시타와 영원히 헤어지지 않을 수 있는 방법이지!"

"저 젊은이가 실패하면 우리는 모두 불 속에 뛰어들 거야." 라마를 보고 사랑에 빠진 젊은 여자들이 말했다. "저 젊은이가 실패하면 시타는 자신을 신에게 제물로 바칠 게 분명해. 그러면 우리도 모두 시타를 본받을 거야."

그들이 이렇게 생각하고 있는 동안 라마는 활로 다가갔다. 구경하는 사람들 중에는 긴장감을 참을 수가 없어서 눈을 감고 라마의 성공을 기도하는 사람도 있었다. "라마가 저 활을 당기지 못하면 시타는 어떻게 될까?" 하지만 그때 눈을 감아버렸기 때문에, 라마가 재빨리 활을 집어 들고 시위를 팽팽히 당긴 다음 양쪽 끝을 맞댄 것을 미처 보지 못했다. 활이 라마의 손힘을 견뎌내지 못하고 가운데가 딱 부러지면서 귀가 먹먹해질 만큼 큰 폭발음을 내자, 사람들은 깜짝 놀랐다.

긴장이 풀리면서 분위기가 갑자기 느슨해졌다. 신들은 꽃과 축복을 소나기처럼 퍼부었고, 구름이 갈라지면서 비가 쏟아져 내렸고, 바다는 깊은 바닥에 놓여 있던 희귀한 보물들을 공중으로 던져 올렸다. 현자들이 외쳤다. "자나카의 고난과 시련은 끝났다." 음악이 공기를 가득 채웠다. 백성들은 서로 화환을 씌워주고 서로 끌어안고 향수를 발라주고 백단향 가루를 공중에 뿌렸다. 사람들은 제일 좋은 옷을 차려입고 궁전 앞 광장에 모여 춤을 추고 노래를 불렀다. 피리와 나팔과 북이 수많은 목에서 터져 나오는 커다란 노랫소리보다 더 큰 소리를 빚어냈다. 신과 여신들은 아래 세상에서 벌어지는 흥겨운 장면들을 지켜보다가, 인간으로 변신하고 내려와 군중과 섞여서 즐거움을 함께 나누었다.

"우리 공주님의 신랑은 너무 아름다워서 천 개의 눈을 가진 사람이 아니면 절대로 그 아름다움을 완전히 파악하지 못할 거야." 여인들이 말했다. "그 남동생을 봐! 어쩌면 저렇게 잘생겼을까! 저런 아들들을 낳은 부모는 복도 많지!"

시타는 사람들과 떨어진 곳에 혼자 있었기 때문에 최근에 일어난 사건을 알지 못했다. 그녀는 침대가 편치 않아서 이 침대 저 침대로 옮겨 다녔다. 그러다가 샘가에 있는 월장석 석판 위에 몸을 눕혔다. 거기가 시녀들이 찾을 수 있는 가장 시원한 잠자리였다. 거기서도 시타는 평화를 얻지 못했다. 샘물 속에 핀 연꽃이 그의 눈매나 안색을 연상시켜 그녀의 마음을 괴롭혔기 때문이다.

"어디에도 평화는 없어." 시타는 투덜거렸다. "나는 버림받았어. 내 마음이 그이를 생각나게 해서 나를 괴롭혀. 어딜 가면 그이를 찾을 수 있을지도 모르는데, 그이를 생각나게 하는 것들이 무슨 소용이야? 이런 고통을 불러일으키기만 하고 조금도 덜어주지 않은 채 그냥 지나가버린 그이는 도대체 어떤 사람일까? 생김새는 당당하지만, 실제로는 요술을 부리고 있어!"

한 시녀가 들어와 그녀의 고통스러운 생각을 중단시켰다. 시녀가 여주인을 보면 절을 하고 인사를 하는 것이 정상인데, 이 시녀는 사랑 노래를 부르면서 발끝으로 빙글빙글 돌았다. 시타는 침대에 일어나 앉아서 말했다.

"조용히 해! 너 취했니?"

그러자 시녀가 대답했다.

"온 나라가 취해 있답니다. 공주님은 여기 틀어박혀 한탄이나 하고 있으니 어떻게 알겠어요?" 시녀는 두서없이 설명하기 시작했다. "아요디아의 왕…… 그의 아들, 어깨가 벌어진 아들이 지상에 내려온 신이래요. 그 일이 일어나는 것을 본 사람은 아무도 없어요. 너무 빠르고 잽쌌거든요. 하지만 사람들이 그러는데, 그분은 두 발로 활의 한쪽 끝을 누르고 한 손으로는 다른 쪽 끝을 잡고 시위를 잡아당겼대요. 오오!"

"그래, 취한 예쁜아, 도대체 무슨 소리를 하고 있는 거냐?"

시녀한테 자초지종을 듣고 그동안 일어난 일을 알자 시타는 벌떡 일어났다. 가슴이 부풀어 올랐다. 그녀가 똑바로 서면서 말했다.

"그 사람이 길거리를 지날 때 눈빛 하나로 나를 쓰러뜨린 그 남자 맞아? 다른 남자라면 나는 죽어버릴 거야."

애초의 흥분이 가라앉자, 자나카 왕은 비스와미트라에게 조언을 청했다.

"다음에는 뭘 어떻게 할까요? 나는 갑자기 예상치 못한 상황에 놓이게 됐습니다. 내가 사제들과 점성가를 불러서 가장 이른 결혼 날짜를 잡기를 바라십니까? 아니면 다사라타 왕에게 전갈을 보내 그쪽 형편이 좋을 때를 기다릴까요?"

"지금 당장 사절을 보내서 이 경사스러운 소식을 전하고, 다사라타 왕을 정식으로 초대하십시오." 비스와미트라가 대답했다.

자나카 왕은 다사라타 왕에게 초대장을 쓰려고 당장 물러갔다. 궁정 시인들의 도움을 받아 초대장이 완성되자 그것을 급히 다사라타 왕에게 보냈다.

이윽고 자나카 왕의 사절단은 아요디아로 가서 초대의 편지를 다사라타의 궁정에 제출했다. 다사라타는 편지를 받아서 낭독하라고 시종에게 일렀다. 편지에는 라마가 아요디아를 떠났을 때부터 시바의 활을 부러뜨릴 때까지 일어난 일들이 모두 설명되어 있었다. 다사라타는 사절들에게 선물을 잔뜩 주고 유쾌하게 말했다.

"미틸라에 돌아가거든, 우리도 그 활이 부러지는 소리를 들었다고 전해주시오." 그런 다음, 명을 내렸다. "자나카 왕이 우리 수도의 모든 사람을, 아녀자까지 모두 라마의 결혼식에 초대했다는 사실을 널리 알려라. 미틸라까지 여행할 수 있는 사람은 우리보다 먼저 당장이라도 출발하도록 하라."

이런 포고를 알리는 일을 직업으로 삼는 사람들이 코끼리를 타고 북 치는 사람들과 함께 왕의 포고문을 수도의 구석구석까지 전달했다.

미틸라로 가는 길은 남녀노소로 붐볐다. 거대한 군중이 길을 따라 움직이기 시작하자, 세계가 갑자기 작아진 것처럼 보였다. 페넌트와 깃발로 몸을 장식하고 이마를 황금판으로 덮은 코끼리들, 뒷발을 껑충거리며 뛰거나 종종걸음으로 달리는 말들, 다양한 우마차들도 걸어가는 군중과 함께 이동하고 있었다. 햇빛이 수천 개의 하얀 일산과 병사들의 화려한 장식에 부딪쳐 반사되었다. 가슴이 풍만한 여인들이 가볍고 얇은 옷을 차려입고 짙은 색깔의 코끼리 위에 앉아 있었다. 칼과 활로 무장한 전사들이 말을 타고 그들 옆에서 이동하고 있었다.

이 흥겨운 군중 속에 섞여 있는 젊은이들의 기분과 활동을 묘사할 때 시인의 마음은 특히 행복하고 섬세하다. 한 젊은이는 좀 전에 어떤 얼굴이 나타났던 마차 창문에 눈길을 박은 채, 그 얼굴이 다시 나타나기를 갈망하며 종종걸음으로 마차를 따라갔다. 또 다른 젊은이는 마차에 탄 소녀의 살짝 가려진 젖가슴에서 눈길을 떼지 못했다. 그는 마차보다 계속 앞서 가려고 애썼고, 끊임없이 어깨 너머를 돌아보았기 때문에, 자기 앞에 뭐가 있는지 몰라서 행진하는 코끼리들의 엉덩이에 부딪히곤 했다. 한 여인이 부주의하게도 말 등에서 미끄러져 떨어지자, 또 다른 젊은이가 얼른 달려가서 구해주었다. 하지만 구출한 뒤에도 그녀를 내려주지 않고, 그대로 품에 안은 채 여행을 계속했다. 또 다른 남자는 애인을 뚫어지게 바라보며 생각에 잠긴 얼굴로 걸어갔다. 이 여행을 준비하면서 사소한 문제로 말다툼을 한 부부는 나란히 걸으면서도 말이 없었다. 여자는 머리에 꽃을 꽂는 데에는 관심이 없고 얼굴에 찡그린 표정만 띠고 있지만, 그래도 둘이 헤어지지 않을 만큼은 서로 가깝게 붙어 있었다. 한 처녀는 사모하는 청년에게 말을 걸지는 않았지만, 말보다 더 풍부하게 감정을 표현하는 눈빛으로 젊은이에게 마음을 전했다. 거기에 흥분한 젊은이가 말했다.

"당신은 말하려 하지 않는군요. 하지만 강을 건널 때는 당신을 안아서 건네줄 힘센 팔이 필요할 텐데, 당신이 말을 하지 않으면 내가 어떻게 알지요? 당신이 나와 말을 나누는 것만 꺼릴 뿐, 나와 살이 닿는 것은 싫어하지 않는다는 것을 압니다. 나중에 강가에 가면 당신과 내가 살이 닿는 것은 불가피한 일이지요."

짐을 잔뜩 실은 낙타들은 씁쓸한 님나무 잎을 찾을 때까지(연하고 푸른 잎을 싫어하기 때문에) 목이 타는 것을 참고 걸어갔다. 그리고 님나무 잎을 씹은 뒤에는 다시 갈증에 시달렸다. 그것은 남자들이 갈증을 달래기 위해, 오히려 더 심한 갈증을 일으키는 포도주만 찾는 것과 마찬가지다. 건장한 남자들은 선물과 도중에 먹을 식량을 어깨에 둘러메고 걸었다.

금욕 생활을 실천하는 브라만들은 난폭하게 떠밀릴까 두려워, 코끼리들 틈에서 걷는 것도 겁나고 여자들 틈에 있으면 마음이 어수선해질까 두려웠기 때문에, 멀찌감치 떨어져서 따라갔다. 땅에 있는 생물을 밟지 않으려고 발꿈치를 들고 발가락으로만 깡충깡충 뛰어가는 사람도 있고, 손가락을 콧구멍 위에 대고 있는 사람도 있었다. 그것은 호흡을 조절하기 위해서이기도 했지만, 그들의 마음이 신을 향하고 있는 동안 손가락이 아랫도리에 닿지 않도록 하기 위해서이기도 했다.

굴러가는 마차 바퀴 소리, 나팔 소리와 북소리, 그리고 온갖 소음 때문에 다른 사람의 말은 들리지 않았다. 잠시 후 사람들은 서로 몸짓으로만 생각을 주고받으면서 묵묵히 걸어갔다. 그들의 발길이 지나간 곳에는 흙먼지가 뿌옇게 일어났다. 짐을 잔뜩 실은 수레를 끄는 황소들이 북소리에 흥분하여 갑자기 멍에를 부러뜨리고 허둥지둥 달려갔다. 그 바람에 혼란은 더욱 심해졌고, 수레에 실린 짐은 길바닥에 흩어졌다. 코끼리들은 저수지나 못이 보이면 쏜살같이 달려가서, 하얀 상아까지 올라오는 물 속에 잠긴 채 나오려 하지 않았다. 악사들은 말을 타고 악기를 연주하며 노래를 불렀다.

이 무리를 뒤따라오는 것은 왕의 총애를 받으며 후궁에 사는 여인들이었다. 천 명의 시녀에게 둘러싸인 카이케이 왕비는 1인승 가마에 타고 있었다. 그다음은 이천 명의 시녀를 거느린 수미트라였다. 라마의 어머니인 카우살야는 전속 악사들에게 둘러싸여 있었다. 그녀는 또한 여러 명의 난쟁이와 곱추와 그밖의 불구자들을 동반하고 있었다. 하지만 카우살야의 주요 동행은 다양한 탈것을 타고 따라오는 아름답고 재능있는 육천 명의 여인들이었다. 궁정의 수석 고문인 현자 바시슈타는 진주가 박힌 하얀 가마를 타고 이천 명의 브라만과 사제들에게 둘러싸여 그 뒤를 따랐다. 그다음은 라마의 동생인 바라타와 사트루그나였다. 다사라타 왕은 일상의 임무를 수행하고 종교 의식을 거행하고 브라만들에게 선물을 하사한 뒤, 행성들이 상서롭게 배열되어 있을 때 궁전을 출발했다. 수많은 사제들이 팔에 황금 단지를 안고, 단지에 가득 든 성수를 왕의 앞길에 뿌리며 왕을 선도했고, 여자 몇 명이 찬송가를 불렀다.

왕이 궁궐에서 나오자, 이웃나라에서 온 많은 군주들이 그에게 인사하려고 기다리고 있었다. 그의 마차가 움직이기 시작하자 고둥 소리와 나팔 소리가 들리고, 사람들은 큰 소리로 환호성을 지르며 경의를 표했다.
  2요자나(약 16킬로미터)의 거리를 여행한 뒤, 왕은 근위대와 수행원들과 함께 사일라 산 밑에 머물렀다. 이튿날 숙영지는 강가의 작은 숲으로 옮겨졌다.

선발대는 벌써 미틸라에 도착하여 환영을 받고, 수도의 집과 궁전과 숙영지에 수용되었다. 잇달아 들어온 분견대도 모두 환대를 받았다. 아요디아에서 미틸라까지 행렬이 이어졌다. 다사라타 왕의 일행이 맨 나중에 도착했다. 그들의 도착을 기다리고 있던 정찰대가 말을 타고 쏜살같이 돌아와서 다사라타 일행이 시야에 들어왔다고 보고하자, 자나카 왕은 대신들과 근위대와 함께 다사라타 왕을 영접하러 나갔다. 두 왕이 만나서 서로 인사를 주고받은 다음, 자나카 왕은 자기 마차를 함께 타고 가자고 다사라타 왕에게 권했다. 그들이 미틸라 성문으로 들어갈 때, 라마는 락슈마나와 함께 그들을 만나 아버지에게 인사하고 반갑게 맞이했다. 다사라타 왕은 아들을 보자 자랑스러워서 가슴이 벅찼다. 아들은 전보다 훨씬 키가 큰 것 같았다.

여기서 시인 캄반은 라마와 시타의 결혼식 준비 과정을 묘사하고 있는데, 이 서사시에서 가장 매력적인 대목의 하나로 꼽힌다. 큰 막사가 쳐진 결혼식장의 이모저모, 장식들, 외국에서 손님들이 도착하는 광경, 꽃과 화려한 옷차림, 백성들의 기쁨과 참여, 신부 집에서 벌어지는 활동과 신랑 집에서 벌어지는 활동, 신부와 신랑의 준비 과정, 그들의 옷과 장신구, 그들의 기분—이 모든 것을 캄반은 수천 행에 걸쳐 아주 상세히 묘사하고 있다.

라마와 시타의 운세에 적합하게 행성들이 상서로운 배열을 이루었을 때, 미틸라와 아요디아의 고위 사제들이 자나카의 궁정에서 집행한 결혼식을 통해 라마와 시타는 남편과 아내가 되었다.

신혼부부가 혼례를 끝내고 처음 만난 장면을 캄반은 이렇게 묘사하고 있다.

"조금 전에도 함께 있었던 두 남녀가 다시 만났으니, 말을 통해 복잡한 의식을 치를 필요는 전혀 없었다."

자나카 왕이 애를 쓴 덕분에 라마의 세 동생도 저마다 신부를 찾아, 미틸라에서 동시에 결혼했다. 축하연이 끝나자 다사라타 왕은 아들 부부들과 함께 아요디아로 떠났다. 그들이 떠나는 날 비스와미트라가 다사라타에게 말했다.

"이제 라마와 락슈마나를 폐하께 돌려드리겠소. 그들이 지금까지 성취한 것은 이루 헤아릴 수 없을 정도지만, 앞으로 훨씬 많은 성취를 이룰 것이오. 그들은 축복받은 존재입니다."

그런 다음 비스와미트라는 그들에게 작별 인사를 하고 북쪽으로 떠났다. 그는 모든 활동을 그만두고 명상으로 여생을 보내기 위해 히말라야 산중의 안식처로 돌아간 것이다.

3
두 가지 약속

　다사라타 왕은 바쁜 생활 속에서 아마 거울을 제대로 들여다본 적도 없었을 것이다. 그는 거울에 비친 자기 모습을 오랫동안 유심히 바라볼 필요도 없었고, 자신을 반성할 이유도 없었다. 그러던 어느 날, 그는 머리털이 희끗희끗해지고 눈 밑에 잔주름이 생긴 것을 문득 알아차렸다. 그뿐만 아니라 손이 가늘게 떨리고, 경기를 할 때는 다리가 피곤해지는 것도 알아차렸다. 그래서 자기가 어느덧 노인이 되었음을 깨달았다. 그것은 결코 하찮은 일이 아니었다. 원작자인 발미키는 다사라타 왕이 육만 살이었다고 말한다. 오늘날의 계산으로는 이 숫자에 동의할 수 없지만, 예순 살이나 일흔 살 또는 여든 살이었다 해도 어쨌든 원숙한 나이인 것은 알 수 있다.
　방에 혼자 있을 때 다사라타 왕은 혼잣말로 중얼거렸다.
　"사람은 그만둘 때를 알아야 해. 죽거나 노망이 날 때까지 기다리면 안 돼. 내 심신의 기능이 온전할 때 은퇴하고 쉬자. 지난 수천 년 동안 해온 똑같은 활동을 계속 되풀이하는 건 무의미해. 이제 됐어. 나는 할 만큼 했어. 이제 뒤로 물러나 지켜보면서 공직의 짐을 내려놓을 시기를 찾아야 해."

그는 과감한 결정을 내렸다. 그는 재상인 수만트라를 불러들여 명을 내렸다.

"모든 관리와 공인들, 현인과 현자들, 그리고 모든 군주와 영주들, 친척들에게도 우리 회관에 모이라는 통지를 보내도록 하라. 되도록 많은 사람이 오게 해야 한다."

수만트라가 잠시 대기하는 동안 왕이 덧붙였다.

"친척들 가운데 아스와파티에게는 알릴 필요 없다." 아스와파티는 세 번째 왕비인 카이케이의 아버지였다. 카이케이의 아들인 바라타는 며칠 외할아버지와 함께 지내러 외가에 가 있었다. "자나카 왕도 부를 필요 없겠다. 미틸라는 너무 멀리 떨어져 있으니까, 어차피 제 시간에 도착하지 못할 것이다."

"부르지 않아도 될 사람이 또 있습니까?"

"아니. 형편에 따라서 최대한 많은 사람을 초대하라. 그리고 우리 백성은 모두 초대하라."

전령이 사방팔방으로 파견되었다. 이윽고 회관은 사람들로 가득 찼다. 다사라타 왕은 계단을 올라가 자리에 앉았다. 여느 때와 같은 의식이 끝난 뒤, 그는 회관에 모인 사람들에게 자리에 앉으라는 몸

짓을 하고 입을 열었다.

"나는 충분히 오랫동안 이 나라 왕으로서 의무를 수행해왔소. 이제 나는 그 짐을 젊은 어깨에 넘기려 합니다. 여러분은 어떻게 생각하시오? 왕의 지위라는 하얀 일산 아래서 겉보기에는 아무 변화도 없었지만, 실제로 그 일산 밑에서 몸은 시들고 있었소. 나는 충분히 살았고, 오랫동안 직분을 다해왔소. 내가 그것을 끝없이 계속해야 한다고 생각했다면, 그것은 탐욕일 거요. 일전에 나는 문서에 적힌 내 서명이 흐릿한 것을 깨달았소. 내 손이 나도 모르게 떨린 것이 분명하오. 이제 나는 뒤로 물러나 앉아서 쉴 때가, 그리고 손주들이 태어나기를 기다릴 때가 된 것이오. 여러분이 동의한다면 나는 왕국을 라마에게 넘겨주고 싶소. 완벽함의 화신인 라마는 내 후계자가 될 것이오. 라마는 완벽하고, 따라서 완벽한 통치자가 될 것이오. 라마는 동정심과 정의감과 용기를 가졌고, 인간을 결코 차별하지 않습니다. 늙은이와 젊은이, 왕자와 농부를 모두 똑같이 대한다는 뜻이오. 라마는 모든 사람을 똑같이 배려하고 있소. 용기와 용맹과 그밖의 자질에서 라마에 필적할 자는 아무도 없소. 라마는 모든 적대 세력으로부터 여러분을 누구보다 잘 보호해줄 것이오. 그 적대 세력이 인간이든, 비인간적 존재든, 초인간적 존재든 간에 말이오. 라마가 스승인 비스와미트라한테 얻은 무기들은 표적을 맞히지 못한 적이 한 번도 없었소. 지금 당장 라마를 코살라 왕국의 왕으로 선정하고자 하니, 여러분 모두 동의해주기 바라오."

환호의 함성이 회관을 뒤흔들었다. 다사라타 왕은 그 환성이 가라앉기를 기다렸다가 물었다.

"모두 내 후계자를 열렬히 환영해주는 걸 알겠소. 나는 백성들의 행복을 위해 내 인생을 완전히 바쳤다고 생각했거늘, 지금 여러분이 내 후계자를 그렇게 열렬히 환영하는 것은 이제까지 오랫동안 어떤 이유로든 여러분이 말없이 나를 참고 견뎠기 때문이라고 받아들여야 하는 거요?"

그러자 한 사람이 대표로 일어나서 말했다.

"오해하지 마십시오, 폐하. 우리가 지금 이렇게 행복한 것은 라마 왕자를 사랑하기 때문입니다. 우리는 이 순간이 오기를 오랫동안 기다렸습니다. 화려하게 치장한 라마 왕자가 왕의 코끼리를 타고 길거리를 지나가는 모습을 보는 것은 남녀노소를 불문하고 우리 모두가 품고 있는 미래의 모습입니다. 우리는 라마 왕자의 훌륭한 인간성에 매료되어 있으니까요. 폐하의 제안에 우리가 박수갈채를 보낸 것은 그런 기대감 때문입니다. 폐하의 존속을 바라지 않아서가 아닙니다."

라마에 대한 칭송은 끝이 없었다. 다사라타는 기쁜 목소리로 말했다.

"나도 같은 생각이오. 나는 다만 라마를 왕으로 삼고 싶은 내 소망에 여러분이 찬성한다는 것을 털끝만 한 의심도 없이 확실하게 알고 싶었을 뿐이오. 나는 내일 '푸시아' 별이 달과 결합하는 상서로운 시간에 라마가 왕관을 쓰게 되기를 바라고 있소."

그는 대신과 사제를 불러 지시를 내렸다.

"내일 대관식에 필요한 것은 아무리 사소한 것도 빠짐없이 준비하라. 장식은 널리 퍼지게 하고, 모든 물건은 대관식장에 준비해놓도록 하라. 거리는 물로 깨끗이 씻어내고, 꽃과 깃발로 아름답게 장식하라. 모든 백성이 잔치와 놀이를 즐기며 노래하고 춤추게 하라. 모든 길모퉁이에 끊임없이 진수성찬을 공급해서 누구나 마음껏 잔치를 즐기게 하라……."

그는 선명을 보내 라마를 불러오게 했다. 그리고 발코니에서 라마가 도착하는 것을 지켜보다가, 라마가 들어오자 따뜻하게 맞이했다. 그러고는 옆으로 데려가서 말했다.

"아들아, 너는 내일 내 후계자로서 왕관을 쓰게 될 것이다. 나는 이제 일을 그만두고 쉬고 싶구나."

라마는 이 제안을 자연스럽게 받아들였다. 왕이 말을 이었다.

"너는 모든 것을 알고 있겠지만, 그래도 몇 마디 해주는 것이 내 의무라고 생각한다. 너는 어떤 상황에서도 절대로 공명정대하게 행동한다는 방침에 따라야 할 것이다. 겸손과 부드러운 말—이 두 가지 미덕에는 사실 어떤 제한도 있을 수 없다. 왕의 마음속에 정욕이나 분노나 비열함이 들어갈 자리는 존재할 수 없다."

왕은 한동안 훈계의 말을 계속하다가 면담을 끝냈다.

라마가 자기 처소로 돌아가서 시타에게 자초지종을 설명하고 있을 때, 수만트라가 다시 그의 방문을 두드렸다.

"폐하께서 부르십니다."

"또 부르신다고요? 방금 만나고 온 길인데요."

"그건 폐하도 알고 계시지만, 다시 만나고 싶어 하십니다."

라마가 아버지에게 가자, 다사라타는 라마를 자리에 앉히고 말했다.

"또 불러서 놀랐을지 모르지만, 네가 지체 없이 왕위에 앉아야 한다는 불안감에 사로잡혀 있다. 무서운 예감이 드는구나. 요즘 나는 악몽을 꾸고, 어디서 나는지 알 수 없는 불쾌한 비명 소리가 들려. 점성가들은 내 별들이 지금 상서롭게 결합되어 있지 않다고 하는구나. 나는 내 탄생별이 부서져 불타는 꿈을 꾸었다. 사람은 한 번 태어나면 영원히 죽지 않는 현자들의 자비와 조상들과 신들에게 빚을 지게 된다. 이 세 가지 빚은 자기한테 할당된 생이 끝나기 전에 완전히 갚아야 한다. 나는 이제 빚을 완전히 갚았다고 생각한다. 나는 인생을 즐겼고, 왕으로서 절대적인 권위를 가지고 나라를 다스렸으며, 백성들의 사랑과 신뢰를 얻었다. 이제 내가 할 일은 아무것도 남지 않았다. 나는 늙었고, 내 육신은 해체될 준비가 되어 있다……."

그는 전에도 이런 말을 했지만, 지금 또 그 말을 되풀이하고 있었다. 라마는 아버지의 마음이 몹시 동요하고 있다는 것을 느꼈다. 하지만 아버지를 존경했고 천성이 착했기 때문에, 마치 처음 듣는 것처럼 아버지의 말에 다시 귀를 기울였다.

"내 별인 화성과 목성이 같은 '궁'을 향하고 있다고 점성가들이 그러더구나. 이는 죽음이나 그 이상의 재난이 가까워졌음을 뜻한다. 그래서 나는 이 문제의 긴급성을 너한테 인식시키고 싶다. 내일은 푸시아 별이 달과 결합하는 날이다. 대관식은 어떤 장애물도 없이 순조롭게 끝나야 한다. 어떤 절차를 연기할 수 있다고는 잠시도 생각지 마라. 어떤 것도 연기하면 안 된다. 인간의 마음이 얼마나 변덕스러운지, 인간의 마음속에서 어떤 변화가 일어날지는 아무도 알 수 없는 법. 그러니 중요한 건 대관식을 망설이지 말고 거행해야 한다는 것이다. 오늘 밤에는 조심해라. 대관식이 끝날 때까지는 매사 신중하게 처신하기 바란다. 호위병 없이 혼자 밖에 나오지 말고, 모든 금욕과 맹세를 철저히 지키도록 해라. 시타와 너는 목욕재계를 해야 하고, 네 침대에서 자지 말고 다르바로 짠 매트 위에서 눈만 붙여라. 대관식은 내일 새벽에 시작될 것이다. 마음의 준비를 하고, 옷이 준비됐는지도 확인하도록 해라. 오늘 저녁에는 금식해야 한다. 시타에게 늦지 말라고 미리 경고해두어라. 대관식에서는 아내의 참석과 때맞춘 참여가 매우 중요하니까……."

라마는 아버지의 말을 귀담아듣고, 아버지의 분부에 충실히 따르겠다고 약속했다. 마지막으로 다사라타가 설명했다.

"바라타가 외가에 가 있을 때 이 일을 끝내는 게 상책이다. 바라타가 너에게 헌신적인 것은 나도 알지만, 인간의 마음은 언제든지 변덕을 부릴 수 있으니까 말이다. 결국 바라타는 왜 자기가 왕이 되면 안 되는지 의문을 품을지 모른다. 하지만 바라타가 그걸 기정사실로 알게 되면, 무척 즐거워할 게 분명하다."

아버지의 교활함은 좀 놀라웠지만, 라마는 설령 그것을 알아차렸다 해도 겉으로 드러내지는 않았다.

다사라타의 마음속 한구석에는 바라타가 왕위를 요구할지도 모른다는 걱정이 숨어 있었다. 이 걱정은 결국 근거있는 것으로 밝혀졌다. 바라타는 먼 곳에 가 있었지만, 그의 생모인 카이케이가 끈질기게 아들의 주장과 권리를 지지했기 때문에 라마의 일생에 재앙을 초래했고 사건의 흐름 전체를 바꾸어버렸다.

그 일은 이렇게 일어났다. 곱사등이 만타라는 왕이 총애하는 두 번째 왕비 카이케이의 늙은 시녀였다. 이날 만타라는 카이케이의 처소 꼭대기 테라스로 올라가 시내를 바라보다가 불꽃이 밤하늘을 장식하는 것을 보고 중얼거렸다. "오늘은 뭘 축하하고 있는 거지?"

아래층으로 내려가서 그 이유를 알아내고는, 흥분하여 입술을 깨물고 중얼거렸다. "내가 막을 거야. 막고 말 거야." 그러고는 서둘러 카이케이의 방으로 가서, 쉬고 있는 여주인에게 소리쳤다.

"지금이 한가하게 주무실 때예요? 신세 망치기 전에 어서 일어나세요."

카이케이는 눈을 뜨고 외쳤다.

"너로구나! 지금까지 어디 있었지? 뭘 걱정하고 있는데?"

"왕비님께 이제 곧 닥쳐올 운명을 걱정하고 있답니다."

카이케이는 호기심을 느꼈지만, 여전히 침상에 누운 채 말했다.

"어디 아픈 모양이구나. 의사를 불러서 치료할 수 있는지 알아보자꾸나." 그러고는 큰 소리로 웃었다. "자, 진정하고 내 옆에 앉아서 노래나 한 곡 불러다오."

만타라는 날카롭게 말했다.

"젊음과 아름다움이 왕비님께 힘을 주는 유일한 원천이라는 걸 아세요? 그리고 왕비님이 세계를 정복한 분의 아내라는 지위를 얻은 것도 왕비님의 아름다움 덕분이라는 걸 아세요?"

"그래?" 카이케이는 여전히 장난스러운 기분으로 물었다.

"하지만 젊음과 아름다움은 둘 다 급류와 같답니다. 산비탈을 따라 내려오면서 꽃과 나뭇잎을 짓뭉갤 동안은 왕비님을 매력으로 넘치게 해주지요. 하지만 그게 얼마나 오래 지속될까요? 급류는 곧 끝나고, 급류 대신 왕비님께는 모래투성이 강바닥만 남게 됩니다. 시간문제일 뿐이죠. 왕비님이 늙어서 볼이 움푹 꺼지면, 그때는 아무 매력도 없는 하찮은 존재가 될 거예요. 왕비님이 사랑하는 분은 손등으로 왕비님을 밀쳐내겠죠. 다른 사람이 왕비님을 마음대로 좌지우지하게 될 거예요."

"거울을 가져와. 네가 왜 그런 말을 하는지 봐야겠다. 내가 오늘 갑자기 늙었나?" 카이케이는 소리 내어 웃었다.

"늙은 게 아니라 독선에 빠져 있답니다. 그리고 위험에 뛰어들고 있어요. 파멸이 왕비님 머리 위에 매달려 있는데."

카이케이는 짜증을 느꼈다.

"알기 쉽게 말하지 않을 거면 나갔다가 나중에 다시 와. 오늘은 나를 짜증나게 하기로 작심한 것 같아."

"대왕님을 매혹시키고 있는 왕비님의 젊음과 아름다움을 낭비하지 마세요. 그걸 잃기 전에 대왕님이 왕비님을 돕게 해서 왕비님 자신을 구하세요. 늦기 전에 빨리 일어나서 행동하세요." 카이케이는 이제 불안한 얼굴로 일어나 앉았다. 만타라는 자기 말이 효과를 낳은 데 만족하여 선언했다. "대왕님이 왕비님을 속였어요. 대왕님은 내일 라마 왕자를 왕위에 앉히고 은퇴하실 예정이랍니다."

"그렇구나!" 카이케이는 소리를 지르며 일어섰다. "그처럼 좋은 소식을 가져왔으니 상을 주마." 그러고는 목걸이를 풀어서 만타라의 무릎에 던졌다. 만타라는 그것을 받아서 옆에 내려놓았다. "그래, 너는 더 많은 상을 받을 자격이 있어. 원하는 게 있으면 말해. 뭐든지 다 줄 테니까."

이 말에 만타라는 기가 막히고 화가 나서 소리를 질렀다.

"저는 라마가 왕이 될 거라고 말씀드렸는데, 왕비님이 하시는 걸 보면 마치 왕비님의 아들 바라타가……"

"나는 라마와 바라타를 전혀 차별하지 않아. 내게는 똑같아. 라마는 왕이 되려고 태어난 아이야. 나도 어머니로서 그게 자랑스럽고 행복해."

"왕비님이 라마의 어머니라고요?"

"그래. 라마와 같은 지위에 있는 사람은 어머니를 다섯 명 갖는다는 걸 몰라? 생모, 계모, 고모, 형수, 그리고 사모(師母) — 이 다섯 여자가 어머니로서 모두 대등한 지위를 갖지. 라마의 소식을 듣고 내가 행복한 이유를 알겠지? 카우살야와 마찬가지로 나도 라마의 어머니야. 그러니까 내가 멍청이라서 상황을 이해하지 못한다고 오해하진 마라!"

이 말에 만타라는 두 손바닥으로 제 이마를 탁 때렸다. 그런데 너무 세게 때렸기 때문에 카이케이가 말했다.

"멍이 생겼구나. 내 엄지손가락만큼 큰 멍이."

"이 세상에서 벌어지는 온갖 배신행위를 보니 차라리 자살했으면 좋겠어요. 아예 태어나지 말았으면 좋았을걸." 만타라가 울부짖었다. "지금 저는 왕비님을 위해 슬퍼하는 거예요. 왕비님 위에 감도는 불운을 슬퍼하는 거예요. 마음이 태평하고 순진한 왕비님을 보면 가슴이 찢어져요. 살쾡이의 아가리를 향해 날아가는 작은 비둘기가 생각나서요."

이런 말을 들으면서 카이케이의 마음은 어떤 말도 받아들일 준비가 되었다.

"왕비님의 부군이신 폐하께서는 아주 교활하세요. 폐하는 왕비님의 의심을 받지 않고도 엄청난 속임수를 쓸 수 있답니다. 왕비님은 모르고 계시지만, 폐하는 속임수가 정말 교묘해서 왕비님이 꿈에도 의심할 수 없을 정도예요. 왕비님과 폐하는 대등하지 않아요. 폐하

라마야나

는 왕비님께 청혼했을 때 왕비님의 아버지라고 해도 될 만큼 나이가 많았지요. 물론 왕비님의 아버지는 청혼을 거절하셨지요. 하지만 늙은 신랑은 왕비님의 젊음과 아름다움에 반한 나머지 무엇이든 약속할 각오가 되어 있었답니다. 그래서 왕비님이 낳는 아들을 후계자로 삼겠다고 왕비님의 아버지께 맹세했지요. 그 이야기를 엿들은 사람은 저뿐이에요. 다른 사람은 아무도 몰라요. 이제 때가 오자 노인네는 바라타에게 상냥하게 권했죠. '외가에 가서 며칠 지내다 오는 게 어떠냐? 네 외할아버지가 아주 오래전부터 너를 보고 싶어 하셨는데.' 그렇게 해서 노인네는 바라타와 뗄 수 없는 사이인 동생 사트루그나를 둘 다 방해가 되지 않도록 치워버렸답니다. 노인네는 왕비님의 애무를 받지 않고는 단 하루도 살 수 없지만, 그렇지만 않다면 왕비님도 멀리 보내버렸을 거예요! 왕비님의 매력이 아직은 효과가 있답니다. 너무 늦기 전에 그 매력을 동원해서 왕비님 자신을 구해야 할 거예요. 내일 라마가 왕위에 오르면 안 됩니다."

"왜 안 되는데? 폐하께도 나름대로 이유가 있을 거야. 그리고 나는 라마와 바라타의 차이를 전혀 모르겠어."

"사람이 하룻밤 사이에 달라질 수도 있다는 걸 모르세요? 내일 이맘때면 라마는 다른 라마가 되어 있을 거예요. 라마는 강력한 왕으로서 왕위를 지키는 것을 유일한 목표로 삼을 거예요. 그 목표를 이루기 위해 모든 장애물을 제거할 거예요. 가장 큰 장애물은 물론 바라타겠지요. 바라타는 언제든지 권리를 주장할 수 있고, 그 주장은 대중의 지지를 받을 거예요. 그러면 라마는 바라타를 추방하거나 억압하거나 죽이거나 하겠지요. 왕비님은 더 이상 왕비가 아니라 선왕의 아내인 대비가 될 것이고, 아마 왕의 모후인 카우살야의 시녀 신세로 전락할 거예요."

"안 돼! 어떻게 감히 카우살야가!" 카이케이는 저도 모르게 소리쳤다. "그러기만 해봐라!"

"내일 이맘때면 그런 일도 일어날 수 있답니다. 조만간 반드시 일어날 거예요." 이렇게 해서 만타라는 카이케이를 거의 공황 상태로 몰아넣은 다음, 해결책을 제시했다. "옛날 폐하는 왕비님 덕에 목숨을 구한 적이 있는데, 그때 폐하는 왕비님께 두 가지 소원을 들어주겠다고 약속하셨어요. 기억나시죠? 폐하가 왕비님의 아버지한테 한 약속은 그냥 내버려두세요. 왕비님은 그 약속과는 관계가 없으니까요. 그 대신, 왕비님이 받은 두 가지 약속에 매달리세요. 우선 라마를 십사 년 동안 단다카 숲으로 추방하라고 요구하세요. 둘째, 라마 대신 바라타를 왕위에 앉히라고 요구하세요."

"그건 실현될 수 없는 조건이야. 넌 취한 게 분명해."

"아니에요. 지극히 실제적인 조건이에요. 이렇게만 하면……."

그래서 다사라타가 여느 때처럼 카이케이를 찾아왔을 때, 카이케이는 방에도 정원에도 없었다. 한 시녀가 말했다.

"왕비님은 '코파그루하(분노의 방)'에 계십니다."

"왜? 거긴 왜 갔지?" 그는 힘든 하루를 보냈다. 정신적 스승인 바시슈타와 재상인 수만트라와 회의를 거듭하면서 이튿날 있을 대관식과 축제 준비를 자세히 의논했다. "내일은 모든 백성을 잔치에 초대하겠소. 아무도 부족함을 느끼지 않게 하시오." 그는 모든 집과 거리와 건물을 아름답게 장식하고 환하게 불을 밝혀야 한다고 몇 번이고 강조했다. 그리고 악사와 무용수와 연예인들은 동이 트기 전에 회관에서 대기해야 하고, 새로 왕관을 쓴 왕의 행진에는 대례용 코끼리와 말과 마차가 참여해야 한다고 말했고, 행진이 지나갈 거리 이름을 나열했다. "사람들은 옥좌에 앉은 라마와 행진하는 라마를 보고 싶어 할 거요. 모든 남녀노소가 라마를 볼 기회를 가져야 할 거요. 행진을 지휘하는 사람들에게 일러두시오. 천천히 움직이되 라마가 지칠 만큼 천천히 움직이지는 말라고……." 이렇게 대관식에 따른 세세한 사항을 빠짐없이 결정하고 지시한 다음, 저녁이 되자 지친 몸과 마음을 달래고 긴장과 피로를 풀기 위해 카이케이와 함께 시간을 보내려고 찾아온 것이다.

카이케이가 코파그루하에 틀어박혔다는 말에 다사라타도 찜찜한 기분이 들었다. 어쨌든 그가 들어가자 카이케이는 어두컴컴한 방에서 머리를 풀어헤치고 마룻바닥에 꼴사납게 널브러져 있었다. 머리에 꽂았던 꽃들은 떨어져 나갔고, 장신구는 여기저기 흩어져 있고, 옷도 아무렇게나 입고 있었다. 그가 들어온 것도 알아차리지 못한 듯했다. 그는 허리를 숙이고 부드럽게 물었다.

"몸이 어디 불편하오?" 카이케이는 그가 같은 질문을 되풀이할 때까지 아무 대답도 하지 않았다. 그가 몇 번이고 되풀이 묻자 그제야 천천히 대답했다.

"건강은 모든 면에서 완벽해요. 신체적으로는 아무 문제도 없어요."

"미안하오. 내가 좀 늦었소. 사실은 당신한테 직접 소식을 전하고 싶어서 기다렸소. 이 소식을 들으면 당신이 진심으로 기뻐하리라는 것을 알기 때문에, 당신이 기뻐하는 모습을 보면서 나도 함께 즐기고 싶었소."

카이케이는 생색을 내며 중얼거렸다.

"저도 알고 있었어요. 저는 무슨 일이 벌어지고 있는지 모를 만큼 어리석지도 않고, 귀머거리도 아니고 장님도 아니에요."

방이 어두웠고 카이케이가 고개를 숙였기 때문에, 왕은 그녀가 어떤 기분으로 그런 말을 했는지 판단할 방법이 없었다. 그렇게 허리를 낮게 숙이기는 어려웠기 때문에 왕은 그녀에게 간청했다.

"일어나서 의자에 앉는 게 어떻겠소? 그러면 나도 당신 옆에 편안히 앉아서 당신 말을 들을 수 있을 텐데."

"편안하게 앉고 싶으면 마음대로 하세요. 저는 편안함 따위는 필요 없어요. 앞으로는 흙먼지와 누더기가 제 몫이 될 거예요."

"왜 그런 식으로 말하는 거요? 일어나서 온 백성과 함께 기쁨을 나눕시다. 마차를 타고 돌아다니면서 기쁨에 겨운 사람들을 봅시다."

"저는 죽고 싶을 뿐이에요. 폐하께서 저에게 독약 한 사발을 보내 줄 수 있다면, 지금 저한테는 더없이 고마울 거예요."

왕은 꼴사납게도 마룻바닥에 털썩 주저앉아서 왕비를 달래려고 애썼다. 무릎 관절이 쑤시고 삐걱거리는 소리를 냈다. 하지만 왕비는 꼼짝도 하지 않았다. 시종을 부를 때가 아니었다. 그래서 왕은 발판을 그녀 옆으로 밀어놓고, 그 위에 앉았다. 왕이 한참 동안 달랜 뒤에야 그녀가 말했다.

"그럼 저한테 맹세하세요. 제가 요구하는 것을 다 들어주겠다고, 신성한 모든 존재를 두고 맹세하세요. 그러지 않을 거면 제가 편안히 죽게 해주세요."

"나는 지금까지 한 번도 당신 부탁을 거절해본 적이 없소. 당신의 소원이라면 뭐든지 다 들어주리다."

"라마를 걸고 맹세할 수 있겠어요?" 그녀가 물었다.

왕은 라마의 이름을 듣고 왠지 불안한 기분이 들었기 때문에 직접적인 대답을 피했다.

"원하는 게 뭔지 말해보구려."

"폐하께서는 오래전에 저한테 두 가지 소원을 들어주겠다고 약속하셨습니다. 당신은 잊었을지 모르지만, 저는 잊지 않았어요. 지금 그걸 말해도 될까요?" 이제 그녀는 일어나 앉았기 때문에, 그녀와 대화를 나누는 것이 아까만큼 피곤하지 않았다. 왕은 손을 뻗어 왕비를 만지려고 했지만, 그녀는 그의 손을 밀쳐냈다. "인드라와 아수라 사이에 전투가 벌어졌을 때, 그래서 당신이 인드라를 구하러 갔다가 화살을 맞고 정신을 잃었을 때, 누가 당신을 소생시켰는지 기억하세요?"

"물론 기억하고말고. 그걸 어떻게 잊을 수 있겠소? 그때 목숨을 건졌기 때문에 지금까지 살아서 이 날을 볼 수 있었소. 그러지 않았다면 그날 저녁에 어떤 마차 바퀴라도 나를 깔아뭉갤 수 있었을 거요."

"훌륭한 기억력을 갖고 계시는군요. 거기까지 기억해주셔서 기뻐요. 그러면 당신을 간호하고 소생시키려다가 하마터면 목숨을 잃을 뻔한 여자가 누군지도 기억하세요?"

"물론이오."

"그 보답으로 그 여자한테 뭘 약속하셨죠?"

왕은 잠시 침묵 속에 머뭇거리다가 말했다.

"나는 잊지 않았소."

"어쩌면 당신은 자세한 내용을 잊었을지도 모르니까, 제가 기억을 되살리도록 도와드릴게요. 그때 당신은 이렇게 말했지요. '두 가지 소원을 말하면 들어주겠다.' 그래서 그 여자는 어떻게 했죠?" 왕이 아무 대답도 하지 못하자 그녀가 덧붙여 말했다. "소원은 나중에 말하겠다고 했답니다. 그러자 당신은 이렇게 약속했지요. '언제든 네가 원할 때, 그것이 설령 백 년 뒤라 해도 너는 원하는 것을 반드시 얻게 될 것이다.'"

왕은 점점 불안해져서 짤막하게 말했다.

"당신이 소원을 말할 때가 온 모양이군." 왕의 말투에 쾌활한 기색은 전혀 없었다. 그는 불길한 예감에 사로잡혔다.

"거기에 대해 말씀드릴까요? 하지 말까요?"

"일어나서 축제용 의상과 장신구로 치장하시오. 당신이 눈부신 별답게 반짝반짝 빛나도록. 준비됐으면 갑시다."

"네, 때가 되면 가죠. 당신이 저한테 약속한 바를 이행한 뒤에." 왕은 그녀의 입에서 그 말이 나오도록 내버려둘 용기를 잃어버렸다. '맹세', '소원', '약속', '이행' 같은 말을 듣기만 해도 신경이 곤두섰다. 왕비는 눈물이 글썽한 눈으로 왕을 쳐다보았다. 왕은 감히 그녀를 바라보지 못했다. 그녀를 보면 그 매력에 압도당하고 만다는 것을 알고 있었다. 곧 그녀가 말했다.

"자, 이젠 가보세요. 카우살야한테 돌아가서 잔치와 축제를 즐기세요. 저는 혼자 내버려두세요." '독약 한 사발'을 또다시 언급할 필요는 없었다. 왕은 그녀의 말이 진심이라는 것을 알았고, 그녀가 죽는다고 생각하자 완전히 기겁을 하고 허둥댔다. 그가 열정적으로 말했다.

"내가 당신을 얼마나 사랑하는지 알잖소. 제발 이 방에서 나갑시다. 이 분위기에서 벗어납시다."

"당신은 두 가지 소원을 들어주겠다고 약속했고, 당신의 아들 라마, 당신이 사랑하는 아들 라마의 이름으로 맹세하셨어요. 이제 제 속마음을 솔직히 털어놓고 말씀드릴게요. 제 요구를 거절하신다면, 당신은 태양신의 훌륭한 자손인 익슈바후족 가운데 최초로 사리사욕 때문에 약속을 저버린 사람이 될 거예요." 그녀는 숨을 들이마시고 요구했다. "대관식은 예정대로 진행시키시되, 라마 대신 바라타에게 왕관을 씌워주시고, 라마는 십사 년 동안 단다카 숲으로 추방시키세요."

왕이 이 말의 의미를 이해하는 데에는 잠시 시간이 걸렸다. 그는 벌떡 일어나면서 중얼거렸다.

"당신 미쳤소? 아니면 농담하는 거요? 나를 놀릴 작정이오?" 그는 침상을 찾아 그녀 곁을 떠났다. 금방이라도 기절할 것 같았다. 그는 눈앞이 캄캄해지는 것을 느끼고 손으로 더듬거리며 쉴 자리를 찾았다. 이윽고 침상에 이르자 드러누워 눈을 감았다.

카이케이가 말하는 소리가 들렸다.

"당장 사람을 보내서 바라타를 데려오세요. 바라타는 지금 너무 멀리 떨어져 있어요. 바라타가 돌아올 시간을 주세요. 라마에게는 당장 여기서 떠나라고 말하세요."

"이런 마귀 같으니." 그는 여전히 눈을 감은 채 중얼거렸다.

"저를 저주하지 마세요. 당신이 저보다 카우살야가 더 마음에 든다고 생각하셔도 전 놀라지 않아요. 어서 카우살야한테 돌아가서 함께 즐거운 시간을 보내세요. 저는 여기 와서 저를 저주해달라고 당신한테 부탁한 적이 없어요. 제가 이 방에 틀어박힌 건 오로지 당신을 피하기 위해서였어요."

그날 밤에는 줄곧 이런 식의 대화가 계속되었다. 다사라타는 타협을 보려고 마지막 노력을 해보았다.

"당신이 원한다면 좋소. 바라타를 왕위에 앉힙시다. 하지만 라마도 계속 여기에 머물게 합시다. 당신도 라마를 알잖소. 라마는 아무도 해치지 않을 거요. 반드시 바라타를 왕으로 삼겠소. 바라타는 훌륭한 왕이 될 거요. 하지만 당신에게 정중하게 부탁하겠소. 당신 앞에 무릎을 꿇고 당신 발에 입을 맞추어도 좋소. 라마가 먼 곳으로 떠나지 않고 그냥 여기 집에 계속 머물러 있게 해줍시다. 라마가 어떻게 그 험한 숲길을 걸어 다니며, 살 집도 없는 들판에서 어떻게 살아갈 수 있겠소?"

"살 수 있어요. 라마는 당신이 말하는 그런 나약한 어린애가 아니에요. 라마는 십사 년 동안 멀리 떨어진 곳에서 살아야 하고, 나무껍질을 몸에 걸치고, 나무뿌리와 나뭇잎을 먹고……."

"라마가 죽기를 바라는 거요? 아아……." 왕은 소리를 질렀다.

카이케이는 그저 이렇게 말했을 뿐이다.

"괜히 소란 피우지 마세요. 당신이 약속을 지키느냐 마느냐, 문제는 그것뿐이에요."

그날 밤은 완전한 침묵 속에서 지나갔다. 카이케이는 여전히 마룻바닥에 머물러 있었고, 다사라타는 침상에 누워 있었다. 아무도 그들을 방해하지 않았다. 왕이 아내들 가운데 하나와 함께 있을 때는 방해하지 않는 것이 관례였다. 시종들도 방에 들어오지 않았다. 그럼에도 불구하고 조만간 누군가가 열심히 왕을 찾을 것은 불가피한 일이었다. 왕의 의견을 물어야 할 일이 많았다. 재상은 어찌 해야 좋을지 몰라서 허둥댔다. "폐하는 어디 계시지? 폐하는 어디 계시지?" 이런 질문이 끊임없이 계속되었다.

회관은 대관식을 보려고 모여든 백성과 귀빈들로 붐비기 시작했다. 라마는 목욕재계하고 수석 사제가 집전한 정화식을 끝낸 뒤, 소박한 비단옷을 입고 예복이 준비되기를 기다리고 있었다. 동이 트기 직전에 천신들을 기쁘게 해줄 제물이 놓일 곳에 신성한 불이 켜졌다. 사제단은 이미 만트라를 제창하고 있었다. 곳곳에서 연주하는 음악 소리가 공중을 채웠다. 백성들의 재잘거림도 끊임없이 계속되었다. 하지만 재상과 집행위원들이 모여 있는 내실은 근심에 싸여 있었다. 왕이 도착해서 대관식의 시작을 선언하고, 이제 곧 도착할 국빈들을 맞이해야 하는데, 왕은 아직도 모습을 나타내지 않고 있었다.

재상 수만트라는 왕이 늦는 이유를 알아보려고 일어났다. 모든 일은 별들의 상서로운 운행과 동시에 이루어지도록 자세한 시간표에 따라 진행되어야 했다. 어느 항목이라도 지연되면 의식 전체가 원활하게 진행되지 않을 것이다. 수만트라는 회관을 떠나 왕을 찾으러 갔다. 그는 코파그루하의 문간에서 잠시 망설였지만, 커튼을 젖히고 문을 열고 들어갔다. 눈앞에 펼쳐진 광경은 당연히 그를 놀라게 했다.

"폐하께서 몸이 불편하신가요?" 재상이 물었다.

"당신이 직접 여쭈어보세요." 카이케이가 대답했다.

"왕비님도 불편하신가요? 음식이 잘못되었나요?" 재상이 불안한 얼굴로 물었다. 왕비는 아무 대답도 하지 않았다. 재상은 조용히 침상으로 다가가서 작은 소리로 말했다. "모두 폐하를 기다리고 있습니다. 준비를 서두르십시오."

왕은 몸을 조금 움직이면서 말했다.

"사람들한테 그냥 돌아가라고 말해주시오. 다 끝났소. 나는 마귀한테 사로잡혔소."

그러자 카이케이가 끼어들어 사정을 설명했다.

"폐하께서는 너무 긴장한 나머지 평상심을 잃으셨어요. 가서 라마를 보내세요."

라마는 대관식이 거행되기 전에 계모가 자기를 축복해주리라 기대하면서 코파그루하에 도착했다. 그를 보자 다사라타가 외쳤다. "라마!" 그러고는 말문이 막혀버렸다.

부왕의 이런 모습과 태도를 보고 라마는 불안해졌다.

"제가 아버지의 심기를 불편하게 했나요? 제 의무나 행실에 무슨 잘못이라도 있었나요?"

"내가 아버지를 대신해서 말해주마." 카이케이가 말했다. "아버지는 그 말을 하시기가 어려워서 이렇게 괴로워하고 계신 거란다. 너의 대관식은 오늘 열리지 않을 것이야." 그러고는 라마에게 일의 자초지종을 설명했다. 그리고 두 가지 약속과 그런 약속을 하게 된 경위에 대해서도 모두 이야기했다. "아버지가 약속을 이행하도록 돕는 것이 네 의무야. 그러지 않으면 아버지는 이 세상만이 아니라 다른 세상에서도 자신을 저주하게 될 거야. 너는 아들로서 아버지에게 해야 할 의무가 있어."

라마는 충격에 사로잡혔지만, 충격을 속으로 삭이고 나서 말했다. "물론 저는 아버지가 원하시는 대로 하겠습니다. 어머니, 저는 의무를 회피하지 않을 테니 안심하세요. 왕위에는 전혀 관심이 없습니다. 그런 자리에는 아무 애착도 없고, 숲 속 생활을 싫어하지도 않습니다."

"십사 년이야." 카이케이가 상기시켰다.

"예, 십사 년. 제가 유감스럽게 생각하는 것은 이 이야기를 아버지한테 직접 듣지 못했다는 것뿐입니다. 저에게 직접 말씀하셨다면 저는 더없는 영광으로 생각했을 텐데요."

"걱정하지 마라. 너는 네 행동으로 아버지를 기쁘게 해드릴 수 있어. 지금 당장 떠나렴. 네가 아버지를 성가시게 하지 않고 떠나면 아버지도 기뻐하실 거야."

"저는 조금도 상처받지 않았다고 아버지를 안심시켜주세요. 저는 어머니 말씀을 아버지의 말씀으로 받아들이겠습니다."

그러고는 아버지의 곤경을 살피려고 가까이 다가갔다. 그러자 카이케이가 말했다.

"아버지는 내가 보살펴드릴 테니 너는 시간 낭비하지 말고 어서 가거라. 잠시도 꾸물거리지 말고 떠나야 해. 그게 아버지의 소원이야."

"지체 없이 바라타를 데려오도록 사람을 보내겠습니다."

"아니다." 카이케이가 말했다. "바라타에 대해서는 걱정하지 마라. 내가 다 알아서 할 테니까. 너는 우선 출발을 서둘러." 카이케이는 바라타가 라마에게 헌신적이라는 것을 알고 있었고, 그래서 바라타가 어떻게 나올지 확신할 수 없었기 때문에, 바라타가 도착하기 전에 라마를 방해가 안 되는 곳으로 멀리 보내고 싶었다.

"제 어머니 카우살야에게 작별 인사를 하고 당장 떠나겠습니다." 라마가 말했다. 그는 말을 못하는 아버지에게 한 번 더 눈길을 던지고 방에서 나갔다.

라마가 다사라타의 궁전에서 나오자, 군중은 회관까지 그를 따라가려고 기다리고 있었다. 그들은 라마의 얼굴을 보고 아무런 차이도 알아차리지 못했지만, 라마는 그를 기다리고 있는 마차에 올라타지 않고 어머니의 처소 쪽으로 걸어가기 시작했다. 군중은 그를 따라갔다.

라마는 어머니 카우살야를 찾아갔다. 카우살야는 아들의 행복을 위해 단식과 고행을 하느라 몸이 쇠약해져 있었다. 그녀는 아들이 왕위의 표상을 갖춘 예복 차림으로 올 줄 알았는데, 평범한 비단옷 차림인 것을 보고 물었다.

"왜 아직도 대례복을 입지 않았느냐?"

"아버지가 바라타를 왕위에 앉히기로 결정하셨어요." 라마가 간단하게 말했다.

"뭐라고? 아니, 왜?"

"저를 위해서 아버지는 다른 분부를 내리셨어요. 그건 저의 발전과 행복을 위해서예요."

"그게 뭔데? 도대체 뭐지?"

"아버지는 칠 년이 두 번 지나는 동안 제가 이곳을 떠나 숲에서 살면서 성자들과 어울리고 거기에서 모든 이익을 얻기를 바라세요. 그것뿐이에요."

카우살야는 쓰러져서 흐느껴 울었다. 두 손을 쥐어짜고, 몸 속 깊은 곳에서 기력이 다 빠져서 기절할 것 같았다. 그녀는 한숨을 내쉬고 무슨 말을 하려고 입을 벌렸지만 그 말을 다시 꿀꺽 삼켰다. 그녀가 씁쓸하게 말했다.

"아버지가 아들에게 내리는 분부가 참으로 원대하구나! 그래, 언제 떠나려 하느냐? 도대체 무슨 잘못을 저질러서 노여움을 산 것이냐?"

라마는 어머니를 두 손으로 부축하여 일으키고 나서 말했다.

라마야나 93

"아버지의 이름은 한 번 입에서 나온 말을 바꾸지 않기로 유명합니다. 어머니는 아버지의 말씀이 잘못되었기를 바라십니까? 저는 매우 축복받은 사람입니다. 동생을 왕위에 앉히고, 저 자신은 아버지의 분부를 실행하고, 숲에서 살 수 있으니, 세 번이나 축복을 받은 셈이지요. 슬퍼하지 마세요."

"아버지의 분부에 따르지 말라고는 말할 수 없으니, 나도 너와 함께 가는 수밖에 없구나. 너 없이는 살 수 없어."

"어머니의 자리는 남편의 옆입니다. 어머니는 아버지를 돌보셔야 합니다. 저를 추방한 것 때문에 아버지가 슬픔에 빠지지 않도록 위로해주셔야 해요. 지금 아버지 곁을 떠나시면 안 됩니다. 또한 나중에 아버지는 자신의 행복을 위한 종교의식에 참여하고 싶어 하실지도 몰라요. 그때는 어머니가 아버지 곁에 계셔야 할 겁니다. 저는 숲에서 살다가 돌아올 거예요. 십사 년은 십사 일처럼 빠르게 지나갈 수도 있으니까요. 어머니도 기억하시겠지만, 얼마 전에 숲에서 비스와미트라와 함께 머문 것은 저한테 헤아릴 수 없는 축복을 가져다주었지요. 이번 일도 저한테 그와 비슷한 기회일 수 있어요. 그러니까 슬퍼하지 마세요."

카우살야는 이제 라마를 막을 수 없다는 것을 깨달았다. 그래서 생각했다. '하다못해 라마가 이 결심을 자제하도록 남편의 도움을 청해보자.' 하지만 왕의 방에 도착하여 남편의 상태를 본 카우살야는 자신의 소망이 부질없다는 것을 깨달았다. 왕은 정신을 잃은 채 말없이 누워 있었다. 그래서 카우살야는 남편이 무서운 딜레마에 빠져 있는 게 분명하다는 것을 알았다. 무기력한 남편의 모습을 차마 볼 수가 없어서 그녀는 큰 소리로 울부짖었다. 그녀의 외침 소리가 너무 컸기 때문에, 회관에 모인 손님들은 깜짝 놀라서, 당장 왕궁으로 올라가 그 외침 소리의 원인을 알아보라고 현자인 바시슈타에게 요구했다. 온갖 음악 소리, 찬송가 소리, 기도 소리와 웃음소리와 말소리가 공기를 가득 채우고 있었다. 하지만 거기에 갑자기 침입한 그 울부짖음은 흥겨운 분위기를 망쳐놓았다. 바시슈타는 서둘러 달려갔다. 가서 보니 왕은 거의 죽은 것처럼 보였고, 카이케이는 좀 떨어진 곳에 앉아서 그 모습을 태연히 지켜보고 있었다. 카우살야는 완전히 절망하고 비참한 상태에 빠져 있었다. 그는 재빨리 상황을 판단하려고 했다. 카우살야에게 물어봐도 소용없을 것이다. 그래서 침착하고 냉정해 보이는 카이케이에게 몸을 돌렸다.

"무슨 일입니까?"

"이 모든 소란을 정당화할 수 있는 일은 아무것도 일어나지 않았어요." 카이케이가 말했다. "이런 상황은 무시해야 합니다. 순전히 집안 문제니까요. 동요하지 마세요. 회관으로 돌아가서 진정하라고 사람들한테 말하세요. 대관식 절차에 몇 가지 변화가 있었어요. 그것뿐이에요. 이제 곧 거기에 대한 이야기가 있을 거예요."

"저는 모든 것을 알고 싶습니다." 바시슈타가 단호하게 말했다.

그러자 카이케이가 서둘러 대답했다.

"물론 당신은 우리의 정신적 스승이고 지도자니까 설명을 요구할 권리가 있어요."

그녀가 말하는 동안, 바시슈타는 카우살야가 몸부림치고 꿈틀거리는 것을 보았다. 다사라타 왕도 몸을 약간 움직였다. 왕은 대화에 참여할 수는 없었지만 방에서 벌어지는 일을 알고 있는 게 분명했다. 카이케이는 왕과 카우살야가 자신과는 반대되는 목적으로 이야기를 시작하지 않도록 얼른 입을 열었다.

"당신의 지혜가 우리를 떠받치고 있어요. 부적절한 일은 전혀 일어나지 않았다는 걸 당신도 깨달을 거예요. 내가 모든 사정을 충분히 설명하기도 전에 라마는 상황을 이해하고 동의했답니다. 이 모든 소동을 일으키고 있는 건 다른 사람들이에요. 라마는 자신의 왕위 계승권을 바라타에게 넘겨주었고, 십사 년 동안 숲에 가서 지낼 거예요. 지금 라마의 관심사는 바로 그것이고, 라마는 두말없이 그것을 받아들였답니다. 하지만 다른 사람들 생각은……." 그녀는 팔을 들어 적대적인 몇몇 사람을 가리켰다.

바시슈타는 이해했지만 그래도 이렇게 물었다.

"이렇게 갑자기 바뀐 이유가 뭡니까?"

카이케이의 정중한 태도는 한계에 다다라 있었다.

"내 남편이 말할 작정이라면 말할 수 있어도, 그러지 않으면 기다려요. 저기 모인 사람들한테 계획이 좀 바뀌었다고만 말해주세요."

"그건 나중에 우리가 알아서 하겠습니다. 지금은 우선 폐하를 소생시켜야 합니다." 바시슈타는 말하고, 침상에 누워 있는 왕의 몸 위로 허리를 숙이더니 왕의 머리를 천천히 들어서 일어나 앉도록 도와주었다. "저희들에겐 폐하가 필요합니다. 폐하는 저희의 영주이고 수장입니다. 폐하께서 이런 식으로 물러나시면 어떻게 되겠습니까?"

"카이케이, 카이케이……." 왕은 계속 중얼거렸다.

"카이케이 왕비님은 정말 사려 깊은 분입니다." 바시슈타가 말했다. "왕비님은 폐하의 뜻에 어긋나는 일은 절대로 하지 않으실 겁니다. 저는 왕비님이 자상하고 친절하게 도움을 주실 거라고 확신합니다. 이 문제를 왕비님과 논의할 기회는 전혀 없었습니다. 우리의 당면 관심사는 폐하의 건강이니까요."

카이케이는 바시슈타의 이 희망에 찬 말을 얌전히 듣고만 있었다.

다사라타는 지푸라기 같은 한 가닥 희망을 움켜잡고 물었다.

"카이케이가 누그러졌소? 그렇다면 라마가 왕이 될 거요. 그리고 내 약속에 대해서는 카이케이가 다른 보상을 요구하게 합시다. 무엇이든 카이케이가 원하는……."

왕의 상태가 호전되고 있는 것을 보고 안심한 바시슈타는 카이케이 쪽으로 돌아서서, 최대한 겸손한 말투로 호소했다.

"모든 것이 왕비님 손에 달려 있습니다. 제발 왕비님 자신을 인류의 은인으로 생각하세요. 온 세상이 왕비님의 도움을 고맙게 생각할 겁니다. 제발 다시 생각하세요."

"세상에 이름을 떨치는 왕의 약속을 믿지 못한다면, 인생은 살 가치가 없어요." 카이케이는 흥분해서 식식거렸다. "어쨌든 나는 폐하께서 자발적으로 약속한 바를 이행하라고 요구했을 뿐이에요. 그런데 당신은 내가 무슨 범죄라도 저지른 것처럼 말하는군요."

"왕비님의 행동이 어떤 결과를 낳게 될지, 왕비님은 깨닫지 못하고 계십니다. 게다가 우리가 설명하려고 애쓰는데도 왕비님은 들으려고도 않고 이해하려고도 하지 않습니다. 왕비님의 완고함은 비인간적입니다." 바시슈타가 말했다. 그래도 왕비가 끄떡하지 않자 말을 이었다. "폐하의 혀는 추방이라는 말을 한 적이 없습니다. 라마 왕자가 그 말의 진실성을 의심하지 않으리라는 것을 알고 왕비님이 그 말을 폐하의 명인 것처럼 전달한 겁니다. 왕비님은 폐하의 총애를 받는 왕비라는 지위를 이용한 겁니다."

그가 어떤 주장을 해도 무슨 말로 설득해도, 카이케이는 냉소적이고 침착하게 자기 입장을 지켰다.

"현자인 당신도 무지하고 자기중심적인 사람들처럼 말하는군요. 아무것도 모르면서 나를 탓하고 나무라는 사람들 말이에요."

이 말을 듣고 마침내 왕이 폭발했다.

"이런 마귀 같으니. 당신은 라마에게 추방령을 내렸어. 라마는 벌써 떠났나? 당신을 배우자로 삼으려고 애쓴 내가 바보였지. 그건 내 스스로 죽음을 요구한 거나 마찬가지였어. 나는 그 앵두 같은 입술이 나를 격려해줄 줄 알았지. 그런데 사실은 나를 끝장낼 치명적인 독이었을 뿐이야. 이 현자가 내 증인이 될 거야. 당신은 더 이상 내 아내가 아니야. 내가 죽었을 때 당신 아들은 나를 화장할 권리를 갖지 못할 거야."

카우살야는 남편의 곤경을 보고 너무 가슴이 아파서 나름대로 남편을 위로하려고 애썼다. 라마가 추방될 걸 생각하면 그녀도 괴로웠지만, 그런 자신의 고통을 감춘 채 남편에게 분명하게 말했다.

"당신이 입으로 한 말의 고결함과 진실성을 유지하지 않고 이제 라마를 붙잡으려 한다면, 세상이 그것을 용납하지 않을 겁니다. 라마에 대한 애착을 줄이고 진성하세요."

카우살야의 조언도 왕의 노여움과 슬픔을 가라앉히지는 못했다.

"대관식 때 목욕재계하려고 가져온 강가 강의 성수가 이제 내가 세상에서 마지막으로 마실 물이 될 것이다. 피워 놓은 신성한 불은 내 주검을 태울 화장용 장작에 불을 지피는 데 쓰일 것이다. 라마야, 라마야, 가지 마라. 나는 카이케이에게 한 약속을 철회하겠다. 네가 떠나는 것을 어떻게 참고 볼 수 있겠느냐? 네가 떠나면 나는 살 수 없을 것이다. 네가 떠난 뒤에도 내가 살아 있다면, 아내의 형상을 한 저 괴물과 나 사이에 무슨 차이가 있겠느냐?" 다사라타는 그밖에도 수많은 방법으로 탄식했다

바시슈타가 말했다.

"슬퍼하지 마십시오, 폐하. 제가 어떻게든 왕자를 설득해서 이곳을 떠나지 않도록 하겠습니다."

다사라타는 의지력이 너무 약해져서 현자가 떠나는 것을 보고 그 희망에 매달렸다. 카우살야가 왕을 위로했다.

"바시슈타가 라마와 함께 돌아올 가능성이 큽니다." 그녀는 부드럽게 왕을 돌봐주었고, 남편의 머리와 어깨를 어루만졌다. 왕은 계속 같은 말만 되풀이했다.

"라마가 돌아올 거라고? 언제? 내가 그토록 사랑했던 카이케이가 바라타를 왕위에 앉히려고 나를 죽이려 하다니, 이 얼마나 끔찍한 일인가?"

한동안 침묵이 흘렀지만, 또다시 그의 비탄과 두려움은 갑절이 되어 다시 되풀이되곤 했다.

"내가 가장 사랑하는 아내, 카우살야여, 들으시오. 라마는 목표를 바꾸지 않고 분명히 떠날 거요. 그리고 나는 죽겠지. 그 이유를 아시오? 그건 옛날 이야기라오. 언젠가 나는 숲에서 사냥을 하다가 물이 꼴록거리는 소리를 들었소. 코끼리가 물을 마실 때 내는 소리였지. 나는 그쪽을 향해 화살을 쏘았고, 다음 순간 사람의 비명 소리가 들려왔소. 달려가 보니 아이 하나가 내가 쏜 화살에 맞아 쓰러져 있더군. 그 아이는 주전자에 물을 채우고 있던 참이었소. 주전자로 흘러 들어가는 물이 그런 소리를 냈던 거요. 아이는 죽어가면서 나한테 말했소. 부모는 늙은 장님인데, 그리 멀지 않은 곳에서 살고 있다고. 소년은 부모를 업고 이리저리 모시고 다니면서 그들을 돌보았던 거요. 소년의 부모는 이 비극적인 소식을 듣자, 아들을 죽인 자도 같은 운명을 겪으라고 저주한 뒤 죽고 말았소. 그러니까 그게 나의 운명이 될 거요."

라마가 추방된다는 소식이 전해지자, 회관에 모인 영주들과 평민들은 쓰러져서 울었다. 종교계의 지도자와 고행자들도 마찬가지였다. 남자와 여자들은 크게 소리 내어 울었고, 앵무새들은 새장 안에서 울었고, 고양이들은 사람들의 집에서 울었다. 갓난아기들은 요람에서 울었고, 암소와 송아지들도 울었다. 방금 피어난 꽃들은 시들어버렸다. 물새들, 코끼리들, 전차를 끄는 군마들도 라마와 헤어지는 아픔을 참지 못해 다사라타 왕처럼 모두 쓰러져 비탄에 빠졌다. 조금 전만 해도 축제의 마당이었던 곳이 슬픔의 마당으로 바뀌었다. 여기저기 군중이 모였다. 그들은 길모퉁이마다 삼삼오오 모여 서서 궁전 정문을 바라보며 추측하고 논평했다.

"카이케이—그 입술 붉은 매춘부한테 우리 대왕님이 그렇게 빠져 있는 줄은 몰랐어. 우리는 그 여자가 왕비라고 생각했지만, 그 여자는 자신의 본색을 보여주었어. 그 여자는 제 몸뚱이를 미끼로 이용해서 나이 많은 남자를 낚는 여자야. 대왕님은 자신의 파멸을 추구했고, 결국 나라를 파멸로 이끌었어. 카이케이가 제 아들과 함께 이 나라를 다스리도록 내버려두자. 다스릴 사람이 전혀 남지 않을 테니까. 우리는 모두 자살하거나 라마와 함께 떠날 거야. 아아, 라마를 대왕으로 갖지 못할 운명의 불운한 땅이여! 락슈마나는 뭘 하고 있지? 락슈마나는 이 이별을 어떻게 참고 견딜까? 라마에게 한 약속을 깨는 것은 어떻게 정당화할 수 있지? 이건 정말 이상한 정의야! 세상이 갑자기 미쳐버렸어!"

이 소식을 듣고 락슈마나는 최후의 심판 날에 지구를 삼키기 시작하는 불처럼 흥분했다.

"사자를 위해 보관해둔 먹이를 떠돌이 개한테 먹이려 하다니. 암사슴처럼 천진한 눈을 가진 그 여자는 그럴 작정이야." 락슈마나가 말했다. 그는 칼과 활을 집어 들고 전투복을 입고 공격적으로 길거리를 헤매 다니며 맹세했다. "라마는 결국 왕위에 오를 거야. 누구든 방해하는 자는 살아남지 못할 거야. 세상 사람들이 다 와도 좋아. 반대하는 놈은 내가 모조리 죽여버릴 거야. 그리고 놈들의 시체를 하늘까지 쌓아올릴 거야. 왕관을 빼앗아서 라마의 머리 위에 올려놓을 때까지는 잠시도 쉬지 않겠어. 이 일을 나는 오늘 당장 해낼 거야. 바로 오늘." 그의 불타는 눈을 보고 우렁찬 목소리로 도전하는 것을 들은 사람들은 그를 피해 물러섰다. "하늘의 모든 신들, 모든 악마들, 지상의 모든 좋은 사람들과 나쁜 사람들 — 온 세상이 반대한다 해도, 나는 일개 여인네의 소망에 굴복하거나 약해지지 않아."

그의 도발적인 말과 칼이 덜걱거리는 소리와 팽팽하게 당겨진 활시위가 팅팅거리는 소리는 라마의 귀에까지 들어왔다. 때마침 라마는 계모이자 락슈마나의 생모인 수미트라에게 작별 인사를 하러 가는 길이었다. 그 소리를 듣자 라마는 당장 돌아서서 락슈마나에게 외쳤다.

"전투복은 왜 입고 있는 거냐? 그리고 누구한테 도전하고 있는 거냐? 왜 그렇게 화가 나 있지?"

"지금이 화를 낼 때가 아니라면……" 락슈마나가 대꾸했다. "달리 언제 화를 내지? 형은 정당한 자리를 약속 받았는데. 이제 그게 취소됐어! 나는 도저히 참을 수가 없어. 그 음흉한 여자의 사악한 꿈이 실현되면 안 돼. 나는 내 분별력이 이 부당한 처사를 수동적으로 지켜보게만 하지는 않겠어. 죽을 때까지 저항할 거야."

"그건 내 잘못이었어." 라마가 말했다. "왕위를 물려주겠다는 아버지의 제의를 결과도 생각지 않고 그렇게 선뜻 받아들인 건 오직 내 책임이야. 너는 베다 암송과 독실한 생활의 모든 진실에 정통하니까, 네 입이 원하는 말을 그렇게 무책임하게 함부로 내뱉으면 안 돼. 너의 고발은 사리분별이 있고 차분한 기질을 가진 사람의 정밀 조사를 견뎌내지 못할 거야. 네가 비난하는 사람은 바로 네 아버지와 어머니인데, 다름 아닌 자기 부모에 대해 그렇게 신랄한 말을 하면 안 돼." (라마는 생모와 계모의 차이를 전혀 분간하지 못했다.) "진정해라, 아우야. 때로는 강물이 마르기도 하지만, 그게 강의 잘못이라고 말할 수는 없어. 강물이 마른 것은 날이 가물었기 때문이야. 아버지의 마음이 변한 것도, 그렇게 사랑스럽고 상냥했던 카이케이 어머니가 몰인정해 보이는 것도, 바라타가 왕위에 오를 기회를 얻은 것도 그 때문이지. 이것은 정말로 우리가 한 일이 아니라 좀 더 고귀한 권력의 명령이야."

"나는 운명 자체를 제압하는 운명이 되겠어." 락슈마나는 군인다운 오만한 태도로 논박했다. "필요하다면 나는 운명 자체를 바꾸고 고칠 거야." 락슈마나는 되풀이 말하고, 후렴처럼 반복되는 문장으로 마무리했다. "누구든 감히 내 목표에 반대하는 사람은 파멸을 면치 못할 거야. 나는 아버지도 어머니도 몰라. 내가 아는 건 형뿐이야." 락슈마나는 여전히 흥분한 태도로 말했다. "나한테 형은 전부야. 암뱀이 무슨 짓을 하려고 했든 관계없이, 내가 형을 형의 정당한 권리인 왕위에 앉히지 않으면 내 존재는 아무 의미도 없어. 내 팔다리와 감각을 고스란히 간직해봤자 아무 의미도 없어. 나는 피가 끓어서 좀처럼 가라앉질 않아. 내 활이 어떤 일을 할 수 있는지, 이제 형한테 보여줄게."

이 말에 라마는 동생의 손을 잡고 말렸다.

"나는 카이케이 어머니가 이 왕국을 물려받을 자격이 있다고 생각해. 아버지의 목숨을 구해서 아버지에게 은혜를 입혔으니까. 카이케이가 후계자로 선택한 게 바라타니까, 그건 바라타의 특권이야. 그리고 내 특권은 왕위를 포기하고 숲 속의 은자들과 어울리는 거야. 이 일에 전혀 관여하지 않은 무고한 동생, 우리를 돌봐준 어머니, 그리고 지상에서 가장 위대한 통치자였던 아버지를 이길 때까지 네 분노가 사납게 날뛰기를 원해? 그 승리가 그런 희생을 치를 가치가 있을까? 모든 확고한 관계를 파괴하려는 그 분노를 키울 만한 가치가 있을까? 자제해. 활에서 손을 떼."

락슈마나는 긴장을 풀고 중얼거렸다.

"내 팔이 가진 이 모든 힘이 도대체 무슨 가치가 있지! 악을 보았을 때 그 악을 무찌르는 데 쓸 수 없다면, 팔힘 따위는 단순한 짐일 뿐이야. 그리고 내 분노 자체도 아무 쓸모가 없다는 게 밝혀졌어."

라마는 락슈마나와 함께 수미트라 어머니에게 작별 인사를 하러 갔다. 다른 사람들과 마찬가지로 수미트라도 라마의 추방을 몹시 슬퍼하며 그를 말리려고 했다. 라마는 지치지도 않고, 떠나겠다는 자신의 결심과 아버지의 약속을 이행할 수 있게 된 기쁨을 다시 한 번 표명했다. 그들이 이야기하는 동안, 카이케이가 보낸 시녀가 나무껍질로 만든 옷을 안고 왔다. 그것은 빨리 옷을 갈아입고 떠나야 한다는 것을 라마에게 상기시키기 위한 것이었다. 락슈마나는 자기가 입을 옷도 한 벌 더 가져오라고 명하여, 지금까지 입고 있던 화려한 옷을 벗고 거친 나무껍질로 갈아입었다. 고행자나 참회자처럼 차려입은 라마는 곧 떠날 준비가 되었다. 그가 떠나는 것을 보고 여자들은 흐느껴 울었다. 라마는 락슈마나를 남겨두고 가려고 마지막으로 한 번 더 애써보았지만, 락슈마나는 고집스럽게 그를 따라왔다.

이윽고 라마가 시타의 방에 들어가 보니, 시타는 벌써 거친 식물 섬유로 짠 옷을 입고 있었다. 조금 전만 해도 시타는 왕비에게 어울리는 장신구로 치장하고 화려한 옷을 입고 있었지만, 이제 그 화려한 옷과 보석은 옆에 치워져 있었다. 라마가 자기 자신에 대해서는 좀처럼 흔들리지 않는 확고한 정신을 가지고 있었지만, 아내를 보고는 마음이 어지러워지는 것을 느꼈다. 그만큼 변화가 갑작스러웠기 때문이다.

"당신이 나와 함께 숲으로 가는 건 결코 아버지의 뜻이 아니었소. 이건 당신에게 어울리는 생활이 아니오. 나는 당신에게 작별 인사를 하러 왔을 뿐이오. 당신을 데려가려고 온 게 아니……"

"저는 옷을 갈아입고 준비를 끝냈어요. 보시다시피……"

"내가 좋은 옷을 입지 않아서 당신이 좋은 옷을 버리고 싶은 거라면, 그래도 좋소. 그럴 필요는 없지만."

"저는 당신과 함께 갈 거예요. 당신이 어디에 있든, 제가 있을 자리는 당신 옆이에요."

라마는 아내의 눈 속에서 단호한 결심을 보고, 마지막으로 한 번 더 간청했다.

"아버지와 어머니가 여기 계시니까, 며느리로서 당신은 여기서 수행해야 할 의무가 있어요. 나는 숲 속 생활을 마치고 나면 당신한테 돌아오겠소."

"십사 년 뒤에요? 내가 존재하는 의미가 뭐죠? 차라리 죽는 게 나아요. 당신이 없는 생활은 저한테 생지옥일 거예요. 저는 당신과 함께 있을 때에만 살아 있어요. 숲이든 궁전이든 저한테는 마찬가지예요."

라마는 아내의 결심을 꺾을 수 없다는 것을 깨닫고 말했다.
"그게 당신 소원이라면 그렇게 합시다. 신들이 당신을 지켜주시기를."

라마와 락슈마나와 시타가 카이케이의 명대로 검소한 옷을 입고 나타났을 때, 궁전 밖에는 엄청나게 많은 사람이 모여 있었다. 개중에는 그들을 보고 우는 사람도 많았고, 카이케이에게 저주를 퍼붓는 사람도 많았다. 그때 바시슈타가 다급한 태도로 도착하자 군중이 조용해졌다. 군중은 기대에 찬 눈으로 지켜보았다. 그들의 마음속에서는 상황을 마술적으로 변화시킬 수 있는 마지막 반전에 대한 기대가 샘물처럼 솟아나고 있었다. 현자 바시슈타가 절망적이고 지친 모습을 사람들에게 보인 것은 그때가 처음이었다. 그는 라마 앞으로 다가오더니 이렇게 말했다.
"가지 마십시오. 폐하께서는 왕자님이 궁궐로 돌아오기를 바라십니다."
"내가 떠나는 것이 아버지의 소망⋯⋯."
"그건 폐하의 소망이 아닙니다. 폐하께서는 한 번도 그런 말씀을 하신 적이 없습니다. 그건 왕자님의 계모가 내린 명령입니다. 그 왕비님은⋯⋯."
라마는 바시슈타가 카이케이에 대해 말하는 것을 바라지 않았기 때문에 말을 가로막았다.

"미안합니다. 용서하세요. 내 계모의 권위는 우리 아버지한테서 나오는 것이고, 아버지는 계모에게 약속하셨기 때문에, 계모의 명령에도 따르는 것이 내 의무입니다. 어떻게 지금 그것이 달라질 수 있겠습니까?"

"폐하께서는 왕자님이 떠나는 것을 몹시 슬퍼하고 계십니다. 이별의 슬픔을 견뎌내지 못하실 수도 있습니다. 폐하의 현재 상태로는……."

"사제님은 모든 점에서 우리의 스승이십니다. 우리 아버지를 위로해주시고, 우리가 처해 있는 현재 상황의 본질을 아버지가 깨닫게 해주십시오. 아버지의 약속을 지키는 것이 아들로서 내 의무라는 것을 말입니다. 일단 입에서 나온 말은 화살 같아서 앞으로만 나아갑니다. 도중에 그것을 되돌릴 수는 없습니다." 그는 더 이상 할 말이 없다는 표시로 깊이 허리 숙여 절을 했다. 바시슈타는 눈에 고인 눈물을 보이고 싶지 않아서, 말없이 돌아서서 물러갔다.

라마가 앞으로 한 걸음 내딛자 군중 전체가 앞으로 나왔다. 그가 멈춰 서자 군중도 멈춰 섰다. 아무도 입을 열지 않았다. 사람이 엄청나게 많은 것을 생각하면, 그 정적은 압도적이었다. 많은 사람의 눈에 눈물이 고여 있었다. "자, 여러분 모두에게 작별 인사를 하겠습니다." 라마는 두 손을 합장하고 인사했다. 그들도 답례했지만, 그가 움직이자 뒤에 남아 있을 기색은 조금도 보이지 않고 그를 따라 움직였다. 그들은 라마와 시타와 락슈마나를 에워쌌다. 군중은 숨이 막혀 헐떡이고 있었다. 그들이 얼마간 함께 이동한 뒤, 군중은 다가오는 마차를 위해 길을 열어주었다. 재상 수만트라가 마차에서 내려서 말했다.

"어서 마차에 타십시오. 시타 왕자비가 이 군중을 뚫고 걸어갈 수는 없을 겁니다."

라마는 미소를 지었다.

"시타는 나와 함께 있겠다고 약속했고, 아직도 먼 거리를 걸어가야 할지 모릅니다."

"그래도 마차를 탈 수 있을 때는 제발 타세요. 마차를 타면 적어도 군중보다 앞서 갈 수 있습니다."

라마는 시타를 부축하여 마차에 태웠다. 말들이 달리기 시작했지만, 그것도 오래가지 못했다. 사실 전속력으로 달려도 전혀 성과가 없었다. 군중 때문에 마차는 사람이 걷는 속도보다 더 빨리 나아가기가 어려웠다.

"천천히 갑시다. 그래도 해로울 건 없지요." 라마가 말했다. 그러자 락슈마나가 덧붙여 말했다.

"카이케이 계모는 적어도 형이 얼마나 빨리 이곳을 떠나야 하는지에 대해 구체적으로 말하지는 않았어."

그들은 사라유 강가에 도착하여, 그곳에서 밤을 보내기 위해 천막을 쳤다. 이곳까지 따라온 백성들도 불편함 따위는 개의치 않고 모래밭에 팔다리를 쭉 뻗고 드러누웠다. 자정이 지나자, 종일 걸어서 지친 사람들은 모두 잠이 들었다. 라마는 수만트라에게 조용히 말했다.

"지금이 떠날 기회입니다. 재상님은 궁궐로 돌아가서 제가 무사하다고 아버님께 전해주세요."

추종자들이 자는 동안, 라마와 시타와 락슈마나는 마차를 타고 강을 따라 멀리까지 나아간 다음, 강을 건너 맞은편 강둑으로 올라갔다. 수만트라는 그들이 가는 것을 지켜본 다음 돌아서서, 라마가 권고한 대로 군중을 깨우지 않고 다른 길을 이용하여 수도로 돌아갔다.

다사라타 왕은 꼼짝도 않고 무기력하게 누워 있었다. 눈은 감겨 있었지만, 밖에서 발소리가 나면 입술이 움직이면서 속삭이는 소리를 냈다. "라마가 왔소?" 바시슈타와 카우살야가 달래면, 그는 다시 꾸벅꾸벅 졸다가 다시 눈을 뜨고 물었다. "라마를 데리러 누굴 보냈소?"

"수만트라가 갔습니다." 바시슈타가 대답했다. 마침내 발소리가 들렸다. 그 소리는 졸고 있는 왕을 깨울 만큼 컸다. 문이 열렸다. 왕도 눈을 뜨고 소리쳤다.

"아아, 수만트라? 라마는 어디 있느냐?"

바시슈타나 카우살야가 미처 대답을 막을 사이도 없이 수만트라가 외쳤다.

"라마와 시타와 락슈마나는 강을 건너 강둑으로 올라가서, 대나무숲 사이로 구불구불 이어진 발자국을 따라서 갔습니다."

"아아!" 왕이 신음했다. 라마와 시타가 대나무숲 너머의 험한 숲길을 걷고 있다는 생각을 왕은 도저히 참을 수가 없었다. 그는 기절했고, 다시는 그 충격에서 회복되지 못했다. ("다사라타 왕은 수만트라가 말하고 있는 동안 숨을 거두었다"고 시인은 말하고 있다.)

왕의 죽음으로 왕국은 당분간 통치자를 잃었다. 바시슈타는 대신들과 고관들의 긴급회의를 소집하여 이렇게 결정했다.

"가장 먼저 해야 할 일은 바라타 왕자가 돌아와서 장례식을 치를 수 있을 때까지 폐하의 시신을 보존하는 겁니다."

그들은 왕의 시신을 기름솥에 넣어 방부 처리했다.

전령 두 명이 급히 수도로 돌아오라는 편지를 가지고 바라타에게 파견되었다. 그들은 말을 계속 전속력으로 몰아야 했고, 바라타에게 무언가를 설명하거나 알려서는 안 되었다. 그들은 신임받는 자들이었고, 왕의 급한 공문서를 운송해본 경험이 풍부했고, 자신들이 받은 명령 이상의 것을 하지는 않을 거라고 믿을 수 있었다. 팔 일 만에 그들은 케카야에 있는 아스와파티의 궁전에 이르렀다.

"우리는 바라타 왕자에게 전해줄 아주 중요한 전갈을 가져왔소."

바라타는 뛸 듯이 기뻐하며 지시했다. "그들을 지체 없이 올려 보내시오." 그는 방에서 그들을 맞이하자마자 성급하게 물었다. "아버님은 안녕하신가요?" 전령들은 중얼거리는 소리로 정중하게 대답했다. 바라타가 다시 말을 이었다. "라마 형님은 어떻게 지내세요?" 그들은 또다시 공손한 중얼거림을 되풀이하고 나서 말했다. "왕자님께 드릴 편지를 가져왔습니다." 바라타는 편지(야자나무 잎에 써서 비단으로 싼 편지)를 받아서 봉함을 뜯고 읽었다. "국사와 관련한 문제로 긴급히 돌아와주시기 바랍니다." 그는 편지를 가져온 전령들에게 푸짐한 상을 내리고, 당장 아요디아로 돌아갈 준비를 하기 시작했다. 긴 여행을 떠나기에 좋은 상서로운 시간을 궁정의 점성가에게 물어볼 만한 참을성도 없었다.

아요디아 교외에 이르자 바라타는 동생인 사트루그나에게 물었다.

"뭔가 분위기가 달라진 것 같지 않니?"

"마차나 말 탄 사람도 다니지 않고, 광장과 큰길에도 사람이 전혀 보이지 않네."

"거리와 집에도 불빛이 전혀 보이지 않아."

"음악 소리도 들리지 않고, 즐거운 목소리나 노랫소리, 악기를 연주하는 소리도 전혀 없고⋯⋯ 정말 숨이 막힐 것처럼 조용하군! 거리엔 사람이 거의 보이지 않고, 한두 명 마주쳤지만, 그들도 웃음기라곤 전혀 없는 얼굴로 우리를 쳐다보더군. 도대체 어떻게 된 거지?"

바라타는 곧장 부왕의 궁전으로 가서 위층으로 올라가, 인사말을 입술에 올린 채 아버지의 방으로 뛰어들었다. 그런데 왕이 여느 때와 같은 자리에 없었기 때문에, 그는 아버지를 찾으러 다녀야 할지 어떨지 몰라서 망설였다. 바로 그때 안쪽 문이 열리고 한 시녀가 나타나서 말했다.

"어머님께서 부르세요."

그는 당장 카이케이의 처소로 갔다. 그는 어머니에게 깊이 고개 숙여 절하고 어머니의 발을 만졌다. 그러자 카이케이가 물었다.

"케카야에 있는 외할버지와 외삼촌들, 그리고 다른 분들도 모두 안녕하시더냐?"

바라타는 외가댁 사람들은 모두 잘 있다고 대답한 다음, 이렇게 물었다.

"아버지의 연꽃 같은 발을 만지고 싶습니다. 아버지는 어디 가셨습니까? 어디 가면 아버지를 찾을 수 있지요?"

"내세에 살고 있는 눈부신 천상의 존재들이 아버지를 맞이했단다. 아버지는 지금 행복과 평화를 누리고 계시니 슬퍼하지 마라." 카이케이가 침착하게 대답했다.

바라타는 어머니가 전해준 소식의 의미를 완전히 이해했다. 그래서 다시 말문이 열리자 이렇게 말했다.

"그런 끔찍한 소식을 이런 식으로 전할 수 있는 사람은 어머니뿐일 겁니다. 어머니의 심장은 돌로 만들어져 있나요? 아, 아버지 곁을 떠나지 말았어야 하는 건데. 그건 내 불운이고 내 실수입니다. 세상에 아버지보다 더 위대한 통치자는 없었습니다. 우리 아버지보다 더 고귀한 아버지를 둔 아들도 없었습니다. 저는 아버지와 함께 있을 운명도, 아버지의 목소리를 들을 운명도, 아버지의 찬연한 존재를 느낄 운명도 아니었나 봅니다. 하필이면 이럴 때 휴가를 즐기고 있었다니! 하필이면 이때를 골라서 휴양을 떠나다니!"

그는 아버지가 전사로서 이룬 위업을 되풀이 이야기했고, 그러자 그의 고통도 어느 정도 누그러뜨렸다. 그는 한참동안 말없이 곰곰 생각에 잠겨 있다가 말했다.

"그럼 라마는 어디 있습니까? 라마를 만나 그의 목소리를 듣기 전에는 이 슬픔이 가라앉지 않을 겁니다."

그러자 카이케이는 무뚝뚝한 목소리로 말했다.

"라마는 아내와 동생과 함께 숲에서 살려고 떠났다."

"하필이면 고르고 골라서 지금 숲에 가다니! 언제 돌아올까요? 숲에는 왜 갔죠? 아버지가 돌아가시기 전에 갔나요? 아니면 돌아가신 뒤에 갔나요? 라마가 잘못을 저질렀나요? 그게 추방이라면, 도대체 그 이유가 뭐죠? 신들이 추방을 명했나요? 아니면 아버지가 추방령을 내리셨나요? 아버지가 돌아가시기 전에 갔나요? 아니면 돌아가신 뒤에 갔나요? 아아, 이건 전혀 현실성이 없는 생각이지만, 혹시 라마가 잘못을 저질렀나요? 하지만 라마가 겉보기에 잘못된 행동을 저질렀다 해도, 그건 인류에게 이로운 일일 겁니다. 어머니가 자식에게 약을 억지로 먹이는 것처럼."

"네가 생각하는 것과는 전혀 달라. 라마는 아버지한테 충분히 알리고 나서 떠났어."

"아버지는 돌아가시고, 형은 추방당하고…… 도대체 무슨 일이죠? 이 수수께끼는 뭐예요? 이 모든 일의 배후에 있는 게 뭐죠?"

"이제 내가 하려는 말을 침착하고 분별있게 잘 들어라. 물론 네 아버지가 살아 계셨다면 좋았겠지만, 그건 우리 뜻대로 되는 일이 아니었어. 너는 일어나는 일을 그대로 받아들이고, 네 감정이 정신을 혼란시키거나 약화시키지 않게 해야 할 것이야. 네 아버지는 내 소원 두 가지를 들어주겠다는 약속을 했고, 그 돌이킬 수 없는 약속 덕분에 너는 오늘부터 이 나라의 주인이 되었다. 그리고 라마는 기꺼이 너에게 길을 열어주었어. 네 아버지는 나한테 약속한 뒤, 마음이 약해져서……."

이제야 바라타는 사정을 이해했다. 그는 이를 갈면서 어머니를 노려보고 외쳤다.

"당신은 사악한 뱀이오. 냉혹하기 이를 데 없군요. 교활한 속임수로 아버지를 함정에 빠뜨려 약속을 받아냈고, 그 약속을 지키는 것이 아버지에게는 죽음을 의미했지만 당신은 전혀 개의치 않았지요. 내가 이 일에 전혀 관여하지 않았다는 것을 어떻게 하면 세상 사람들에게 입증할 수 있을까? 이 모든 일을 내가 교묘하게 유도했다고 생각하지 않을 사람이 있을까? 누구라도 그렇게 생각할 수밖에 없잖소? 당신 덕분에 나는 우리 태양족이 시작된 이래 가장 지독한 악평을 얻게 되었소."

그는 유감스러워하며 말을 맺었다.

"당신은 그 어리석은 행위 때문에 죽어 마땅합니다. 당신의 비열한 목숨을 내 손으로 없애지 않는다 해도, 내 어머니라서 그런 게 아니니 우쭐대지 마시오. 내가 그런 짓을 하면 라마가 나를 경멸할 테니까. 그래서 당신 목숨을 살려주는 것뿐이오."

그는 더 이상 한 마디도 하지 않고 카이케이를 떠나 흐느껴 울면서 라마의 생모인 카우살야의 처소로 갔다. 카우살야는 바라타의 결백을 확신할 수 없었지만, 그래도 상냥하고 다정하게 그를 맞아주었다. 바라타는 그녀 앞에 몸을 내던지고 탄식했다.

"이제 어느 세상에서 아버지를 찾을 수 있을까요? 어디에서 형을 다시 만날 수 있을까요? 운명은 왜 제가 이런 고통을 겪도록 저를 외가로 보냈을까요?"

바라타가 이별과 악평의 부담을 견디기보다는 차라리 죽겠다는 결심과 슬픔을 이런 식으로 한동안 표현한 뒤에야 카우살야는 바라타가 결백하다는 것을 깨달았다. 그의 말이 끝나자 카우살야가 물었다.

"그러니까 너는 네 어머니의 사악한 계획을 전혀 몰랐구나?"

이 말에 바라타는 격분하여 자신을 저주했다.

"제가 제 어머니의 계획을 조금이라도 알았다면, 저는 가장 어두운 지옥에 떨어지는 형벌을 받아도 좋습니다."

그때 바시슈타가 들어왔다.

"아버지는 어디 계십니까?" 바라타가 물었다.

그는 왕의 시신이 안치되어 있는 곳으로 안내되었다.

"장례식을 치러야 할 때입니다." 바시슈타가 말했다.

바라타가 장례식 준비를 갖추자, 다사라타의 유해는 코끼리 등에 실려 구슬픈 북소리와 나팔 소리에 맞춰 화장용 장작더미가 쌓여 있는 사라유 강기슭으로 운구되어, 정성스러운 기도와 복잡한 의식과 함께 장작더미 위에 안치되었다. 장작에 불을 댕길 때가 오자 바라타는 손에 불꽃을 들고 장작더미로 다가갔다. 하지만 마지막 순간에 바시슈타가 갑자기 그를 제지했다. 카이케이와 그녀의 아들과는 의절하겠다는 다사라타 왕의 마지막 당부를 기억해낸 것이다. 그리고 깊은 슬픔에 잠겨 신중하게 그것을 설명했다.

"이것은 신들이 나에게 맡긴 가장 고통스러운 의무입니다."

바라타는 충분히 이해했다. 그는 동생인 사트루그나에게 장례식 진행을 맡기고 물러나면서 씁쓸한 마음으로 생각했다.

"이것도 어머니가 나에게 주는 선물이구나. 아버지를 화장하는 장작더미를 건드리지도 못하다니!"

그날 저녁, 바라타는 자기 처소로 물러가서 문을 닫아걸었다. 닷새의 애도 기간이 끝난 뒤, 대신들은 회의를 열고 바라타에게 가서 왕위에 오를 것을 청했다. 나라에는 군주가 필요했기 때문이다. 그러나 바라타는 그 요청을 거절하고 이렇게 선언했다.

"나는 결심했습니다. 라마를 찾아가서 돌아오라고 간청하겠습니다."

그는 모든 백성과 군대도 자기와 함께 숲으로 갈 준비를 하라고 명했다. 수많은 백성과 군대, 말과 코끼리, 여자와 아이들이 라마가 야영 생활을 하고 있는 치트라쿠타 쪽으로 출발했다. 바라타는 나무껍질로 만든 옷을 입고, 라마를 본받아 걸어가는 고행을 하겠다고 고집을 부렸다. 강가 강을 건너 치트라쿠타가 보이는 곳에 이르자, 라마의 경호원을 자처한 락슈마나가 멀리서 그들을 알아보고 소리쳤다.

"저기 바라타가 온다. 군대까지 데려왔어. 형이 수도로 돌아가서 왕위를 요구하지 못하게 하려는 수작이야. 내가 놈들을 모조리 죽여 버리겠어. 나는 충분한 능력을 갖고 있어."

그들이 서서 지켜보는 동안, 바라타는 따라온 사람들을 뒤에 남겨 두고 나무껍질로 만든 옷을 입은 채 혼자 앞으로 나왔다. 그는 두 손을 높이 쳐들어 탄원하고, 눈물을 글썽거리며 기도했다.

"형, 라마 형, 나를 용서해줘."

이것을 보고 라마가 락슈마나에게 속삭였다.

"바라타의 태도에서 호전적인 기미가 느껴지냐? 바라타가 전투복을 입고 있냐?"

락슈마나는 고개를 숙이고 털어놓았다.

"내가 바라타를 잘못 봤어."

바라타는 라마의 발치에 몸을 던졌다. 라마는 다정하게 그를 일으켰다.

아버지가 세상을 떠났다는 소식을 듣고 라마는 기절했다. 얼마 후 정신이 들자, 그는 강둑에서 죽은 왕의 아들이 치러야 할 의식을 거행하기 시작했다. 의식이 끝나고 모두 자리를 잡자 바라타가 말을 꺼냈다.

"내가 이 많은 사람들과 함께 여기까지 온 것은, 형에게 집에 돌아가서 우리의 왕이 되어달라고 간청하기 위해서야."

라마는 고개를 저으며 말했다.

"그래, 앞으로 십사 년 뒤에는 돌아가마. 그게 아버지의 소망이었지. 그리고 네가 왕이 된 것도 아버지의 권한에 따른 거야."

"형이 나를 왕으로 생각한다면 좋아. 하지만 나는 지금 이 순간 퇴위하고 형에게 왕관을 씌워주겠어."

논쟁은 매우 학문적이고 철학적인 수준으로 계속되었고, 그곳에 모인 사람들은 모두 존경하는 마음으로 지켜보았다.

재산과 권위, 경계선을 놓고 경쟁하는 데 익숙한 세계, '우리 것'이나 '네 것이 아니라 내 것'이라는 문제를 놓고 사람들이 충돌하는 데 익숙한 세계에서 두 형제가 서로 왕국은 '내 것이 아니라 네 것'이라고 주장하면서 다투는 광경은 좀 이상야릇했다.

"좋아. 내가 권한을 갖고 있다면, 나는 군주로서 그 권한을 형에게 넘겨주겠어." 어느 단계에서 바라타가 말했다. "형이 그렇게 생각하기를 바란다면, 군주로서의 내 명령에 따라 형은 왕이 되어야 해."

논쟁은 이런 식으로 계속되었다. 라마는 어떤 말도 아버지의 말씀보다 더 귀중할 수는 없고, 자식이 취해야 할 태도는 아버지의 명령에 따르는 것뿐이라는 말만 되풀이했다. 그는 카이케이에 대해 이야기할 때 더없이 상냥한 표현을 썼고, 계속 그녀를 '어머니'라고 불렀다. 바시슈타는 두 형제의 논쟁을 지켜보다가 갑자기 큰 소리로 외쳤다.

"나는 너희들의 스승이었다. 스승보다 더 높은 권위는 존재할 수 없다. 너는 왕으로서 아요디아로 돌아가야 한다."

그러자 라마가 대답했다.

"저에게 그런 분부를 내리시는 것은 옳지 않습니다. 저에게 몸과 마음을 주신 부모님이 스승보다 높습니다."

바라타가 선언했다.

"나는 이렇게 맹세하겠어. 무슨 일이 일어나도 나는 개의치 않아. 나는 모든 것을 버리고 숲 속에서 십사 년 동안 라마와 함께 살겠어."

이 논쟁을 지켜보던 신들은 라마가 아요디아로 돌아가 왕국의 요구에 압도당하면 그가 환생한 목적을 이루지 못하는 게 아닐까 두려워서, 이렇게 선언했다.

"바라타야, 왕국으로 돌아가서 십사 년 동안 라마를 대신하여 나라를 다스리도록 해라."

그럴 수밖에 없었다. 바라타가 말했다.

"더 이상 할 말이 없군. 좋아. 십사 년 동안 내가 나라를 다스릴게. 하지만 그 이상은 하루도 더 다스리지 않을 거야. 십사 년이 끝나는 날 형이 나타나지 않으면, 나는 나 자신을 제물로 바칠 거야. 형의 신발을 줘. 신발은 형의 상징이 될 것이고, 나는 그 상징을 대신해서 나라를 다스릴 거야. 그리고 형이 돌아올 때까지는 아요디아에 다시 들어가지 않고 교외에 머무를 거야."

라마의 신발을 두 손으로 공손하게 받쳐 들고 바라타는 돌아섰다. 아요디아 교외에 있는 난디그람이라는 작은 마을에 자리를 잡은 바라타는 라마의 신발을 옥좌에 올려놓고, 자신은 섭정으로서 나라를 다스렸다.

4
유배지에서

바라타가 떠난 뒤, 라마는 치트라쿠타를 떠났다. 아요디아 근처에 살면, 걸핏하면 강을 건너와 그에게 집으로 돌아가라고 설득하도록 사람들을 부추기게 될까 두려웠다. 그런 만남은 왕위를 포기한 그의 행동의 가치와 의미를 희석하게 될 거라는 느낌이 들었다. 그는 숲속으로 더 깊이 들어가기로 마음먹었다. 락슈마나는 벌써 진흙과 대나무, 나뭇잎과 목재를 비롯하여 숲에서 구할 수 있는 재료로 치트라쿠타에 오두막을 짓고 바닥과 벽을 착색된 흙으로 아름답게 꾸몄지만(설계와 건축이 너무 훌륭해서 라마는 감탄하여 묻지 않을 수 없었다. "그렇게 멋진 집을 짓는 법은 언제 배웠지?"), 라마는 이 아름다운 오두막을 떠나 이동했다. 도중에 그들은 암자에 살고 있는 현자를 몇 명 만났다. 그들은 모두 라마 일행을 귀한 손님으로 맞아주었다. 그런 사람들 가운데 아트리와 그의 아내 아누수야가 있었다. 아누수야는 자신의 장신구와 옷을 모두 시타에게 주고, 그 자리에서 당장 그것을 착용하게 했다. 라마는 단다카 숲으로 갔다가 (현자인 아가스티아의 충고에 따라) 다시 판치바티로 갔다. 거기로 가는 길에 그는 바위에 앉아 있는 거대한 독수리 자타유를 보았다. 자타유는 자기가 지금은 새의 형상을 하고 있지만 원래는 신이라고 라마에게 설명했다. 그리고 놀랄 만큼 원숙한 정신과 지혜를 갖고 있다는 것을 입증했다. 자타유는 한때 다사라타의 절친한 친구였고, 전쟁터에서 다사라타와 함께 싸웠다. 그들은 너무 가까운 사이여서, 언젠가 한번은 다사라타가 "너는 영혼이고 나는 육신이다. 우리는 하나야"라고 말했을 정도였다.

라마는 그렇게 외딴 곳에서 아버지의 친구를 만난 것이 기뻤다. 자타유도 수양아버지처럼 라마를 환대해주었다. 다사라타가 죽은 것을 알고는 정신없이 울면서 자기도 목숨을 끊겠다고 말했다. 하지만 라마와 락슈마나가 간청했다.

"우리는 아버지를 잃고 당신을 만나서 겨우 위안을 찾았는데, 당신이 스스로 목숨을 끊겠다는 말은 차마 들을 수가 없군요. 제발 그만두세요."

그들의 소원을 존중하여 자타유는 적어도 라마가 유배 기간을 마치고 아요디아로 돌아갈 수 있을 때까지는 살아 있겠노라고 약속하고, 그들이 판치바티에 머무는 동안 그들—특히 시타—을 보호하는 일을 스스로 떠맡았다. 그는 고다바리 강 기슭에 있는 판치바티로 그들을 안내하면서 이렇게 말했다.

"나는 날아서 갈 테니, 내 날개 그림자 속에서 나를 따라오너라."

라마와 락슈마나와 시타는 고다바리 강 기슭에 도착하자, 주위를 둘러보고 그 풍경에 매료되었다. 라마는 아누수야가 준 장신구로 치장하여 유난히 아름다워 보이는 아내에게 깊은 애정을 느꼈다. 라마는 아름다운 것이 눈에 띌 때마다 아내를 돌아보았다. 하늘의 다양한 빛깔, 꽃이나 꽃봉오리의 다양한 모양, 덩굴의 우아한 형태가 모두 시타가 지니고 있는 이런저런 측면을 생각나게 했다.

그들은 강변 숲 속에 자리 잡고 있는 판치바티에 도착했다. 손재주가 좋다는 것을 이미 증명한 락슈마나는 벌써 진흙과 이엉, 나뭇잎과 목재로 집을 짓고 울타리를 둘러쳐서, 햇볕과 비를 피하고 라마와 시타가 사생활을 보호받을 수 있게 해주었다. 라마는 또다시 동생의 기술과 재능에 만족했고, 경이로운 기분에 가득 차서 새 집에 들어갔다. 그곳의 전원적 매력에도 불구하고, 그리고 시타와 함께 지내는 기쁨 속에서도 라마는 이 지역에 정착한 목적을 한시도 잊지 않았다. 그가 이곳에 온 것은 이 지역에 출몰하면서 착한 영혼들에게 고통과 고난을 안겨주는 아수라들과 대결하여 그들을 파멸시키기 위해서였다. 착한 영혼들이 원하는 것은 그저 평화롭게 살면서 자신들의 영적 목표를 추구할 수 있도록 가만 내버려두라는 것뿐이었다. 라마가 환생한 목적은 궁극적으로 아수라족의 우두머리인 라바나를 죽이고, 인간과 신들의 마음속에서 두려움을 없애고, 세계에 평화와 관용과 정의를 확립하는 것이었다.

그래서 어느 날 저녁 앞마당의 덩굴식물과 나무들 사이에서 아름답기 이를 데 없는 처녀를 보았을 때 그는 경계심을 품었다. 처녀가 걸으면 발목에 두른 발찌가 짤랑짤랑 소리를 냈다. 눈은 번득이고 이는 하얗게 빛나고 몸매와 허리와 젖가슴은 조각칼로 깎은 듯했다. 금욕적인 라마조차도 그녀의 아름다움에 사로잡혔다. 그녀가 그의 집 앞에서 빈둥거릴 때, 그는 걸음을 멈추고 경탄하는 눈으로 그녀를 바라보았다. 그녀가 그를 보고 활짝 웃으며 수줍게 다가오자, 라마가 말했다.

"오, 완벽한 여인이여, 어서 오세요. 당신에게 신들의 축복이 있기를. 누구신지, 어디서 오셨는지, 누구의 혈족인지, 당신처럼 교양 있고 아름다운 분이 이 외딴 곳에서 뭘 하고 계시는지 말씀해주시겠습니까? 이곳을 찾아오신 목적이 뭡니까?"

"당신 질문에 겸손하게 대답할게요. 저는 현자인 비스라바스의 딸이에요. 우리 아버지는 브라흐마의 아들인 풀라스티아의 아들이고요. 저는 시바 신의 친구이자 모든 세상에서 가장 부유하고 가장 너그러운 쿠베라의 이복 누이예요. 저는 또한 천상의 신들과 이 지상의 황제들이 그 이름만 들어도 부들부들 떠는 사람, 한때 카일라스 산을 그 산정에 살고 있는 시바 신과 함께 통째로 들어 올리려 했던 사람의 누이예요. 제 이름은 바로 카마발리랍니다."

라마가 놀라서 물었다.

"당신이 라바나의 누이란 말이오?"

"그래요." 그녀가 자랑스럽게 대답했다.

그는 마음속에서 꿈틀거리는 불안을 감추고 물었다.

"당신이 라바나의 누이라면, 어떻게 이런 형상을 갖게 되었죠?"

"저는 오빠와 친척들의 방식, 그리고 그들의 악마적 자질을 혐오했어요. 저는 죄와 잔인함을 싫어하고 모든 미덕과 선량함을 높이 평가해요. 저는 친족과는 다르고 싶어요. 그래서 끊임없는 기도를 통해 이런 인간성을 얻게 되었답니다."

"오, 아름다운 여인이여, 당신이 삼계(三界)의 대왕인 그 라바나의 누이라면, 왜 시녀와 하인, 경호원도 없이 혼자인지, 그 이유를 설명해주시겠습니까?"

"저는 오빠와 친족처럼 악행을 일삼는 마귀들을 거부하고 덕망있고 선량한 사람들과 운명을 같이하기로 결심했어요. 그래서 제 일족과 어울리는 것을 피하고 있답니다. 제가 혼자인 이유는 바로 그거예요. 저는 지금 혼자 왔고, 여기 온 이유는 당신을 만나기 위해서예요. 당신의 도움을 받고 싶은데, 도와주시겠어요?"

"목적이 뭔지 말해보세요. 목적이 올바르고 타당하면 고려해보겠습니다."

"은밀한 감정을 노골적으로 말하는 것은 교양있는 여자에게는 적절치 않지만, 저는 사랑의 신에게 공격을 당하고 절망에 빠져 있으니까, 감히 솔직하게 말할게요. 용서하세요."

라마는 그녀의 목적을 알아차렸다. 그리고 그녀가 겉모습만 아름다울 뿐, 실제로는 천박하고 염치없다는 것도 알아차렸다. 그는 아무 말도 하지 않았다. 그러자 그가 용기를 주는 건지 뺏는 건지 판단하지 못한 그녀가 자신의 감정을 확실히 드러냈다.

"저는 당신이 여기 있는 줄도 모른 채, 고행자와 현자들의 수발을 들면서 제 젊음과 아름다움을 낭비하고 있었어요. 이제 당신을 찾았으니 제 여자다움이 완성될 수 있어요."

라마는 그녀에게 연민을 느끼고, 적대적인 태도를 보이고 싶지 않아서 그녀가 여기에 온 목적을 단념시키려고 애썼다. 그는 혐오감을 간신히 이겨내고 말했다.

"나는 전사 계급이고 당신은 브라만 계급입니다. 나는 당신과 결혼할 수 없어요."

이 말에 그녀는 당장 대답했다.

"아니, 그게 나를 거절하는 유일한 이유라면, 꺼져가던 내 희망이 되살아나는군요. 우리 어머니는 아수라족이었다는 것을 알아주세요. 그리고 그 종족의 여자는 어떤 카스트와 결합하는 것도 허용된답니다."

라마는 그녀를 거부하는 두 번째 이유를 말할 때에도 여전히 침착했다.

"나는 인간이고 당신은 락샤사(마귀)입니다. 나는 당신과 결혼할 수 없습니다."

그래도 그녀는 기가 꺾이지 않고 대답했다.

"아까도 말했듯이 저는 우리 종족의 일원으로 남아 있을 마음이 전혀 없고, 제가 어울리고 싶은 사람은 성인과 현자들이라는 것을 당신께 상기시켜드리고 싶군요. 비슈누 신처럼 생긴 당신, 저를 이제 더 이상 라바나의 누이로 생각하시면 안 돼요. 그건 이미 말씀드렸지요. 당신이 저를 거절하는 이유가 그것뿐이라면, 저한테도 희망이 있군요."

라마는 여전히 그녀에게 상냥한 기분을 느꼈고, 그래서 짜증을 부리거나 신랄하지 않고 약간 쾌활한 태도로 말했다.

"어쨌든 당신 종족의 신부는, 쿠베라나 라바나처럼 지체 높은 자의 누이인 경우에는 그에 상응하는 격식을 갖추어 정식으로 청혼해야 합니다. 이런 식으로 결혼하면 안 됩니다."

"두 사람이 만나서 마음이 맞으면, 그런 결혼에 어른들이 형식적으로 참여할 필요는 없어요. 그런 결혼은 간다르바[8] 의식으로 인가돼요. 내 형제들은 고행자들에게 적대적이어서, 고행자들과 싸우고 싶으면 어떤 짓도 서슴지 않아요. 그런 상황에서는 어떤 규칙이나 계율에도 따르지 않아요. 당신은 혼자고, 고행자의 옷을 입고 있어요. 내 형제들이 당신을 보면 가차 없이 공격할 텐데, 무슨 수를 써

---

[8] 고대 인도 신화에 나오는 정령. (옮긴이)

도 막을 수 없어요. 하지만 우리가 간다르바족처럼 결혼한 걸 알면, 마음이 누그러져서 당신을 친절하게 대할 것이고, 어쩌면 당신을 양자로 삼아서 여러 세계의 지배권과 명예와 부를 줄지도 몰라요. 그러니 잘 생각해보세요."

이 말에 라마는 즐거워하며 말했다.

"아하, 내 고행과 희생의 성과가 이런 식으로 실현되는 건가요? 락샤사족의 총애를 받고, 당신과의 관계를 통해 가정적 행복을 얻고, 그리하여 락샤사족의 전리품을 몽땅 차지하는 겁니까?"

카마발리는 그의 미소를 보았지만 비꼬는 말투는 알아차리지 못했다. 그리고 무언가 다른 말을 하려다가, 다른 여자가 있는 것을 알아차렸다. 시타가 막 오두막에서 나온 참이었다. 그녀를 보고 카마발리는 깜짝 놀란 것 같았다. 카마발리가 그 아름다운 시타를 구석구석 세심하게 뜯어보았을 때, 절망만이 아니라 깊은 찬탄도 그녀의 마음을 가득 채웠다. 저 아름다운 생물이 오두막을 차지하고 있다면 그녀에게는 희망이 전혀 없었다.

"저건 누구죠?" 그녀가 퉁명스럽게 물었다.

시타가 발산하는 빛이 그녀가 실제로 도착하기보다 먼저 그들에게 닿은 것 같았다. 카마발리가 그 빛을 먼저 알아차리고, 그제야 시타가 그 찬연한 광채로 에워싸인 것을 보았다. 그 광경을 보고 카마발리의 입이 딱 벌어졌다. 그녀는 잠시 넋을 잃고 그 한 쌍의 남녀를 바라보았다. 라마와 시타는 자신의 아름다움으로 상대의 아름다움을 서로 보완해주고 있었다. 우주 어딘가에 완벽한 여자와 어울리는 완벽한 남자가 있다면, 여기가 바로 그곳이었다. 카마발리는 이 남녀의 존재에 매료되어 자신이 지금 열중해 있는 일을 잠시 잊어버렸다. 하지만 그녀의 주의가 산만해진 것은 잠시뿐이었다. 그녀의 열정이 곧 되살아났다. 그녀는 시타도 어떤 숲길에서 라마에게 살며시 다가와 찰싹 달라붙은 마귀일 거라고 생각했다. 저 여자가 이 남자의 아내일 리는 없어. 숲 속 생활의 고생을 겪고 싶어 할 아내는 세상에 없을 테니까. 라마는 설령 아내가 있다 해도 집에 남겨두고 왔을 거야. 그래서 지금은 숲에서 저 여자와 함께 살고 있을 거야.

그래서 카마발리는 라마에게 아주 진지하게 말했다.

"저 여자가 당신한테 가까이 오지 못하게 하세요. 저 여자의 겉모습에 현혹되지 마세요. 저 미모는 저 여자의 것이 아니에요. 흑마술로 미모를 얻었을 뿐이라고요. 사실 저 여자는 락샤사족 여자예요. 저 여자가 당신에게 해를 끼치기 전에 빨리 쫓아내세요. 이 숲 속에는 저런 사기꾼이 우글거린답니다."

그녀는 이 말을 통해 자기가 사기꾼이라고 고백한 거나 마찬가지였다. 헝클어진 거친 머리, 불꽃 같은 빛깔의 뾰족한 엄니 같은 이빨, 거대한 몸집, 그리고 한없이 게걸스럽게 먹어댄 짐승 고기와 피때문에 불룩하게 부풀어 오른 배가 그녀 자신의 평소 모습이었다. 그녀의 이름은 수르파나카였다. 그녀의 오빠인 라바나는 이 단다카 숲을 그녀의 영토로 할당해주고, 우리가 상상할 수 있는 가장 악독한 마귀인 카라가 이끄는 수많은 마귀들의 도움을 받으며 여기서 멋대로 살게 내버려두었다. 이곳에 그녀는 궁정을 차리고 숲을 황폐시켰다. 그녀는 숲을 제멋대로 돌아다니다가 라마를 보고는 사랑에 빠졌다. 그래서 자기가 가진 온갖 기술을 총동원하여 그를 유혹하기로 마음먹은 것이다. 첫 단계로 그녀는 어떤 환생을 통해 자신의 모습을 아름다운 처녀로 변형시켰다. 이제 그녀가 시타의 본색을 사기꾼 마귀로 상상하고 라마에게 경고하자, 라마는 껄껄 웃으면서 말했다. "아하, 맞습니다! 아무도 당신을 속일 수는 없지요. 당신은 그렇게 투명하니까! 당신의 예리한 지각력은 정말 감탄할 만합니다. 어떤 것도 당신 눈을 피할 수는 없어요. 이제 내 옆에 있는 이 마녀를 잘 보세요. 이 여자가 자신의 정체를 깨달을 수 있도록."

수르파나카는 이 말을 곧이듣고, 시타를 사납게 노려보면서 외쳤다.

"꺼져라! 너는 누구냐? 내가 애인과 사적인 이야기를 나누고 있는데 네가 끼어들어 방해할 수는 없어. 어서 꺼져!"

화가 난 나머지 그녀의 진짜 말투와 성격이 숨김없이 드러났다. 이것을 보고 시타는 공포에 떨면서 라마의 품으로 뛰어들어 매달렸다. 이에 더욱 화가 난 수르파나카는 위협적인 몸짓을 하면서 시타에게 다가왔다.

라마는 이제 수르파나카의 방문을 끝낼 때가 왔다고 느꼈다. 잠깐이라도 아수라와 시시덕거리면 헤아릴 수 없이 나쁜 결과를 초래할 수 있다. 그래서 그는 말했다.

"보복과 고통을 초래할 짓은 하지 마라. 내 동생 락슈마나가 너를 알아차리기 전에 어서 가라. 동생이 너를 보면 화를 낼 테니, 그가 오기 전에 어서 가라."

"브라흐마, 비슈누, 시바를 비롯한 천상의 모든 신들이, 인드라와 사랑의 신 만마타도 나를 찾고, 내 호의와 관심을 얻으려고 기도하지. 그 신들도 모두 알다시피 나는 얻기 어려운 귀한 존재야. 그런데 당신은 어떻게 나한테 그렇게 모욕적인 말을 할 수 있지? 나는 그렇게 얕보면서, 당신 옆에 있는 저 믿을 수 없는 마녀는 그렇게 원하고 믿다니, 어떻게 그럴 수가 있지? 당신의 무례하고 무분별한 태도를 설명해봐."

라마는 그녀와 더 이상 대화를 나누어봤자 아무 소용도 없을 거라고 생각했다. 고집스럽고 요지부동인 그녀는 거짓의 탑을 점점 더 높이 쌓아올렸다. 그래서 그는 돌아서서 시타를 더 가깝게 끌어당기고는 침착하고 우아하게 암자로 돌아갔다.

코앞에서 문이 닫히자 수르파나카는 하도 심란하여 기절할 뻔했다. 거기에서 회복되자 그녀는 생각했다. 그는 노골적으로 나를 퇴짜 놓고 나에게 등을 돌렸어. 그는 저 여자한테 완전히 혹했어. 이제는 거기서 할 수 있는 일이 아무것도 없다는 것을 알고, 그녀는 숲 너머에 있는 소굴로 돌아가 잠자리에 들었다. 그녀는 정열의 열기 속에서 시들어가고 있었다. 한때 시타가 그랬던 것처럼, 상사병은

이 가공할 여자에게도 역시 큰 고통이었다. 모든 것이 그녀를 짜증나게 하고, 그녀의 고통을 더욱 악화시켰다. 달빛이 지상을 휘황찬란하게 비추자, 그녀는 달을 보고 으르렁거리며, 뱀 라후를 시켜 달을 삼키게 할 수 있다면 좋겠다고 생각했다. 서늘한 산들바람이 스치자 그녀는 바람을 저주하고, 화살로 그녀의 가슴을 꿰뚫은 사랑의 신을 죽이기로 결심한 것처럼 벌떡 일어났다. 그녀는 지금 상황이 주는 고통을 참을 수가 없어서, 치명적인 뱀들이 우글거리는 동굴에 들어가서 틀어박혔다. 이곳에서 그녀는 환각에 사로잡혔다. 라마가 완전한 형태로 몇 번이고 되풀이해서 그녀 앞에 서는 것 같았다. 그녀는 그를 끌어안고 그의 넓은 어깨와 가슴을 어루만지는 것을 공상했다. 환상이 사라지자 그녀는 외쳤다.

"왜 당신은 나를 이런 식으로 괴롭히는 것이냐? 왜 나와 결합하기를 거부하고, 나를 태우고 있는 불을 꺼주지 않으려는 것이냐?"

그러나 밤의 소란이 지나고 아침이 오자, 그녀는 몸도 지쳤지만 기분도 좀 차분해졌다. 그래서 자신의 전략을 결정했다.

"그를 얻을 수 없다면 더 이상 살지 않겠어. 하지만 한 번만 더 시도해보자. 그는 그 여자가 건 주술 때문에 나를 좋아하지 않는 거야. 내가 그 여자를 옆에서 떼어 멀리 치워버리면, 그는 당연히 나한테 의지하게 될 거야." 이런 생각을 하자 다시금 힘이 솟구쳤다.

햇빛은 어느 정도 사랑의 고통을 달래주었고, 그녀는 동굴 밖으로 나왔다. 판치바티로 가서 주위를 어슬렁거리며 기회를 노렸다. 그녀는 이윽고 라마가 오두막에서 나와 아침 목욕과 기도를 하러 고다바리 강으로 가는 것을 보았다.

"지금이 기회야." 그녀는 혼잣말로 중얼거렸다. "이 기회를 놓치면 그를 영영 잃게 될 거야. 내게는 죽느냐 사느냐 하는 문제야. 어쨌든 그 여자가 떠난 것을 알면 그도 나를 받아들이게 될 거야."

라마의 모습을 보기만 해도 온몸이 떨렸지만, 그녀는 그의 발치에 쓰러져 사랑을 고백하고 싶은 것을 꾹 참았다. 그녀는 그가 가는 것을 지켜보았고, 곧이어 시타가 꽃을 꺾으려고 오두막에서 나왔다. "이 기회를 놓칠 수는 없지." 수르파나카는 중얼거렸다. 모든 결정이 그녀에게는 라마를 손에 넣는 데 필요한 중요한 단계로 여겨졌다. 그녀는 먹이를 따라가는 짐승처럼 교활하게 시타를 살금살금 따라가기 시작했다. 시타에게 달려들어 와락 움켜잡고 어딘가에 가두어 버리자. 라마가 집으로 돌아오면 시타 대신 나를 발견하게 되겠지. 생각하기에는 멋진 계획이었지만, 그녀는 다른 결과가 나올 수도 있다는 것을 계산에 넣지 않았다. 라마의 사랑스러운 모습과 시타의 움직임에만 정신을 판 나머지, 자기가 감시당하고 있다는 것을 알아차리지 못했다. 락슈마나가 여느 때처럼 나무 우거진 언덕에 자리를 잡고 사방을 감시하고 있었던 것이다. 그는 수르파나카가 오두막 근처에 있는 것을 보고 경계하기 시작했다. 수르파나카가 시타를 살금살금 따라가는 게 보이자 수르파나카에게 덤벼들었다. 수르파나카는 시타를 움켜잡은 순간, 누군가가 자기를 붙잡고 머리를 잡아당기고 명치를 걷어차는 것을 느꼈다.

"여자로군!" 락슈마나는 중얼거리고 목숨을 살려주기로 결정했다. 그는 화살을 꺼내는 대신 칼을 뽑아서 그녀의 코와 귀와 젖가슴을 도려냈다. 분노가 가라앉자 그는 그녀의 머리카락을 놓아주었다.

라마가 강에서 돌아왔을 때, 몸이 잘려 피투성이가 된 그녀가 목숨만 살려달라고 비명을 지르고 있었다. 그녀는 하늘을 향해 한탄하면서 힘센 오빠들을 부르고, 그들이 보여준 용맹을 열거하고, 그렇게 뛰어난 인물들의 누이가 고행자 차림을 하고 있는데도 평범한 두 인간의 손에 이렇게 난도질당하고 굴욕을 당하는 것은 도저히 있을 수 없는 일이라고 말했다. 그녀의 가난한 친척들에게는 먹잇감밖에 안 되는 것들이 감히 라바나의 누이에게 이런 짓을 했다는 걸 생각하면!

라마는 "무슨 일이냐?"고 묻지 않고, "그렇게 피투성이가 된 너는 누구냐? 어디서 왔느냐?"고 물었다.

"저를 모르세요? 왜 모른 체하세요? 우리는 어제 저녁에 만났고, 당신은 저한테 무척 상냥하셨잖아요! 아아!" 그녀는 라마에 대한 감정이 되살아나서 그렇게 외쳤다.

"그 여자군. 그렇지?" 그가 물었다. 그러고는 더 이상 아무 말도 하지 않았다.

그녀는 고통 속에서 대답했다.

"제가 아름답지 않죠? 당연해요! 코와 귀와 젖가슴이 잘리면, 누군들 아름다움이 손상되지 않겠어요?"

라마는 락슈마나를 돌아보며 물었다.

"이 여자가 무슨 짓을 한 거냐?"

락슈마나가 대답했다.

"눈에 불을 켜고 자나키9)를 덮치려고 했어. 내가 그걸 막았지."

그러자 수르파나카는 이렇게 변명했다.

"사랑하는 사람과 함께 있지 못하게 방해하는 사람을 싫어하는 건 당연하고 올바른 일이에요." 그녀는 마음속에서 라마를 자신의 소유물로 여기고 있었다. "사랑하는 사람을 빼앗기면, 그 꼴을 보는 여자의 마음이 어떻겠어요? 당연히 흥분하고 화가 나겠죠?"

"네 혀가 더 나쁜 말을 내뱉으면 너한테 더 많은 손해가 갈 수도 있으니까, 그러기 전에 어서 가라. 네 종족한테 돌아가." 라마가 무뚝뚝하게 말했다.

수르파나카는 마지막으로 라마의 사랑을 얻어 보려고 이렇게 말했다.

"지금도 늦지 않았어요. 우리 오빠 라바나도 우리가 결혼한 걸 알면 당신이 지금까지 저지른 짓을 용서할 거예요. 오빠는 당신을 여러 세계의 통치자로 삼을 것이고, 모든 신들보다 더 높은 자리에 앉힐 거예요. 아직도 늦지 않았어요. 하지만 누군가가 내 코나 귀에 대

---

9) 시타의 별명.

해 이야기하면 오빠는 그들을 죽여버릴 거예요. 그러니까 망설이지 마요. 내가 코도 귀도 젖가슴도 없다고는 아무도 감히 말하지 못할 거예요. 나는 아직 눈이 있으니까 당신의 넓은 가슴과 어깨를 보면서 즐길 수 있고, 내 팔은 멀쩡하니까 당신을 안을 수 있어요. 나는 당신을 사랑해요. 나는 당신의 노예가 될 것이고, 모든 락샤사족을 당신의 노예로 만들겠어요. 저는 당신 없이는 살 수 없어요. 저를 불쌍히 여겨주세요. 당신이 시키는 일이라면 뭐든지 다 할게요." 그녀는 피를 흘리면서 흙먼지 속에서 뒹굴고 있었지만, 그녀의 열정은 조금도 줄어들지 않았다. 그녀가 말을 이었다. "우리 친척들은 무자비해요. 내가 이렇게 다친 것을 알면 그들은 무모해져서, 앞뒤 가리지 않고 당신들을 포함한 모든 것을 닥치는 대로 파괴할 거예요. 인류를 완전히 말살해버릴 거예요. 하지만 당신이 나를 택하면 내가 당신을 위해 개입할 수 있어요. 그러면 내 친족들은 당신과 당신 종족을 모두 살려줄 거예요. 인류의 파멸이냐 생존이냐는 당신의 선택에 달려 있어요."

"말이 많아질수록 점점 더 나쁜 말을 하는군. 좋다. 네 종족한테 돌아가라. 가서 그 강력한 친척들을 모두 데려와. 네 종족 외에 다른 종족을 데려와도 좋다. 그들이 하나씩 덤비든 모두 한꺼번에 덤비든, 내가 다 상대해주마. 나는 놈들을 충분히 감당할 수 있어. 이제 썩 꺼져라. 나의 평생 과업은 이 지상에서 락샤사족을 근절하는 것이라는 걸 명심해둬라. 그 목표를 달성할 때까지는 여기 머물러 있을 것이다."

코와 귀와 젖가슴이 잘리는 고통을 겪은 뒤에도 수르파나카는 라마에게 여전히 자기를 받아달라고 끈질기게 호소하고, 지금은 아름다움을 잃었지만 자신의 마력으로 아름다움을 되찾을 수 있다고 주장했다. 이때 라마는 자기가 누구인지, 어떻게 해서 아내와 동생과 함께 여기 오게 되었는지를 수르파나카에게 설명해야 한다고 생각했다. 게다가 그는 마귀족을 소탕하는 것이야말로 자신의 평생 과업이라는 점을 다시 한 번 분명히 했다. 그는 타타카와 그녀의 종족을 어떻게 죽였는지를 자세히 이야기했다.

하지만 이런 이야기를 듣고 수르파나카는 그를 단념하기는커녕 오히려 새로운 꾀를 생각해냈다.

"그게 당신의 목적이라면 나는 당신에게 최고의 동맹자가 될 수 있어요. 당신이 내 겉모습 때문에 나를 퇴짜 놓지만 않는다면, 나의 거대한 이빨과 커다란 입 때문에 나를 물리치지만 않는다면 말이에요. 당신이 나와 결혼하면, 나는 우리 종족을 뛰어난 무적의 존재로 만들어주는 모든 기술과 술수를 마법적인 것까지 포함해서 전부 다 당신한테 가르쳐주겠어요. 나는 우리 종족을 물리치는 법까지 당신에게 가르쳐줄 수 있지만, 먼저 당신이 나를 상냥하게 대해주어야 해요. 나를 받아들여야 해요. 당신이 그 개미허리 마누라를 포기할 수 없다 해도, 나를 처치곤란한 군더더기로 보지는 마세요. 나는 당신이 완승을 거둘 수 있도록 당신의 적들이 사용하는 술수와 책략을 모두 알려주어 당신을 도울 거예요. '뱀의 발을 아는 것은 뱀뿐'이라고 하잖아요. 당신의 마음이 마누라를 포기하는 것을 허락지 않는다 해도, 락샤사족과 싸울 때 나를 제3자로 받아주세요. 그 싸움에서 한때 해와 달을 사로잡았던 우리 오빠가—사실 나도 용맹함에서는 오빠한테 결코 뒤지지 않아요—패하고 떠나면, 적어도 당신의 동생인 락슈마나가 나와 결혼하게 해주세요. 그리고 당신이 아요디아로 개선할 때 나도 함께 가게 해주세요. 아요디아로 돌아갈 때, 코도 없는 사람이 당신과 동행하는 것을 걱정하진 마세요. 나는 내 모습을 마음대로 만들어낼 수 있으니까요. 우연하게라도 락슈마나가 '내가 코도 없는 여자와 어떻게 살 수 있느냐?'고 물으면, 당신이 허리 없는 여자와 사는 것처럼 그도 코 없는 여자와 살 수 있다고 말해주세요."

이 말을 들은 락슈마나는 격분하여 선언했다.

"형, 저 여자를 끝장내도 돼? 안 그러면 저 여자는 절대로 우리를 가만 내버려두지 않을 거야!"

라마는 동생의 말을 잠시 생각하고 나서 말했다.

"나도 그렇게 생각한다. 저 여자가 계속 고집을 부리면서 떠나려 하지 않는다면, 그게 유일한 방법일지도 모르지."

이 말을 들은 수르파나카는 일어나서 서둘러 떠났다.

"바보들아, 내 말이 진심인 줄 알아? 내가 미모를 잃은 뒤에도 여기 남아서 너희와 이야기를 나눈 것은 단지 너희의 비열한 정신머리의 깊이를 알기 위해서였어. 나는 가겠지만, 곧 돌아올 거야. 너희의 염라대왕이 될 존재와 함께. 자연력보다 더 강력한 그의 이름은 '카라'라고 하지."

그러고 나서 수르파나카는 떠났다.

라바나의 이복동생들 가운데 하나인 카라는 열네 명의 군사령관을 휘하에 거느린 무서운 전사 마귀로서, 수르파나카를 보호하는 한편 그녀의 명령을 수행했다. 수르파나카는 판치바티를 떠난 뒤 그의 궁궐로 뛰어 들어가 자기가 당한 상처를 내보이며 외쳤다.

"우리 영토에 들어온 두 인간이 나한테 이런 짓을 했어요."

"두 인간이라고!"

"네, 다사라타의 잘난 두 아들 말이에요. 겉모습은 현자 같지만, 우리 종족을 절멸시키기 위해 무장한 놈들이에요. 놈들은 이 세상 사람으로 여겨지지 않을 만큼 아름다운 여자와 함께 있어요. 나는 그 여자를 사로잡으려고 했지만, 바로 그때 그 두 놈이 덮쳐서 내 코와 귀를 잘라냈답니다."

카라는 누이가 당한 손상을 자세히 살펴보고 큰 소리로 말했다.

"그 두 놈을 죽이고야 말겠다. 두 놈만이 아니라 모든 인간을 없애버릴 거야."

그는 당장 전투를 개시하려고 벌떡 일어났다. 그러자 열네 명의 사령관이 당장 그를 둘러싸고 말했다.

"이런 식으로 직접 나서는 것은 우리를 믿지 않는다는 뜻입니까? 이 일은 우리한테 맡기세요. 우리가 가서 해결하겠습니다."

"그렇다면 좋다. 너희들 말이 옳다. 내가 그 시시한 놈들을 상대로 전쟁을 벌이면 신들이 비웃을 것이다. 가서 놈들의 피를 즐겨라. 하지만 그 여자는 곱게 데려와야 한다."

열네 명의 사령관들은 삼지창과 언월도와 도끼 같은 다양한 무기를 들고, 수르파나카의 안내를 받으며 라마의 오두막을 향해 행군했다. 수르파나카가 걸음을 멈추더니 라마를 가리켰다.

"저기 있군. 저 남자를 주목하세요."

그러자 열네 명의 아수라가 대답했다.

"꽁꽁 묶어서 데려올까요? 아니면 공중으로 던져 올려서 죽여버릴까요? 아니면 날카로운 창으로 몸을 꿰뚫을까요?"

수르파나카가 말했다.

"산 채로 데려오세요. 내가 처리할 테니."

라마는 그들이 다가오는 것을 보고 락슈마나에게 말했다.

"시타를 지켜다오. 절대로 시타 옆을 떠나지 마라."

그러고는 활을 꺼내고 칼을 차고 전투를 위해 허리띠를 졸라매고 성난 사자처럼 오두막을 나섰다. 전투는 빨리 시작해서 빨리 끝났다. 라마가 쏜 화살들은 아수라들이 들고 있는 무기를 모조리 맞혀서 떨어뜨리고 그들의 목을 뚫었다. 수르파나카는 재빨리 달아나,

카라에게 가서 사령관들에게 닥친 재앙을 보고했다.

　카라는 경종을 울려 강력한 락샤사족 군대를 소집했다. 그들은 판치바티로 가서 라마의 암자를 에워쌌다. 무모한 두 인간의 삶도 이제 끝장나리라는 것을 그들은 전혀 의심하지 않았다. 그들은 오두막을 포위하고, 정해진 순간에 습격하여 오두막과 그 안에 사는 사람들을 완전히 쓸어버릴 터였다. 그들은 희생자가 겁에 질리도록 고안된 외침 소리와 새된 소리를 지르면서 무기를 휘두르며 오두막으로 몰려들었다. 실제 전투에서는 이 단계가 좀 더 오래 계속되었지만, 결과는 전과 똑같았다.

　라마는 카라와 그의 부하들을 무찔렀다. 수르파나카는 멀리서 지켜보다가 사태의 흐름을 알아차리고 급히 달려와서, 여기저기 흩어져 있는 난도질당한 주검들에게 다가가 흐느껴 울었다. 그 시체들 중에는 그녀의 보호자이자 오빠인 카라도 섞여 있었다. 그녀는 이제 이곳을 떠날 때가 되었다고 판단했다. 그녀는 오빠인 라바나에게 그 재앙 소식을 전하려고 랑카로 날아갔다.

5
마귀 대왕 라바나

 이 세계를 비롯한 여러 세계의 최고 지배자인 라바나는 접견실에서 수많은 신하와 시종들에게 둘러싸여 앉아 있었다. 그가 봉신으로 격하시킨 지상의 왕들은 라바나가 언제 돌아보아도 그들이 충성을 바치고 있다고 생각할 수 있게끔 두 손을 높이 쳐든 채 영원히 절하는 자세로 서 있었다. 온 세계에서 뽑아온 미인들이 그를 둘러싼 채 노래하며 춤을 추었다. 이 미인들은 그가 원하는 것은 무엇이든 충족시켜주었는데, 언제든지 그에게 봉사할 준비를 갖춘 채, 그의 명령이나 요구를 기다리며 그에게 눈길을 보내고 있었다. 일 분에 한 번씩 찬미자들이 수많은 꽃을 그에게 비처럼 쏟아부었다. 그는 신들도 노예로 삼아 그의 궁정에서 천한 일을 시켰다. 바람의 신 바유는 시든 꽃과 화환을 바람으로 날려 보내고 접견실을 청소하는 일을 맡았다. 죽음의 신 야마에게는 매시 정각에 공을 울려 시각을 알리는 일이 맡겨졌다. 불의 신은 모든 조명을 맡아서 등과 향, 장뇌 불을 계속 켜두었다. 어떤 소원도 들어주는 마법의 나무인 칼파타루는 라바나가 인드라 신에게 빼앗은 것인데, 이곳에서도 라바나를 섬기고 있었다. 현자 나라다는 조용히 앉아서 비나를 연주하고 있었다. 그곳에는 가장 뛰어난 지성을 가진 구루들—신들을 지도하는 브리하스파티, 아수라들을 지도하는 수크라차리아—도 있었다. 그들은 라바나가 요구하면 언제든지 조언할 준비를 갖추고 있었고, 평소에는 대개 점성가 노릇을 했다

수르파나카는 이런 배경 속에 뛰어들면서 요란하게 소리를 질렀기 때문에, 수도의 모든 남녀노소가 집에서 뛰쳐나와, 수르파나카가 들어간 궁전 북문에 밀어닥쳤다. 수르파나카는 라바나의 옥좌 앞에 쓰러져 외쳤다.

"내 꼴이 어떻게 됐는지 좀 보세요!"

그러자 라바나가 큰 소리로 물었다.

"그게 무슨 뜻이냐? 누가 그런 짓을 했느냐?"

그 말투가 너무 무시무시해서 세상 만물이 살며시 달아났다. 신들은 라바나가 앙갚음에 나서면 거기에 뒤따라 일어날 격변을 헤아릴 수 없어서 숨을 죽였다. 그 자리에 모인 신하와 시종들이 숨을 죽이고 기다리는 동안, 라바나는 일부러 침착하게 물었다.

"너한테 이런 짓을 한 게 누구냐?"

수르파나카는 상황을 자세히 설명하고, 라마를 언급하면서 말을

맺었다.

"내 혀가 천 개라 해도 그의 아름다움과 고결한 성품을 충분히 설명할 수는 없을 거예요. 눈이 천 개라 해도, 그의 광채를 똑바로 보지는 못할 거예요. 그의 힘에는 아무도 대항할 수 없어요. 그는 혼자서 우리 군대를 무찔렀어요." 그녀는 라마에 대한 자신의 은밀한 감정을 저도 모르게 너무 많이 드러냈음을 깨닫고 덧붙여 말했다. "그 사람은 잘생겼지만 마음은 얼마나 잔인한지 몰라요! 그의 평생 과업은 우리 가족과 일족과 종족을 이 지상에서 소탕하는 거예요."

"그래?" 라바나가 외쳤다. "그 문제는 우리가 처리하마. 하지만 그놈이 왜 너한테 이런 짓을 했는지 말해다오. 어떻게 그놈을 도발했지?"

"그 사람한테는 마땅히 오빠에게 속해야 할 여자가 있어요. 오빠가 그 여자를 손에 넣으면, 지금 오빠가 아끼는 여자들은 모두 버림받게 될 거예요. 오빠는 자신의 모든 권능과 용맹, 재산과 정복지를 모두 그 여자한테 넘겨주고 그 여자의 비굴한 숭배자가 되지 않을까 걱정이에요. 그 여자 이름은 시타예요. 그 여자가 하도 아름답기에, 나는 그 여자를 납치해서 오빠에게 선물로 가져오려고 기회를 노렸답니다."

라바나의 관심은 복수에서 사랑으로 바뀌었다.

"그런데 왜 데려오지 않았지?" 그가 물었다.

"내가 그 여자를 붙잡았을 때, 그 남자의 동생이 나를 습격하여 얼굴을 때렸거든요. 아아! 그 사람은 정말 강했어요."

"그 여자에 대해 전부 다 말해다오." 라바나는 다른 문제는 모두 무시하고 그렇게 명했다.

수르파나카는 시타를 머리끝부터 발끝까지 자세하게 묘사했다. 그녀가 만들어낸 그림은 충분히 설득력이 있었고, 라바나는 그녀의 이미지를 미친 듯이 사랑하게 되었다. 그는 불안하고 불행해졌다. 수르파나카의 입에서 나온 모든 음절이 그에게 기쁨과 고통을 동시에 안겨주었다. 수르파나카는 빨리 가서 시타를 붙잡으라고 그를 부추겼다. 마지막으로 그녀가 말했다.

"그 여자를 잡는 데 성공하면 그 여자는 오빠가 가지세요. 하지만 그 라마라는 남자는 나한테 넘겨주세요. 그 남자는 내가 처리할게요."

그녀는 시타를 라마한테서 떼어놓는 전략이 성공할 것이고, 그렇게 되면 라마는 당연히 자기한테서 사랑을 찾게 될 거라고 믿어 의심치 않았다.

라바나는 불안을 느꼈다. 그는 그 자리에 모인 신하와 시종들에게 자신의 속마음을 들키고 싶지 않아서 벌떡 일어나 접견실을 떠났다. 그가 통로를 성큼성큼 걸어가자, 그들은 여느 때처럼 그에게 꽃을 퍼붓고 축복하고 그의 영광을 찬양했다. 그는 열 개나 되는 머리를 꼿꼿이 쳐들고 똑바로 앞을 바라보았다. 그래서 시종들이 통로에 늘어서서 그에게 경의를 표하는 것도 알아차리지 못했다. 그의 마음은 시타를 정복하려는 생각으로 들끓고 있었다. 수르파나카의 말을 듣고 그의 마음속에 타오른 불길은 모든 것을 다 삼켜버릴 정도였다. 라바나는 그의 총애를 기다리고 있던 아내들을 무시하고 자기 방으로 가서 문을 닫아걸고 호화로운 침대에 몸을 던졌다. 그는 수르파나카의 말이 만들어낸 형상을 마음속에서 몰아내지 못해, 침대에 누워서 몸을 뒤척였다. 그것은 완전한 집착이었다. 그는 고통을 느꼈고, 그 고통을 측근들이 더욱 악화시키는 것만 같아 화를 냈다. 오래지 않아 그는 침대와 방이 불편하다는 것을 깨달았다. 방이 몸을 태워버릴 것처럼 뜨겁게 느껴졌다. 그는 일어나서 느닷없이 숲으로 갔다. 뒤에 남은 시종들은 도대체 무엇이 그를 사로잡아 여기저기로 내몰고 있는지 궁금했다. 그는 야자나무와 꽃나무들 사이에 하얀 대리석과 순금으로 지은 정원집으로 가서 하얀 공단으로 꾸민 침대에 드러누웠다. 나무에 앉아 있던 뻐꾸기와 앵무새들은 그가 오는 것을 보고 입을 다물었다.

옅은 안개가 자주 끼고 시원한 바람이 부는 늦겨울은 라바나에게 불쾌하게 느껴졌다. 라바나는 큰 소리로 외쳤다.

"너는 정말 지독하게 불쾌한 계절이구나!"

그러자 계절이 당장 초여름으로 바뀌었다. 때 이르게 불려온 여름은 좀 내키지 않는 기색이었다. 겨울을 너무 따뜻하게 느꼈다면 봄조차 견딜 수 없는 게 당연했다. 라바나는 큰 소리로 외쳤다.

"이 날씨도 마음에 안 들어. 계절풍을 당장 오게 하라."

날씨가 그의 기분에 맞게 다시 바뀌었다. 그의 명령에 따라 구름이 끼고 습기찬 몬순철이 왔지만, 그 계절조차도 그에게는 너무 따뜻했다. 그가 외쳤다.

"이건 또 무슨 계절이야? 끔찍했던 늦겨울을 도로 가져왔을 뿐이잖아."

그의 시종들이 온순하게 대답했다.

"저희가 감히 거역하겠습니까? 저희가 부른 계절은 정말로 이른 우기였습니다. 폐하께서 분부하신 대로."

그러자 라바나가 말했다.

"모든 계절을 추방해라. 모두 이 세상에서 쫓아내!"

그 결과 시간이 완전히 정지되었다. 분, 시, 날, 달, 해가 자신의 경계를 잃었다. 그리고 인류는 계절 없는 혼란에 빠졌다. 그럼에도 불구하고 라바나는 평화를 얻지 못했다. 그는 여전히 시타에 대한 속절없는 사랑으로 속을 태우고 있었다.

백단향으로 만든 풀을 몸에 바르고, 사프란 액즙으로 처리한 희귀 식물의 연한 잎으로 몸을 뒤덮는 등, 열정을 식히려고 온갖 조치를 했지만 모두 실패하자, 키가 줄어들고 있다고 느낀 라바나는 시종들에게 말했다.

"달은 시원한 습기를 갖고 있다더군. 달을 데려오라."

그의 전령들이 보통은 라바나의 영토 위를 지나지 않는 달에게 접근하여 말했다.

"우리 대왕님이 너를 부르신다. 걱정하지 말고 함께 가자."

달은 우쭐해서 바다 위로 떠올라, 주위를 부드러운 빛으로 가득 채우면서 수줍게 라바나에게 다가갔다.

하지만 라바나는 시종들에게 물었다.

"왜 해를 데려왔느냐?"

그들이 대답했다.

"해는 초대받지 않았는데 감히 내려오지도 않고, 저희도 감히 해를 데려오지는 않을 겁니다."

라바나는 달이 달인 것을 알아차리고는 그에게 욕을 퍼부었다.

"끊임없이 닳아 없어지고 다시 원래 모습을 되찾으려고 애쓰는 이 창백한 얼굴의 쓸모없는 달아. 너는 정력도 없고 재능도 없다. 너는 하찮은 존재야. 너도 시타에 대한 사랑으로 괴로워할 수 있을까? 그 여자에 대해 어떤 생각을 품고 있다면 조심해. 당장 나가. 나는 네가 여기 있는 게 싫다." 그러고 나서 명했다. "밤을 내보내라. 낮과 해를 다시 데려오라."

밤이 갑자기 끝나자 세상 사람들은 혼란에 빠졌다. 침대에서 사랑을 나누던 연인들은 갑자기 햇빛에 노출되었다. 포도주에 취해 있던 사람들은 어리둥절하고 당황했다. 새들은 무슨 일이 일어났는지 몰라서 둥지에서 몸을 꼼지락거렸다. 기름을 공급받고 밤새도록 켜져 있던 등불은 햇빛 속에서 빛을 잃었다. 달력을 통해 별과 행성들의 운행을 계산하고 그 위치를 알리는 천문학자들은 갑자기 낮이 온 것을 몰랐기 때문에 방심하고 있다가 문자 그대로 허를 찔렸다. 수탉들도 갑작스러운 햇빛에 적응하지 못해 입을 다물고 있었다.

"이게 태양이냐? 너희는 이걸 태양이라고 부르느냐! 이것도 역시 달이다. 좀전에 여기 와서 내 피를 끓게 한 달이란 말이다. 이 달도 그 달보다 전혀 나을 게 없다. 전과 똑같아. 거짓말하지 마라." 라바나가 말했다.

시종들은 이건 정말 해라고 또다시 장담했다. 그러자 라바나는 해에게 어서 꺼지라고 명하고, 초승달에게 떠오르라고 명했다. 그다음에는 바다의 파도에게 조용히 하라고 명했고, 그다음에는 완전한 암흑이 땅을 뒤덮으라고 명하여 땅에 사는 모든 생물에게 혼란과 고통을 주었다. 그 암흑 속에서 라바나는 시타의 형상이 다가왔다가 멀어져가는 환각에 시달렸고, 그 형상을 향해 다정하게 말을 걸었다.

그는 지금까지 모든 세상을 마음 내키는 대로 돌아다녔지만, 어디에서도 그렇게 아름다운 존재는 본 적이 없었다. 그는 여전히 자신의 시각을 의심하면서 명했다.

"당장 내 누이를 데려오라."

그의 명령은 지체 없이 실행되어, 수르파나카가 도착했다. 그가 누이에게 물었다.

"내 눈앞에 그 여자가 있는 게 보인다. 이 여자가 네가 말한 그 여자냐?"

수르파나카는 열심히 보고 나서 말했다.

"아니에요. 우리 앞에 서 있는 사람은 여자가 아니라 라마예요. 그 남자 말이에요. 여기에 시타는 보이지 않아요. 오빠는 상상하고 있을 뿐이에요."

"그게 내 상상일 뿐이라면, 네가 여기서 라마를 보는 건 어찌 된 일이냐?"

수르파나카는 라마에 대한 감정을 너무 노골적으로 드러내지 않도록 애쓰면서 여러 가지 뜻으로 해석할 수 있도록 애매모호하게 말했다.

"라마가 내 몸을 이렇게 손상시킨 그날부터 나는 그를 잊을 수가 없어요."

"어쨌든 나는 시타 때문에 서서히 약해지면서 죽어가고 있다. 나를 구하려면 어떻게 해야 하느냐?"

"오빠는 일곱 세계의 지배자로서 누구보다 강력한 대군주예요. 그런데 왜 슬프고 불행하다고 느끼세요? 가서 그 여자를 차지하세요. 그러면 돼요. 그 여자를 빼앗으세요. 그 여자는 오빠 거예요. 오빠의 손이 닿지 않는 게 있나요? 분발하세요. 이 우울한 분위기에서 벗어나세요. 가서 그 여자를 낚아채세요. 그 여자는 오빠를 위해 창조되었고 오빠를 기다리고 있는 오빠 거니까요."

이렇게 그녀는 라바나에게 새로운 활기를 불어넣었다. 시타를 없애려는 계획이 만족스럽게 실행되는 것을 보면서 그녀는 남모를 행복감에 잠겼다. 그녀는 떠났다.

라바나는 이제 확신을 가지고, 목표를 달성하기 위한 실제적 조치를 취하기로 마음을 다잡았다. 그는 당장 시종들을 보내 참모와 대신들을 불러들였다. 그들은 말이나 코끼리나 마차를 타고 지체 없이 라바나의 은둔처에 도착하기 시작했다. 천상의 신들은 이 갑작스러운 활동이 우주에 어떤 영향을 미칠까를 심사숙고하면서 걱정스러운 눈으로 그들을 지켜보았다. 라바나와 참모들의 협의는 사실상 라바나가 이미 내린 결정을 그들에게 알리는 것이기 때문에 간단했다. 웬일인지 그는 참모들과 협의하는 형식적 절차를 존중했다. 이어서 그는 마차를 불러 혼자 타고, 삼촌인 마리차가 명상에 잠겨 있는 동굴로 달려갔다. 마리차는 라마를 공격하려고 두 번 시도했지만 두 번 다 실패한 적이 있었다. 첫 번째는 어머니 타타카의 죽음에 복수하기 위해 시다스라마에서 라마를 공격했지만, 라마가 쏜 화살에 맞아서 멀리 바다로 날아가고 말았다. 그 후 두 번째로 라마를 죽이려고 했지만 실패하자, 폭력에 물든 생활을 그만두기로 다짐하고 숲 속으로 들어갔던 것이다.

마리차는 라바나를 보고 불안을 느꼈지만, 그를 정중하게 맞이하고 물었다.

"내가 너를 위해 해줄 수 있는 게 무엇이냐?"

"제 마음이 흔들립니다." 라바나가 말했다. "저는 수치심을 느끼는 단계를 지나고 있어요. 신들은 분명 지켜보면서 좋아하겠지만, 우리 뛰어난 종족이 큰 망신을 당했으니 우리는 고개를 숙이고 얼굴 없는 벌레처럼 따로 떨어져서 기어 다녀야 합니다. 한 인간이 단다카 숲에 자리를 잡고 감히 우리의 패권에 도전했습니다. 그놈은 내 사랑하는 누이의 얼굴을 망가뜨렸습니다. 삼촌이 사랑하시는 조카딸이 이제 코도 없고 귀도 없고 젖가슴도 없는 신세가 되었다고요. 누이가 그놈의 오두막에 접근하자, 그놈이 코와 귀와 젖가슴을 잘라버린 겁니다."

마리차는 그 인간이 누군지를 이미 알아차렸고, '라마'라는 말을 듣자 당장 말했다.

"라마한테 가까이 가지 마리."

라바나는 초조감을 느끼고 선언했다.

"싫습니다. 라마 앞에서는 우리 모두 부들부들 떨자는 겁니까?"

"라마한테는 가까이 가지 말자꾸나."

"그럼 좋습니다. 라마한테는 가까이 가지 않겠어요. 그냥 라마의 여자를 낚아채서 내 옆에 붙잡아두기만 할게요. 어쨌든 나도 일개 인간과 싸우고 싶진 않으니까요. 하지만 주제넘게 건방지고 무모하게 오만하면 어떻게 되는지, 라마에게는 그 교훈을 반드시 가르쳐주어야 합니다. 인간에게 상처를 주는 확실한 방법은 그 남자의 반려인 여자를 빼앗는 것이죠."

마리차는 이제 모든 도덕적 가치와 정신적 가치를 실천하면서 새 삶을 살려고 애쓰고 있었기 때문에, 라바나의 말을 듣고 외쳤다.

"남의 아내를 탐내다니…… 그건 부도덕한 짓이야."

"그 여자는 라마의 아내가 될 자격이 없었어요. 그 여자는 마땅히 나를 먼저 만났어야 합니다." 라바나가 말했다. 그가 빠져 있던 절망적 우울증의 첫 단계는 이제 들떠서 촐싹거리는 경박함에 자리를 양보하고 있었다. 하지만 마리차의 현재 사고방식으로는 라바나가 하자는 대로 따라갈 수 없었다.

"너는 시바의 은총을 받고 있어. 너는 높은 지위와 권력을 부여받았어. 그런 모험으로 네 자신의 가치를 떨어뜨리지 마라. 이 세상만이 아니라 다른 세상에서도 웃음거리가 되면 안 돼."

"그러면 삼촌은 내 누이가 다치고 굴욕을 당해도 내가 수수방관하기를 바라시는군요! 삼촌의 충고는 필요 없습니다. 내가 원하는 건 삼촌의 도움뿐이에요."

"어떤 식으로?" 마리차는 영적 시도의 종말, 그리고 어쩌면 자신의 삶의 종말도 함께 다가오고 있다는 것을 느끼고 물었다.

"그 여자를 빼앗을 계획입니다. 삼촌도 그 일에 관여하게 될 거예요."

"내 마음속에서 일종의 북소리가 계속 울리고 있다. 네가 자신의 파멸과 우리 종족의 종말을 추구하고 있다는 메시지가 계속 되풀이되고 있어."

"삼촌이 어떻게 감히 내 권력을 얕잡아볼 수 있죠? 내 누이에게 인정을 베풀지 않은 그 인간을 어떻게 감히 찬양할 수 있죠?" 라바나는 화가 나서 물었다. "지금 내가 참을성을 보인다면, 그것은 내가 아직 당신을 삼촌으로 대하기 때문입니다."

그러자 마리차는 이렇게 받아넘겼다.

"네가 파멸을 면하기를 내가 바라는 것도 우리가 삼촌과 조카 사이라는 이유 때문이야."

"내가 언젠가 시바의 거처인 카일라스 산을 흔들었다는 걸 잊으셨군요. 내 힘은 무한합니다."

"하지만 라마는 시바의 활을 두 동강낸 사람이야. 그 활은 메루 산만큼 컸지."

"삼촌은 아직도 라마를 찬양하고 계시는군요."

"그건 라마가 내 어머니와 형 수바후를 죽이는 걸 보았기 때문이야. 나는 비스와미트라가 라마에게 마음대로 할 수 있는 능력을 나누어주는 걸 보았지. 그래서 라마는 이제 헤아릴 수 없이 강하고 많은 아스트라(초자연적 무기)를 갖고 있어서, 어떤 적을 만나도 자신 있게 맞설 수 있어."

"삼촌의 광상곡은 더 이상 듣고 싶지 않습니다. 계속 고집을 부리시면 내 칼로 삼촌을 동강내고, 삼촌의 도움 없이 목적을 달성할 겁니다. 그것뿐이에요."

"나는 그저 네 행복을 걱정했을 뿐이야. 그게 내 주요 관심사니까. 나는 네가 오래 살고 행복했으면 좋겠다." 마리차는 생각을 억누르고 말했다.

이 말에 라바나는 만족하여 마리차의 어깨를 끌어안고 말했다.

"삼촌은 훌륭하고 강해요. 삼촌의 어깨는 언덕처럼 높고 넓어요. 이제 그 시타를 데리러 갑시다. 서두르세요. 그리고 삼촌의 예언 말인데요. 내가 그 때문에 죽어야 한다면, 내 심장을 꿰뚫는 건 사랑의 신이 쏜 교활하고 하찮은 화살이 아니라 라마의 화살이었으면 좋겠어요."

"내가 해야 할 일을 말해다오. 내가 할 일이 뭐가 남아 있지? 내가 라마에게 죽은 어머니와 형의 복수를 하기로 결심했을 때, 두 동지와 함께 꽃사슴으로 변장해서 라마에게 접근했었지. 하지만 라마는 화살 하나로 두 동지를 죽였고, 나는 간신히 달아났어. 그 후 나는 새로운 철학을 채택했지. 그런데 이제 내가 할 일이 또 뭐가 남아 있을까?" 마리차는 방금 그를 죽이겠다고 위협한 조카 손에 죽기보다는 차라리 라마에게 죽기로 결심하고 비통하게 말했다.

"삼촌은 뭔가 속임수를 써서 시타를 붙잡아야 할 겁니다." 라바나가 냉정하게 말했다.

"그보다는 차라리 이 문제를 놓고 라마와 싸워서 전리품으로 시타를 차지하는 편이 더 고결하고 너와 같은 지위에 있는 자에게는 더 잘 어울릴 텐데."

"내가 그 인간과 싸우려고 군대를 동원하길 바라세요? 나는 그 귀찮은 녀석을 영원히 끝장낼 수도 있지만, 그런 방법은 취하고 싶지 않아요. 그 여자는 남편이 죽은 걸 알면 자신을 제물로 바칠지도 모르고, 그러면 우리 계획이 완전히 망가질 테니까요."

마리차는 라바나의 질주를 막으려는 전략이 효과가 없으리라는 것을 깨달았다. 이제는 피할 길이 없었다. 그는 운명에 몸을 맡기고 말했다.

"내가 할 일을 말해다오."

마리차의 이야기에서 좋은 착상을 얻은 라바나는 마리차에게 선택의 여지를 남기지 않고 단호하게 말했다.

"황금 사슴으로 변신해서 시타를 유인하세요. 나머지는 내가 다 하겠습니다. 그것이 아무도 해치지 않고 시타를 손에 넣는 유일한 방법이에요."

마리차도 동의했다.

"그래, 좋다. 나는 지금 당장 가서 네가 시키는 대로 하마."

하지만 마리차는 지금 당장 어떤 결과가 그에게 닥칠지, 그리고 뒤이어 라바나에게 어떤 결과가 닥칠지를 충분히 알고 있었다. 마리차는 우울한 생각에 잠긴 채 출발했다.

'나는 라마의 화살을 두 번 피했어. 이번 세 번째에는 내 운도 다할 거야. 나는 독을 넣은 연못 속의 물고기나 마찬가지야. 물 속에 남아 있든 물 밖으로 나오든, 조만간 죽을 수밖에 없어.'

마리차는 단다카 숲으로 갔다. 판치바티 근처에서 황금 사슴으로 변신한 뒤, 라마의 오두막 앞을 우쭐대면서 걸어 다녔다. 그 눈부신 광채에 이끌린 다른 사슴들이 다가와서 황금 사슴을 둘러쌌다. 정원을 거닐고 있던 시타가 그것을 보고 서둘러 오두막으로 돌아가서 라마에게 말했다.

"몸은 반짝이는 황금으로 되어 있고 다리에는 보석이 박힌 동물이 우리 집 앞에 있어요. 눈부시게 아름다운 동물이에요. 제발 저를 위해서 그 동물을 잡아주세요."

운명의 여신들이 활동하고 있었다. 이것은 그들의 삶에서 결정적인 순간이 될 터였다. 여느 때라면 라마는 시타의 허무맹랑한 말에 의문을 품었겠지만, 오늘은 시타의 요구를 맹목적으로 받아들여 쾌활하게 말했다.

"그래. 물론 당신은 그 동물을 가져야 해. 어디 있지?"

그는 밖으로 나가려고 일어섰다. 이 순간, 락슈마나가 끼어들었다.

"나 같으면 가까이 가지 않겠어. 그건 우리 앞에 나타난 환상일 뿐인지도 몰라. 안전하지 않아. 황금과 보석으로 만들어진 동물이 있다는 이야기는 들어본 적도 없어. 설령 그런 동물이 있다 해도, 그건 속임수야."

"브라흐마의 창조물은 수없이 많고 다양해. 이 지상의 생물을 전부 다 안다고 말할 수 있는 사람은 아무도 없어. 눈부시게 빛나는 그런 동물은 존재할 수 없다고, 어떻게 단정할 수 있지?"

시타가 초조한 기분으로 끼어들었다.

"둘이 말씨름하는 동안 그 동물은 가버릴 거예요. 밖에 나가서 눈으로 직접 보세요."

라마는 오두막 밖으로 나가서 황금 사슴을 보고 말했다.

"정말 멋진 동물이군. 당신은 여기 있어. 내가 잡아줄 테니까."

"애완동물로 내 곁에 두고 키우다가, 유배가 끝나면 아요디아로 데려가겠어요." 시타가 말했다.

락슈마나는 또다시 이 사냥을 막으려고 애썼다. 하지만 라마는 동생의 주장을 무시했다.

"사냥하는 건 해롭지 않아. 악마 같은 동물이 이런 형상으로 나타났다면, 화살에 맞는 순간 정체를 드러낼 거야. 그렇지 않다면 우리는 저걸 완전한 형태로 손에 넣게 될 테고, 시타는 장난감을 얻게 되겠지. 어느 쪽이든 우리는 저걸 무시할 수 없어."

"저걸 우리 앞에 갖다놓은 게 누군지도 모르면서 저걸 따라가면 안 돼. 저게 무해하다면, 무해한 동물을 사냥하는 건 잘못이야. 어쨌든 가까이 가지 않는 게 상책이야." 그래도 라마가 고집 부리는 것을 보고 락슈마나가 말했다. "형은 제발 여기 있어. 내가 쫓아가서 저놈의 정체가 뭔지 알아낼게."

"당신은 절대로 저걸 잡지 못할 거예요. 난 알아요." 시타가 부루퉁하게 말했다. 그러고는 분통이 터지고 안달이 나서, 홱 돌아서서 오두막으로 들어가버렸다.

라마는 자진해서 자신과 운명을 함께 한 아내의 간절한 소망을 두고 그런 말다툼을 벌인 것이 미안하게 느껴졌다. 그래서 락슈마나에게 말했다.

"내가 직접 잡으러 갈 테니, 그동안 너는 시타를 지켜줘."

그는 활을 들고 황금빛 사슴에게 접근했다. 그의 마음속에서는 락슈마나의 경고 대신 시타의 애처로운 호소가 계속 메아리치고 있었다. 그는 속으로 다짐했다.

'저걸 잡아서 시타에게 주어야지. 그러면 시타도 미소를 되찾을 거야.'

사냥이 시작되었다. 사슴은 그가 다가오기를 기다렸다가 쏜살같이 달아나기를 몇 번이고 되풀이했다. 추적에 열중한 나머지, 라마는 사슴이 얼마나 멀리까지 그를 끌어냈는지, 시간이 얼마나 오래 지났는지도 알아차리지 못했다. 사슴은 숲길과 산길과 골짜기를 요리조리 빠져나갔고, 그는 그런 사슴을 놓치지 않으려고 애썼다. 맹목적인 결심, 도전, 그리고 아내를 만족시켜주고 싶은 욕망—이 모든 것이 계속 그를 끌어당겨, 점점 멀어져가는 그 찬란한 동물을 뒤따라가게 했다.

그때 문득 속임수에 걸려든 게 아닐까 하는 생각이 떠올랐다. 결국 락슈마나가 옳았어. 아내 말에 무턱대고 따르지 말았어야 했어. 그의 손은 자동적으로 화살 한 대를 꺼내 사슴을 향해 쏘았다. 그 순간, 마리차는 라마의 생각을 알아차리고 필사적으로 도망치려고 했다. 하지만 너무 늦었다. 라마의 화살은 여느 때처럼 표적에 이르렀다. 마리차는 라바나가 시킨 대로 라마의 목소리를 흉내내어 비명을 질렀다.

"락슈마나! 시타! 도와줘."

이 비명 소리를 듣고 시타는 락슈마나에게 말했다.

"남편에게 무슨 일이 생겼나 봐요. 어서 가서 도와주세요."

"그 무엇도 형님을 해치지 못합니다. 안심하세요. 이 세상의 모든 마귀를 이긴 사람을 한낱 동물 따위가 해치지는 못할 거예요. 형수님 생각대로 그게 정말 동물이라면 말입니다. 사실 그건 아수라였고, 이제 끝장이 났습니다. 아까 그 비명 소리는 바로 형수님을 겨냥하여 형의 목소리를 가장한 가짜였어요."

"지금은 설명하거나 짐작하고 있을 때가 아니에요." 시타가 말했다.

그때 두 번째 비명 소리가 들려왔다.

"락슈마나! 시타! 도와줘!"

그러자 시타는 공포에 사로잡혀 자제력을 잃고 말았다.

"거기 서서 말만 하지 말고 어서 가요! 가서 라마를 구하세요!"

"라마는 구세주니까 남의 도움이 필요 없습니다. 훌륭한 형수님. 기다리세요. 잠시만 참으면 형님을 보게 될 겁니다. 그러면 형수님은 쓸데없는 걱정을 했다고 웃으실 거예요."

시타는 어떤 설명에도 귀를 기울이지 않고 계속 같은 말만 되풀이했다.

"어서 가요. 가서 라마를 구하세요! 어떻게 여기 서서 입만 나불거릴 수 있죠? 그렇게 침착할 수 있다는 게 놀랍군요." 락슈마나는 진정하라고 계속 달랬지만, 그럴수록 시타는 점점 더 흥분하여 말투까지 거칠어지기 시작했다. "태어났을 때부터 지금까지 한 번도 라마 곁을 떠나본 적이 없고 이 숲 속까지 라마를 따라온 당신이 이런 순간에 라마 곁으로 달려가는 대신, 거기 서서 수다만 떨고 있군요. 내게는 정말 너무너무 이상해 보여요!"

또다시 락슈마나는 그녀를 안심시키려고 애썼다.

"형수님은 형님의 본성을 모르시나 본데, 도와달라고 외칠 수밖에 없는 상태로 형님을 몰아넣을 수 있는 힘은 이 세상에 존재하지 않습니다. 형님이 정말로 위험에 빠졌다면, 온 우주와 모든 창조물이 부들부들 떨다가 지금쯤은 와르르 무너졌을 겁니다. 형님은 보통 사람이 아니……."

시타의 눈이 분노와 슬픔으로 번득였다.

"당신이 여기 내 옆에 남아서 그런 식으로 냉정하게 이야기하는 것은 온당치 못해요. 이상해요! 이상해! 잠깐이라도 내 남편과 가까웠던 사람이라면 누구나 그를 위해 목숨을 버릴 각오가 되어 있을 거예요. 하지만 당신은, 내 남편과 함께 태어나 함께 자랐고 모든 것을 통해 남편과 묶여 있는 당신은, 도와달라는 남편의 비명 소리를 듣고도 눈썹 하나 까딱하지 않고 태연히 여기에 서 있군요. 당신이 내 남편을 구하고 싶지 않다면, 내가 할 수 있는 일은 아무것도 없고, 내가 도움을 청할 수 있는 사람도 없어요. 남은 일은 내가 불을 피우고 그 불 속에 뛰어들어……."

시타의 고집과 위협이 락슈마나를 괴롭혔다. 그는 시타의 말을 곰곰 생각하고 나서 말했다.

"형수님이 자신을 해칠 필요는 없습니다. 다만 형수님의 말뜻을 생각하니 소름이 끼칠 뿐이에요. 좋습니다. 형수님 말씀에 따르지요. 걱정하지 마세요. 지금 바로 떠날 테니까요. 형수님의 명령과 형님의 명령이 정반대라서 망설였을 뿐이에요. 나는 가겠습니다. 신들이 형수님을 보호해주기를!"

'내가 가지 않으면 형수님은 자살하고 말 거야.' 락슈마나는 그렇게 판단했다. '반대로 내가 가면 형수님은 위험에 빠지게 될 거야. 그런 진퇴양난에 직면하기보다는 차라리 죽는 게 나아. 나는 가겠어. 그러면 운명으로 정해진 일이 일어나겠지. 오로지 계율만이 형수님을 보호해줄 거야.'

그는 시타에게 말했다.

"자타유가 저기서 우리를 지켜보고 있으니까, 자타유가 형수님을 지켜줄 겁니다."

락슈마나가 떠나자마자, 그들을 감시하고 있던 라바나가 은신처에서 나왔다. 그는 판치바티 오두막 앞에 서서 불렀다.

"아무도 안 계시오? '산야시(고행자)'를 환영할 분이 집 안에 아무

라마야나 163

도 없소?" 그는 비쩍 마르고 빈약한 몸에 은자의 옷을 걸치고, 한 손에는 지팡이를 짚고 다른 손에는 나무를 깎아서 만든 발우를 들고 있었다. "이 오두막에는 사람이 아무도 없소?" 이렇게 다시 외쳤을 때, 그의 목소리는 노인처럼 떨렸고 다리도 휘청거렸다.

시타는 문을 열고 노인을 보자 말했다.

"어서 오세요. 뭘 도와드릴까요?"

라바나는 눈앞에 나타난 아름다운 여인의 모습에 압도당했다. 시타는 그를 집 안으로 불러들여 자리를 권했다. 그러는 동안, 그의 마음은 오만 가지 생각으로 와글거렸다. '이 여자는 마땅히 내 여자여야 해. 나는 이 여자를 내 제국의 여왕으로 삼아서, 이 여자의 명령에 따르고 백만 가지 방법으로 이 여자를 즐겁게 해주면서 여생을 보낼 거야. 평생 동안 이 여자와 함께 있는 시간을 즐기는 것 말고는 아무 일도 하지 않겠어. 아아, 누이동생은 정말 지각력이 뛰어났고 큰 도움이 됐어! 이 여자를 묘사한 누이의 말 가운데 과장된 표현은 단 한 마디도 없어. 그야말로 완벽해. 완벽······. 이 선녀 같은 여자를 보았을 때 나를 생각하다니, 사랑하는 누이동생은 정말 친절하기도 하지. 그 보답으로 나는 누이를 내 제국의 여왕으로 삼을 거야. 내가 이 여자와 함께 천국에서 사는 동안, 누이가 나를 대신해서 제국을 다스리겠지.' 그는 시타를 제국의 여왕으로 삼겠다고 다짐한 것을 벌써 까맣게 잊어버렸다.

그의 마음이 이런 즐거운 계획을 세우느라 바쁜 동안, 시타는 그에게 묻고 있었다.

"이 쓸쓸한 숲길에는 무슨 일로 오셨어요? 그 연세에? 어디서 오시는 길이세요?"

그는 백일몽에서 깨어나 대답했다.

"한 사람이 있습니다……." 이어서 그는 자신을 삼인칭으로 설명했다. 세상에서 가장 강력한 창조물, 위대한 시바의 총애를 받는 자, 해와 달에게 궤도를 따라 움직이거나 궤도에서 벗어나라고 마음대로 명령할 수 있을 만큼 강력한 자. "모든 신들이 그의 명령을 기다리고 있다가, 아무리 사소한 명령도 기꺼이 수행한다오. 우르바시와 틸로타마를 비롯한 모든 신성한 처녀들은 언제든지 그의 발을 마사지하고 그의 신발끈을 묶을 준비가 되어 있지요. 그는 인드라보다 위대하오. 그의 수도는 어느 도시와도 비교할 수 없을 만큼 웅장하고 화려하다오. 그는 이 세상의 모든 권력과 부와 영광을 지배하지요. 수천 명의 여인들이 그의 총애를 애타게 기다리지요. 하지만 그는 가장 완벽한 아름다움을 지닌 창조물이 나타나기를 기다리며, 가장 완벽한 미인을 찾고 있다오. 그는 박식하고 올바르고 잘생겼고, 활력과 발랄함에서는 누구와도 비교가 되지 않아요. 나는 오랫동안 그가 발산하는 후광 속에 머무르다가, 이제 이 길을 따라 집으로 돌아가는 길이라오."

"어르신처럼 거룩하신 분이 왜 선량한 사람들이 사는 도시와 현자들이 사는 숲을 놔두고 하필 그 락샤사들의 나라에서 살았을까요?"

라마야나 165

"락샤사는 이른바 신들처럼 해롭거나 잔인하지 않은 선량한 종족이오. 락샤사족은 그 실상이 잘못 전해졌고 줄곧 오해를 받아왔지요. 그들은 훌륭하고 사리에 밝고, 특히 나 같은 '사두(은자 또는 성자)'들에게 친절하다오."

"아수라들과 어울려 살면 그 사람도 쉽게 아수라가 될 수 있죠." 시타는 천진난만하게 말했다.

"아수라들도 자신들에게 친절한 사람에게는 친절할 수 있다오. 그들은 모든 세상에서 가장 강력하니까, 그들과 사이좋게 지내는 것이 현명한 일이지요. 그보다 더 현명한 일이 또 어디 있겠소?"

"하지만 그들의 시대는 얼마 남지 않았어요. 제 남편의 평생 과업은 이 세상에서 락샤사족을 제거하고 지상에 평화를 확립하는 거예요."

"어떤 인간도 감히 그런 짓을 시도할 수는 없어요. 그건 작은 토끼 한 마리가 코끼리 떼 전체를 죽이기를 바라는 것과 마찬가지요."

"하지만 제 남편이 혼자 힘으로 카라와 두샤나, 비라다 같은 마귀들을 어떻게 죽였는지 못 들으셨어요?"

"카라와 비라다 따위는 활도 갑옷도 없는 약골들이었소. 그들을 이긴 것은 별로 대단한 일이 아니오. 당신도 이제 곧 보게 되겠지만, 당신 남편이 스무 개의 어깨를 가진 라바나와 대결하면 어떻게 되는지 볼 때까지 기다리시오!"

"라바나가 스무 개의 어깨를 가지고 있다 해도, 그게 어쨌다는 거죠? 파라수라마(비슈누의 여섯 번째 화신)처럼 어깨가 두 개밖에 없는 사람이 언젠가 라바나를 붙잡아서, 제발 자비를 베풀어달라고 간청할 때까지 가두어놓지 않았나요?"

이 말에 라바나는 격분했다. 그의 눈은 분노로 충혈되고, 그는 분해서 이를 바득바득 갈았다. 그의 성스러운 가면이 점점 벗겨지고 있었다. 시타는 이 변화를 알아차리고 당혹감을 느끼기 시작했다. 그는 곧 본래의 무시무시한 형상으로 그녀를 압도했다. 시타는 말할 용기가 나지 않아서 한 마디도 하지 못했다.

"그런 어리석은 말을 하다니, 네가 여자만 아니라면 짓뭉개고 잡아먹었을 것이다." 라바나가 말했다. "하지만 나는 너를 원해. 너를 갖지 못하면 죽어버릴 거야. 오, 백조 같은 여자여, 내 열 개의 머리는 어느 세상의 어느 신에게도 절을 한 적이 없다. 하지만 나는 왕관을 벗고 내 이마를 네 발등에 대겠다. 내 여왕이 되어서 나에게 명령을 내려다오. 내가 뭘 해야 할지 말해다오."

시타는 두 손으로 귀를 막았다.

"어떻게 감히 그런 말을 할 수 있지? 내 목숨을 잃는 것은 두렵지 않지만, 네 목숨을 구하고 싶으면 라마의 눈에 띄기 전에 빨리 달아나는 게 좋을 거야."

"라마의 화살은 나를 해칠 수 없어. 지푸라기 하나로 산이 갈라지기를 기대하는 편이 낫지. 나를 상냥하게 대해다오. 나는 너의 사랑을 간절히 바라고 있다. 여신이 가질 수 있는 것보다 훨씬 높은 자리를 너에게 주마. 잘 생각해보아라. 자비심을 가져. 네 앞에 엎드리마.”

라바나가 바닥에 엎드리자, 시타는 뒤로 물러나면서 큰 소리로 울기 시작했다.

“여보! 락슈마나! 빨리 와서 나를 좀 도와주세요.”

이 말에 라바나는 여자의 동의도 받지 않고 여자를 건드리면 그 자리에서 죽게 될 거라는 오래된 저주를 기억해내고, 시타의 발밑에 있는 땅을 파서 그 흙을 그녀와 함께 들어 올려 마차에 싣고 서둘러 떠났다.

시타는 기절했다가 정신을 차리고, 마차에서 뛰어내리려고 필사적으로 애쓰다가 울며 한탄하고, 숲 속의 나무와 새와 짐승과 요정들에게 자신의 곤경을 잘 보아두었다가 라마에게 전해달라고 부탁하고, 마지막으로 라바나에게 라마가 두려워 비열한 속임수를 쓴 겁쟁이에 사기꾼이라고 욕했다. 하지만 라바나는 그녀를 비웃었을 뿐이다.

“너는 라마를 아주 높이 평가하지만 나는 그렇지 않아. 내가 라마와 싸우고 싶지 않은 건 일개 인간과 대결하면 우리 체면이 손상되기 때문이지.”

“아아, 그래. 당신 종족은 인간과 대결하는 것을 부끄러워하지만, 당신은 무력한 여자를 탐내고 속임수로 공격해도 된다는 거야? 이건 아주 고귀한 위업이겠군! 당신처럼 냉혹한 락샤사들은 무엇이

옳고 무엇이 그른지도 몰라. 내 남편과 맞설 용기가 있다면 당장 마차를 세워. 더 이상 마차를 몰고 가지 마."

이 말은 라바나를 즐겁게 해주었을 뿐이다. 그는 껄껄 웃고 그녀를 조롱하고 농담을 했다. 바로 이 순간, 그는 앞에 장애물이 나타난 것을 느꼈다. 옛 친구인 다사라타의 자녀들을 지켜주겠다고 약속한 거대한 독수리 자타유가 시타를 덮친 위험을 알아차리고는 큰 소리로 도전하면서 라바나의 앞을 가로막고 온 힘을 다해 덤벼들었다. 마치 산이 빠르게 달리는 마차에 부딪힌 것 같았다. 실제 전투를 시작하기 전에 자타유는, 발길을 되돌려 시타를 다시 판치바티로 데려다주라고 라바나에게 호소했다.

"아니, 돌아갈 필요도 없다. 여기 마차를 세우고 시타를 내려주면 된다. 내가 시타를 남편에게 안전하게 데려다줄 테니까, 너는 라마가 오기 전에 달아날 수 있을 것이다."

라바나는 이 제안을 비웃었다.

"비켜라, 이 늙은 새야. 저리 가."

자타유는 그에게 거듭 충고했다.

"파멸을 자초하지 마라. 너의 친족과 일족과 종족 전체의 파멸을 초래하지 마라. 라마의 화살은 너의 목숨을 끊을 것이다. 그건 의심할 여지가 전혀 없다."

"그런 쓸데없는 헛소리는 그만둬." 라바나가 말했다. "네가 말하는 그 영웅들을 모두 데려와. 다 오라고 해. 내가 처리해줄 테니까. 무슨 일이 일어나도 나는 이 보물을 포기하지 않을 거야. 이 여자는 나와 함께 갈 거야."

시타는 절망하여 울음을 터뜨렸다.

"두려워하지 마라." 자타유가 말했다. "너는 절대 다치지 않을 것이다. 이 마귀는 내 손에 죽을 것이다. 거기에 대해서는 전혀 걱정할 필요가 없다."

그러고는 라바나를 공격하기 시작했다. 자타유가 거대한 날개를 퍼덕이자 폭풍의 위력이 생겨났고, 그것은 라바나와 마차를 뒤흔들고 마비시켰다. 이어서 자타유는 온몸과 부리와 발톱으로 마차를 때리고 잡아 찢었다. 비나의 상징이 들어 있는 라바나의 깃발은 갈기갈기 찢기고,[10] 깃대는 산산조각이 나고, 왕관은 벗겨져 땅바닥에 뒹굴고, 옥좌 위 덮개는 너덜너덜한 누더기가 되고, 마차는 박살이 났다. 라바나는 공격을 슬쩍 피하면서 반격을 가하고, 자기가 쓸 수 있는 무기를 총동원했지만, 자타유는 가차 없는 공격을 계속했다.

라바나는 어느 정도는 자타유에게 자비를 베풀려고 애썼다. 하지만 마침내 분노가 치솟자, '찬드라하사'라고 불리는 특별한 검(시바한테 선물로 받은 절대 무비의 칼)을 손에 쥐고 두어 번 휘둘러 자타유에게 결정타를 먹였다. 자타유는 거대한 날개가 잘리고 목을

---

[10] 라바나는 '비나'라는 현악기를 능숙하게 연주한 것으로 알려져 있었다.

찔렸다. 자타유가 쓰러진 뒤, 라바나는 기운을 차리고 일어나서 마차를 포기하고, 시타를 그녀의 발밑에 있는 흙과 함께 어깨 위에 올려놓고, 하늘을 나는 능력을 발휘하여 시타를 랑카로 데려갔다.

한편 자타유는 라마와 락슈마나가 시타를 찾아 그쪽으로 올 때까지 의지력으로 살아 있었다. 그들이 오자, 자타유는 죽어가면서도 자기가 본 것을 그들에게 설명했다.
"절망하지 마라. 너희는 결국 성공할 거야."
라마가 불안한 표정으로 물었다.
"어느 쪽으로 갔습니까?"
하지만 자타유는 미처 대답하기 전에 숨을 거두고 말았다.

6
원숭이 왕 발리

완벽한 남자도 실수를 하고 도덕적인 잘못도 저지른다. 그런 사건 앞에서 우리 같은 보통 사람들은 당혹감을 느낀다. 어쩌면 그가 실제로 잘못을 저질렀다기보다 우리의 이해력이 부족한 것인지도 모른다. '영원'이라는 시간 속에서 판단하면 그런 사건은 다르게 보일 수도 있지만, 그렇게 넓은 시야를 얻을 때까지는 누구나 마음에 혼란을 느끼고 그 행동을 문제시하기 쉽다. 라마는 이상적인 남자였다. 어떤 상황에서도 자신의 모든 기능을 완전히 통제할 수 있었고, 확고한 정의감과 공정한 정신을 가지고 있었다. 하지만 그런 라마도 한때는 편파적으로, 또는 어설픈 지식으로, 또는 서두른 나머지 너무 성급하게 행동한 적이 없지 않았고, 그를 해치기는커녕 본 적도 없는 동물을 쏘아 죽인 적도 있었다. 다음은 『라마야나』에서 가장 격렬한 논쟁을 불러일으키는 대목의 하나다.

이번 이야기에 등장하는 인물은 라마 외에 발리, 수그리바, 하누만 등이다. 사건은 원숭이 왕국인 키슈킨다의 숲이 우거진 산지에서 일어난다. 『라마야나』에는 인간만이 아니라 신이 창조한 많은 동물들도 등장하는데, 그들은 지적 능력과 고유한 문화를 가졌으며, 육체만이 아니라 나름대로 정신적 성취도 이룬 동물들이다. 잠바반은 곰이었고, 자타유는 독수리였고, 락슈마나(라마의 동생)는 누워 있는 비슈누 신을 휘감고 있는 거대한 뱀 아디세사의 화신이었다. 이들이 말하고 행동할 때의 형태와 모양이 어떻든, 그들의 겉모습은 누구의 주의도 끌지 않고 넘어갔다.

키슈킨다에 살면서 이 왕국을 다스린 것은 대체로 말하면 원숭이족이라고 부를 수 있는 종족이었다. 하지만 그들은 뛰어난 지성과 언어 능력, 측정할 수 없을 만큼 강력한 힘과 고결한 기품을 타고났으며, 게다가 거룩한 혈통도 가지고 있었다.

필사적으로 시타를 찾아다니던 라마는 남쪽으로 내려가 키슈킨다의 경계를 넘었다. 앞에서 보았듯이 그는 인간의 형상을 한 최고신 비슈누의 화신이었지만, 인간과 마찬가지로 이해력에 한계가 있었고, 그로 말미암아 생겨나는 절망에도 빠지기 쉬웠다. 라마와 락슈마나는 풍문과 단서를 바탕으로 시타를 추적한 끝에 키슈킨다 국경에 이르게 되었는데, 누구의 주의도 끌지 않고 이 나라에 들어간 것은 아니었다. 이 왕국의 통치자인 수그리바의 친구이자 부하인 하누만은 나중에 『라마야나』에서 중요한 지위를 차지하게 되는데, 이 하누만이 침입자를 감시하고 있다가 멀리 떨어진 산길에서 라마와 락슈마나가 국경을 넘는 것을 알아차렸다. 그는 젊은 학자의 모습으로 산을 내려가, 그들의 앞길에 있는 나무 뒤에 숨어 있었다. 그들이 다가오자 하누만은 그들을 유심히 관찰하고 속으로 생각했다.

"정말 고귀해 보이는군! 대체 누구일까? 나무껍질 옷차림에 머리는 봉두난발인 고행자들이야. 하지만 어깨에 거대한 활을 메고 있는 걸 보면 전사처럼 무장한 고행자들일까? 아니면 고행자 차림의 전사들일까? 하지만 그래도 저들은 누구처럼 보여? 누구처럼? 저들은 비할 데 없는 존재들인 것 같아. 비교해서 판단할 방법이 없어. 신일까? 하지만 너무 인간적으로 보여."

하누만은 더 이상 참지 못하고 그들 앞으로 나서서 말했다.

"저는 바유와 안자나의 아들인 하누만입니다. 태양신의 아들인 수그리바를 주군으로 섬기고 있지요. 수그리바를 대신하여 우리 왕국에 오신 것을 환영합니다."

"겉모습에 속지 마라. 젊은 학자처럼 보이지만, 막강한 힘을 갖고 있는 게 분명해." 라마는 동생에게 속삭이고 나서 하누만에게 말했다. "우리를 당신의 주군께 안내해주시오."

그러자 하누만이 물었다.

"누구시라고 말씀드릴까요?"

라마가 잠시 머뭇거리는 동안, 락슈마나가 끼어들어 말했다.

"우리는 아요디아의 선왕이신 다사라타의 아들들이오."

락슈마나는 이렇게 신분을 밝히고, 이곳까지 오게 된 사연을 털어놓았다.

이야기를 듣자마자 하누만은 라마의 발치에 엎드렸다.

"아니, 당신은 박식한 학자이고 나는 전사일 뿐이오. 어서 일어나세요." 라마가 말하자, 하누만이 말했다.

"저는 단지 두 분 앞에 나서기 위해 학자의 모습을 취했을 뿐입니다."

그러고는 진짜 모습인 거대한 원숭이 형상으로 돌아갔다. 그는 그들을 남겨두고 떠났다가 수그리바와 함께 돌아왔다.

라마는 수그리바를 보자마자 첫눈에 본능적인 연민을 느꼈고, 또한 이것이 매우 중대한 만남이고 인생의 전환점이라는 느낌을 받았다. 수그리바는 그의 동정적인 태도를 감지하고, 이 기회를 이용하여 자신의 어려운 처지를 털어놓았다.

"나는 아무 잘못도 없이 추방당하여 고난을 겪고 있답니다."

"집을 잃고 아내와도 헤어졌나요?"

이 질문을 받고 수그리바는 너무 감격한 나머지 말문이 막혔다. 그러자 하누만이 일어나서 그의 사연을 대신 들려주었다.

수그리바 이야기

시바의 은총으로 축복을 받고 무한한 힘을 소유하고 있는 존재가 있으니, 이름은 발리이고, 여기 있는 수그리바의 형님이지요. 옛날 신들과 마귀들이 넥타를 얻으려고 메루 산을 막대로 삼아 바다를 휘저으려고 했지만, 산을 움직일 수가 없었습니다. 신들이 도움을 청하자 발리는 그들을 옆으로 밀쳐내고, 산을 막대처럼 돌려서 넥타를 만들었습니다. 신들은 이 넥타를 마시고 죽음에서 해방되었지요. 이렇게 신들을 도운 대가로 발리는 측정할 수 없을 정도의 막강한 힘을 얻게 되었는데, '마하부타'[11]보다 더 많은 힘을 가졌고, 한 걸음에 일곱 바다를 건너 모든 바다 너머에 있는 차루발라 산에 다다를 수 있었습니다. 또한 발리는 특별한 이점도 부여받았는데, 누구든 발리와 싸우기 위해 접근하면 힘의 절반을 발리에게 빼앗겼고, 그렇게 발리는 자신의 전투력을 더욱 강화했습니다.

날마다 발리는 여덟 방향을 모두 방문하여 시바의 여덟 측면을 모두 경배했습니다. 그가 이동할 때는 폭풍보다 더 빨랐고, 어떤 창도 그의 가슴을 꿰뚫지 못했습니다. 그가 땅을 가로질러 걸으면 산들이 흔들렸고, 그가 다가오면 폭풍우를 실은 먹구름도 감히 비를 뿌리지 못하고 사방으로 흩어졌습니다. 모든 자연이 그를 두려워했지요. 야

---

[11] 자연계를 구성하는 지(地)·수(水)·화(火)·풍(風)·공(空)의 다섯 가지 원소. (옮긴이)

마(염라대왕)조차도 그와 그의 군대가 진을 치고 있는 곳에는 다가가기를 두려워했습니다. 천둥은 목소리를 죽였고, 사자를 비롯한 야수들도 그의 앞에서는 으르렁거리기를 삼갔으며, 바람조차도 나뭇잎을 흔들어 떨어뜨리기를 꺼렸답니다. 언젠가 그는 열 개의 머리를 가진 라바나를 옆으로 밀쳐내고 꼬리로 덮어버린 적도 있었습니다.

발리는 수그리바의 형이고, 보름달의 눈부신 빛과 시원한 피부색을 가지고 있습니다. 그는 주권을 가지고 있어서, 야마처럼 절대 권력을 행사해도 문제가 되지 않습니다. 발리는 우리의 대왕이었고, 수그리바는 권력에서 그에 버금가는 이인자였지요. 우리는 발리의 치하에서 모두 행복했습니다. 그러던 어느 날 우리의 평화로운 삶을 파괴하려는 듯 마야비라는 마귀(엄니가 툭 튀어나오고 불쾌한 생김새를 가진 마귀)가 나타나 발리에게 도전했습니다. 이에 맞서려고 발리가 일어난 순간, 마야비는 자신이 무모했다는 것을 깨닫고 재빨리 달아나서 세계의 가장자리 너머에 있는 지하 동굴로 숨어버렸습니다. 발리는 그를 완전히 제압하기로 결심하고 그를 추적하여 이곳까지 오게 되었지요.

발리는 지하 동굴로 들어가기 전에 잠깐 걸음을 멈추고 수그리바에게 말했습니다.

"너는 여기 남아서 내가 돌아올 때까지 잘 감시해라."

이십팔 개월이 지났지만, 발리는 흔적도 보이지 않았습니다. 아무 소식도 없었지요. 걱정이 된 수그리바는 형을 찾아 동굴 속으로 들어가기로 결심했습니다. 하지만 참모들과 원로들이 그에게 책임을 저버리면 안 된다고 설득하여 그를 단념시켰습니다. 발리는 이제 죽었다고 생각할 수밖에 없으니까, 키슈킨다의 통치자가 되는 것은 이제 그의 책임인 것이지요. 그들은 마야비가 수그리바도 공격하러 돌아올지 모른다고 염려했기 때문에 모든 산을 밀어서 동굴 입구를 막아버렸습니다. 그러고는 키슈킨다로 돌아오자 수그리바는 대신들의 추대를 받아 왕위에 올랐습니다.

그런데 오래지 않아 마야비가 아니라 발리가 동굴에서 나왔습니다. 발리는 마침내 마야비를 죽이고 의기양양하게 지하에서 나오고 있었는데, 출구로 나가려고 했지만 출구가 산으로 막혀버린 것을 알고 격분했습니다. 수그리바가 그를 지하에 가두려고 출구를 막아버렸다고 생각했던 것이지요. 그는 장애물을 걷어차고 토네이도처럼 밖으로 나왔습니다. 그가 키슈킨다에 도착하자, 수그리바는 무사히 돌아온 형을 환영하려고 일어섰습니다. 하지만 발리는 수그리바에게 말할 기회도 주지 않고 큰 소리로 비난했습니다.

"그래, 너는 나를 생매장할 수 있다고 생각했구나?"

발리는 신하와 관리들이 보는 앞에서 동생에게 덤벼들어 때리고 두들겨 팼습니다. 수그리바는 한 마디도 할 수 없었고, 형의 공격을 견뎌낼 수도 없었습니다. 그래도 수그리바는 여전히 해명하려고 애쓰면서 "참모와 원로들이······" 하고 말을 시작했지만, 더 이상 한 마디도 나아가지 못했습니다.

발리는 수그리바를 움켜잡고 바위에 내리치려고 했습니다. 수그리바는 간신히 형의 손에서 빠져나와 달아났지만, 형은 무자비하게 추적했습니다. 이 추적은 수그리바가 신성한 영감을 통해 마탕가라는 이 산에 다다를 때까지 계속되었지요. 발리는 이 산에 감히 발을 들여놓지 못합니다. 현자인 마탕가가 행실이 나쁜 발리에게 저주를 걸었으니까요. 발리가 이 산에 발을 들여놓으면 두개골이 터져 산산조각이 나고, 그에게 주어진 면역도 여기서는 효과가 없으리라는 것이 그 저주의 내용이었습니다. 그래서 수그리바는 여기서 피난처를 구했지만, 발리는 수그리바가 이 산에서 나오면 당장 죽이겠다고 맹세했습니다. 발리는 대왕으로서의 권력을 되찾았을 뿐만 아니라(사실 그는 그 권력을 잃은 적도 없었습니다), 수그리바의 아내까지 강제로 빼앗아 아내로 삼았습니다. 그래서 이제 수그리바는 집도 없고 아내도 없는 신세입니다.

***

이 이야기를 듣고 라마는 감동했다. 그는 수그리바를 가엾게 여기는 마음으로 가득 차서 약속했다.
"내가 도와드릴 테니, 원하는 것을 말씀하세요."
수그리바는 하누만을 옆으로 데려가서 물었다.
"저 사람이 도와주겠다는데 어떻게 생각하나?"

그러자 하누만이 대답했다.

"저는 저분이 발리를 이길 수 있다는 걸 털끝만큼도 의심하지 않습니다. 저분은 아직 자신의 정체를 드러내지 않았지만, 저는 저분의 정체를 느낍니다. 저분은 다름 아닌 비슈누 신입니다. 손바닥에 조가비와 원반 표시가 있는 것을 알아보았답니다. 비슈누 말고는 아무도 시바의 활을 부러뜨릴 수 없었을 것이고, 비슈누 말고는 아무도 타타카와 그녀의 자식들을 공격할 수 없었을 것이고, 아할야를 돌처럼 굳은 상태에서 되살릴 수 없었을 것입니다. 무엇보다도 제 내면의 목소리가 저분의 정체를 말해주고 있습니다. 제가 어렸을 때 아버지가 말씀하셨지요. '너는 비슈누 신을 섬기는 일에 평생을 바쳐야 한다'고 말입니다.

'제가 비슈누를 어떻게 알아봅니까?' 하고 물었더니, 아버지는 이렇게 대답하셨지요.

'어디든 악이 만연한 곳에서는 그 악을 파괴하려고 애쓰는 비슈누를 발견하게 될 것이다. 또한 너는 비슈누를 만나면 사랑하는 마음으로 가득 찰 것이고, 비슈누 곁을 떠날 수 없을 것이다.'

지금 저는 어떤 미지의 힘이 손님과 저를 묶어놓고 있는 것을 느낍니다. 저는 저분이 누구라는 것을 확신하지만, 저 활의 위력을 시험하고 싶으시다면 이 나무들 가운데 한 그루의 줄기를 쏘아보라고 요구하십시오. 화살대가 나무줄기를 관통하면, 저분은 발리의 심장도 화살로 꿰뚫을 수 있다고 생각하셔도 좋습니다."

그들은 라마에게 돌아왔다. 수그리바는 활을 잘 쏜다는 증거를 보여달라고 라마에게 요구했다. 그러자 라마는 웃으면서 말했다.

"그게 당신에게 도움이 된다면 그렇게 하겠소. 어떤 나무를 쏠까요."

그들은 나무 일곱 그루가 한 줄로 서 있는 곳으로 그를 데려갔다. '베다'보다 더 오래된 그 나무들은 우주가 네 번 소멸했을 때에도 살아남은 거목들이었다. 나뭇가지들은 하늘에 닿아 있었다. 아무도, 심지어는 브라흐마조차도 우듬지에서 밑동까지의 거리를 재지 못했다. 라마는 일곱 그루의 나무 앞에 서서 활시위를 당겼다. 시위를 당기는 소리가 모든 언덕과 골짜기에 메아리쳤다. 이어서 라마는 화살을 쏘았다. 그 화살은 일곱 그루의 줄기를 관통했을 뿐만 아니라, 일곱 세계와 일곱 바다, 그리고 일곱 세계에 존재하는 만물을 모두 관통했다. 그런 다음 떠난 곳으로 돌아와 화살집 속으로 들어갔다. 감동한 수그리바는 상대가 구세의 신 비슈누인 것을 확신하고 공손하게 고개를 숙였다.

이 산 꼭대기에서 라마는 하얗게 바랜 뼈다귀가 무더기로 쌓여 있는 것을 발견하고 수그리바에게 물었다.

"저건 뭡니까?"

그러자 수그리바는 뼈에 얽힌 사연을 들려주었다.

둔두비 이야기

이것은 둔두비라는 괴물의 뼈입니다. 둔두비는 물소 형상을 한 강력한 마귀였지요. 그가 비슈누를 찾아가서 말했습니다.

"싸우고 싶습니다. 전쟁을 일으켜 주십시오."

이런 일에는 시바가 어울린다고 생각하여, 비슈누는 둔두비를 시바에게 보냈습니다. 둔두비는 카일라스 산으로 가서, 그 산을 뿔로 들어 올리려고 했습니다. 그러자 시바가 나타나서 물었습니다.

"우리의 토대를 흔들고 있는데, 원하는 게 무엇이냐?"

"싸우고 싶습니다. 저에게 그런 힘을 주십시오."

시바는 둔두비를 최고신 인드라에게 보냈습니다. 인드라가 말했습니다.

"지상으로 내려가서 발리를 만나라. 네 야망을 실현시켜줄 수 있는 것은 발리뿐이다."

둔두비는 이 충고에 따라 지상으로 내려와서, 험한 말로 발리에게 도전하며 지상의 이 부분을 파괴하려고 했습니다. 그러자 발리는 그를 공격했고, 그들의 싸움은 일 년 동안 계속되었지요. 마침내 발리는 둔두비의 뿔을 뽑아서 그 뿔로 찔러 죽인 다음, 그의 목을 잡고 빙빙 돌리다가 하늘 높이 내던졌습니다. 둔두비의 시체는 공중을 날아서 이 지점에 떨어졌는데, 그때 마침 현자인 마탕가가 신성한 의식을 거행하고 있었습니다. 현자는 자신의 기도처를 더럽힌 발리에게 저주를 하면서 이곳을 떠났지요.

라마는 락슈마나에게 지시했다.
"이 뼈를 치워라."
락슈마나는 뼈 무더기를 멀리 걷어차서, 그곳을 원래의 깨끗한 상태로 되돌려놓았다.
수그리바가 말했다.
"이 말씀은 꼭 드려야겠습니다. 오래전에 우리는 천상에서 라바나가 시타를 끌고 가는 것을 보았습니다. 시타의 비명 소리에 이끌려 하늘을 쳐다보니, 시타는 장신구를 한 묶음으로 묶어서 아래로 던지더군요. 아마 지나간 길을 표시하기 위해서겠지요."
그러면서 수그리바는 장신구 한 다발을 라마 앞에 내놓았다. 그것을 보고 라마는 비탄에 잠겼다. 눈에 눈물이 고였다. 라마는 기절했다. 수그리바는 그의 의식을 회복시키고 나서 약속했다.
"시타를 되찾아 당신에게 돌려드릴 때까지는 절대로 쉬지 않겠습니다."
라마는 아내를 지키지 못한 것을 슬퍼했다. 장신구는 그의 잘못을 자꾸만 생각나게 했다.
"생판 모르는 사람도 힘없는 여자가 모욕당하거나 학대받는 것을 보면 그 여자를 구하기 위해 목숨을 바칠 텐데, 나는 나를 믿고 황무지까지 따라온 아내를 지켜주지 못했어. 나는 슬프게도 아내를 실망

시켰어."

라마는 이렇게 한탄하면서 몇 번이고 울음을 터뜨렸다.

그러자 수그리바와 하누만은 이런저런 말로 그를 위로하고 용기를 북돋워주었다. 전사이자 구세주인 그가 그렇게 슬퍼하는 모습을 보는 것은 참으로 감동적이었다. 수그리바와 하누만은 시타를 추적하여 되찾을 계획을 세웠다. 시타를 되찾을 때까지는 한시도 쉬지 않을 작정이었다. 라마는 한탄했다.

"오, 그 괴물이 세상의 어느 구석에, 또는 천상의 어느 구석에 시타를 잡아놓고 있는지 알 수 있는 천리안을 갖지 못한 인간의 한계가 애달프구나."

이때 하누만이 실제적인 방안을 꺼냈다.

"우선 해야 할 일은 발리를 무찌르는 겁니다. 수그리바를 그 자리에 앉혀야 합니다. 그러면 군대를 소집할 수 있습니다. 이 일을 해내려면 대군이 필요합니다. 모든 구석을 동시에 수색해야 하고, 적을 공격하여 이겨야만 부인을 구출할 수 있습니다. 그러니까 우선 할 일은 발리를 무찌르는 겁니다. 자, 갑시다."

그들은 백단향을 비롯한 향기로운 나무들이 우거진 숲과 산을 통과하여 키슈킨다 산에 이르렀다. 라마가 수그리바에게 말했다.

"자, 이제는 혼자 가서 발리를 싸움판으로 불러내세요. 나는 보이지 않는 곳에 있다가 맞춤한 순간에 화살을 쏘겠소."

수그리바는 라마를 완전히 신뢰하고 있었다. 그는 언덕 꼭대기로 올라가서 외쳤다.

"발리 형, 나와라. 그럴 용기가 있다면 나와 결투를 벌이자."

이 말은 조용한 숲 전체에 메아리쳤고, 자고 있는 발리의 오른쪽 귀로 들어갔다. 발리는 일어나 앉아서 큰 소리로 웃었다. 그가 너무 힘차게 벌떡 일어났기 때문에, 산의 토대가 가라앉았다. 그의 눈이 불길을 내뿜었다. 그는 화가 나서 이를 갈고, 넓적다리를 탁 때리고, 손뼉을 쳤다. 그가 만들어낸 소리는 골짜기에 메아리쳤다.

"그래, 알았다. 곧 간다." 발리는 침대에서 일어나면서 외쳤다. 그의 목소리는 천둥처럼 하늘을 가로질러 메아리쳤고, 그의 목을 장식했던 목걸이가 끊어지면서 보석이 사방으로 흩어졌다.

바로 그때, 그의 아내 타라가 끼어들어 간청했다.

"제발 지금 나가지 마세요. 수그리바가 이런 식으로 나오는 데에는 뭔가 특별한 이유가 있는 게 분명해요."

그러자 발리가 외쳤다.

"마누라, 방해하지 말고 비키시오. 수그리바는 절망과 고독 때문에 미쳤을 뿐이오. 그것뿐이오. 당신이 두려워하는 심각한 이유 따위는 전혀 없소. 당신은 이제 곧 보게 될 거요. 내가 동생의 피에 취해서 돌아오는 것을."

"수그리바는 여느 때라면 감히 당신 앞에 나타나지 않겠지만, 지금은 강력한 후원자의 도움을 받고 있는 게 분명해요. 그 후원자가 당신에게 도전하라고 동생을 부추기고 있는 거예요. 그러니 제발 조심하세요."

"사랑하는 마누라, 모든 세상의 모든 생물이 대든다 해도, 나는 그들을 몽땅 쓸어버릴 수 있소. 그건 당신도 잘 알 거요. 공작새의 자태와 꾀꼬리의 목소리를 가진 그대여, 들어보시오. 나와 맞서는 자는 누구든 힘의 절반을 나한테 준다는 걸 잊었소? 아무도 내게서 벗어날 수 없소. 어떻게 나를 피할 수 있겠소? 내 동생을 도와주겠다고 제의하다니, 정말 어리석고 무분별한 자일 뿐이오."

그러자 타라가 조용히 말했다.

"우리의 행복을 걱정하는 이들이 라마라는 자가 이곳으로 들어왔다는 소문을 전해주었답니다. 라마는 수그리바의 동맹자래요. 라마는 무적의 활을 갖고 있어요. 그게 수그리바한테 새로운 희망을 준 거예요."

"오, 어리석은 여자여, 당신은 여자의 천박한 지성과 수다스러운 혀를 폭로하고 있구려. 당신은 벌받을 소리를 하고 있소. 다른 사람이 그런 말을 했다면 내 손에 죽었을 거요. 하지만 당신이니까 용서해주리다. 당신은 판단과 말에서 중대한 실수를 저질렀소. 라마에 대해서는 나도 알고 있소. 당신보다 더 많이 알고 있지. 바깥세상에서 벌어지는 일에 대해서는 나도 나름대로 정보원을 갖고 있소. 내가 듣기에 라마는 고결함과 정의감을 가진 사람이라더군. 결코 잘못된 조치를 취할 수 없는 사람이라고 들었소. 그런 사람이 형제간 싸움에서 한쪽을 편들 거라고 어떻게 상상할 수 있단 말이오? 그가 왕위 계승권을 포기하고 숲 속의 고행을 시작한 것도 단지 부친의 옛 약속이 이행되는 것을 보고 싶었기 때문이라는 걸 알고 있소? 그런데 당신은 그의 이름을 경건하게 말하기는커녕 어떻게 그의 명예를 더럽힐 수 있단 말이오? 온 세상이 그를 적대한다 해도, 그는 거대한 활인 '코단다'만 있으면 충분하오. 다른 도움은 전혀 필요 없소. 그런데 그가 수그리바 같은 비천한 원숭이의 도움에 의지할까? 그가 수그리바의 도움으로 아내를 구출할 작정이라고 가정한다 해도, 과연 그럴까? 타고난 권리를 동생에게 선물한 사람이 이방인들의 집안싸움에 끼어들어 어느 한쪽을 편들기 위해 그 훌륭한 솜씨를 발휘할까? 사랑하는 마누라, 여기서 꼼짝 말고 있으시오. 눈 깜짝할 사이에 수그리바, 그 성가신 녀석을 해치우고 돌아오리다."

타라는 더 이상 남편에게 반대하기 싫어서, 남편이 지나가도록 옆으로 비켜섰다. 싸우고 싶은 열정으로 부풀어 오른 탓에 그의 몸은 두 배로 커진 것처럼 보여서, 그를 보는 자들에게 공포심을 불어넣었다. 발리가 산비탈 싸움판에 들어가 고함을 지르며 도전하자, 그의 목소리를 들은 자는 모두 간담이 서늘해지고 귀가 먹먹하여 꼼짝도 못하고 서 있었다.

발리의 거대한 몸집을 보고 라마는 동생 락슈마나에게 속삭였다.

"신과 마귀와 마하부타를 모두 합쳐도, 우주 전체에 저렇게 강력한 힘을 보여주는 광경이 또 있을까?"

락슈마나는 불안을 느꼈다.

"수그리바가 형을 끌어들이려는 이 싸움은 단순한 원숭이들 사이의 평범한 전투가 아닌 것 같아. 이 싸움에 끼어드는 게 과연 옳은 일인지도 잘 모르겠어. 형을 상대로 흉계를 꾸민 자를 어떻게 동맹자로 믿을 수 있지?"

"왜 그걸 원숭이로 한정하는 거냐? 형제간 싸움은 인간들 사이에서도 흔히 볼 수 있는 일이야. 바라타 형제 같은 예는 사실 드물어. 친구에 대해 지나치게 분석적인 태도를 취하거나 원래의 원인을 너무 깊이 들여다보면 안 돼. 우선 첫째로 우리한테 좋아 보이는 것만 받아들이고, 거기에 따라 행동해야 돼."

그들이 이야기를 나누고 있는 동안, 발리와 수그리바가 충돌했다. 그들은 다시 떨어져서 요리조리 몸을 피하다가 다시 맞붙었다. 그들의 어깨나 발이 서로 부딪치면, 눈부신 불꽃이 사방으로 튀었다. 불꽃은 그들의 눈에서도 번득였다. 그들은 서로 할퀴고 찢고 베인 상처를 입혀서 피를 흘렸다. 공기는 그들이 으르렁거리는 소리와 도발하는 소리, 서로 치고받는 소리로 가득 찼다. 그들은 힘센 꼬리를 뚤뚤 감아서 서로 목숨을 빼앗으려고 애썼다. 그들은 서로 뒤엉켜 있어서 누가 이기고 누가 지고 있는지도 판단할 수 없었다.

마침내 수그리바가 주먹질과 발길질을 호되게 당하고 너무 심하게 얻어맞은 끝에 무력해져서 뒤로 물러났다. 그는 잠깐 한숨을 돌리고 라마에게 다가와 헐떡이며 말했다.

"도와주세요. 더 이상 견딜 수 없군요."

그러자 라마가 말했다.

"둘이 맞붙어 드잡이하는 동안은 누가 누군지 알 수가 없어요. 실수로 당신을 쏘고 싶진 않군요. 꽃이 핀 저 야생 담쟁이를 잘라서 목에 화환처럼 거세요. 둘이 맹렬히 싸우며 맴도는 동안 내가 당신을 알아볼 수 있도록. 자, 그럼 싸움판으로 돌아가세요."

수그리바는 당장 나뭇가지에 늘어져 있는 담쟁이를 잘라서 화환처럼 목에 두른 다음, 되살아난 희망을 안고 다시 기운차게 싸움판으로 돌아가 우레 같은 소리를 지르며 발리에게 덤벼들었다. 발리는 동생을 비웃으면서 주먹과 발길로 사정없이 때리고 차고, 동생의 공격에 반격을 가하면서 급소를 찔렀다. 수그리바는 종말이 온 것을 깨닫고 라마에게 절망적인 눈길을 던졌다. 바로 그 순간, 발리가 수그리바의 목과 허리를 붙잡고 번쩍 들어올렸다. 수그리바를 바위에 내던져 숨통을 끊으려는 것이다. 라마는 멋진 동작으로 화살집에서 화살 한 대를 꺼내 활시위에 재고 쏘았다. 화살은 빠르게 날아가, 과일을 꿰뚫는 바늘처럼 발리의 가슴에 박혔다.

발리는 놀란 나머지, 상황을 판단하기 위해 잠깐 동작을 멈추었다. 동생의 목을 움켜잡은 손아귀에서 저도 모르게 힘이 빠져나갔다. 그는 한 손으로 화살대를 잡아서 화살이 가슴을 꿰뚫는 것을 막았다. 그는 두 손과 두 발과 똘똘 감은 꼬리로 화살을 붙잡고 늘어졌다. 그가 완강한 힘으로 화살의 움직임을 저지하고 지연시켰기 때문에, 죽음의 신인 야마조차도 뒤로 물러서서 고개를 끄덕이며 경탄할 정도였다.

발리는 싸울 때 자신을 제압할 수 있는 무기나 그의 앞을 막아설 수 있는 힘이 지상이든 천상이든 어디에도 존재하리라고는 생각해 본 적이 없었고, 그럴 가능성조차 머리에 떠올린 적이 없었다. 이 모든 것은 널리 인정된 사실이었지만, 이제 그는 자기를 쓰러뜨린 게 무엇인지도 이해하지 못하는 하찮은 벌레 같았다. 그 무기는 시바의 삼지창일까? 아니면 비슈누의 원반이나 인드라의 금강저일까? 그는 빈정거리는 투로 웃었다. 같은 순간, 그는 미지의 공격자에게 탄복했다. 도대체 누구일까? 그는 고통도 잊고 생각했다. 그는 신들의 약속에 따라 어떤 공격에도 상처를 받지 않았지만, 지금은 화살이 그의 심장에 박혀 있었다. 그는 지난 몇 년 동안의 자만심을 신랄하게 비웃었다. 무기가 무엇일까? 누구일까? 왜 추측만 하는가? 내가 한번 알아내보자. 이렇게 말하면서 남은 힘을 총동원하여 가슴에서 화살을 빼냈다. 화살대에 찍힌 표시를 보기 위해서였다. 그가 화살대를 빼내는 데 성공하자, 높은 하늘에서 지켜보던 신들은 발리의 괴력에 박수갈채를 보냈다. 상처에서 피가 분수처럼 뿜어져 나왔다. 그것을 보고 수그리바는 비탄에 사로잡혀 큰 소리로 흐느껴 울었다. 그는 자신의 원한을 잊어버렸다. 발리는 점점 약해지는 힘으로 화살대를 눈 가까이 들어 거기에 새겨진 이름을 확인했다. 발리는 화살에 새겨진 '라마'라는 이름을 보고, 충격으로 눈앞이 캄캄해질 정도였다. 몸에 상처를 입은 충격도 엄청난 것이었지만, 화살에서 라마라는 이름을 보았을 때의 정신적 충격에 비하면 아무것도 아니었다. 그는 화살대에 새겨진 라마의 이름을 보고, 라마의 이름을 입에 올렸다는 이유로 아내를 꾸짖은 자신이 얼마나 무분별했는지를 곰곰 생각했다. 그 가엾은 여자가 그보다 나은 판단력을 보여주었던 것이다.

"문화와 교양, 판단과 정의의 군주인 라마여, 어떻게 이럴 수 있습니까? 당신은 미덕의 확고한 토대를 파괴했습니다. 당신이 공정한 정신을 완전히 잃어버리고 무분별하게 행동하는 것은 부인과 헤어졌기 때문인가요? 라바나 같은 마귀가 속임수를 썼다 해도, 당신이 여기 와서 그 사건과는 아무 관계도 없는 원숭이족의 우두머리를 죽이는 것이 조금이라도 정당화됩니까? 당신의 도덕률은 당신에게 이것밖에 가르치지 않았나요? 젊은이여, 도대체 내게서 무슨 잘못을 보았기에 나를 이렇게 파멸시키는 것입니까? 당신이 미덕의 표장을 그처럼 가볍게 내던져버렸는데, 이 세상이나 다른 세상에서 누가 미덕의 표장을 달겠습니까? '칼리의 유가'[12]를 미리 맛보는 것은 지상을 네 발로 기어 다니고 원숭이라고 불리는 동물인 우리 종족뿐인가요? 친절한 분이여, 미덕은 더 약한 동물에게만 베풀어지

---

[12] 각 '유가'는 천상의 시간으로 3,000년 동안 지속된다. 하지만 천상의 1년은 인간의 시간으로는 3,600년에 해당하니까 4유가는 43,200,000년에 이른다. 네 유가는 각각…… 선과 악의 특징을 갖는다. ……'칼리유가'에서는 정직과 미덕과 선량함이 완전히 사라진다. 종교의식과 희생의식은 단순한 미신으로 간주되어 폐기된다. 분노와 비탄, 기아와 공포가 만연하고, 통치자들은 다양한 방법으로 권력과 부를 장악하고 강도처럼 행동한다.―졸저인 『신들, 악마들, 기타』에서.

라마야나　191

는 건가요? 강한 자들이 범죄를 저지르면 영웅적인 행위가 되는 건 가요? 오, 비할 데 없이 위대한 분이여, 당신은 당신에게 주어진 보물과 왕국을 동생에게 넘겨주었습니다. 그것을 당신은 도시에서 실행했습니다. 이제 이 숲에서도 형의 목숨과 왕국을 빼앗는 방법으로 그와 비슷한 행동을 되풀이하고 싶은 건가요? 두 사람이 서로 적대할 때, 어떻게 당신은 한쪽만 편들고 다른 쪽은 몰래 숨어서 공격할 수 있습니까? 당신이 나에게 한 짓은 영웅적인 것도 아니고 전투 규범에 따른 것도 아닙니다. 분명히 당신은 나를 이 무거운 땅에 부담스러운 존재로 생각지도 않습니다. 또한 당신은 나의 적도 아닙니다. 그런데 무엇이 당신을 이런 무서운 결정으로 내몰았는지 궁금하군요. 라바나는 당신의 아내를 함정에 빠뜨려 데려갔습니다. 당신은 아내를 되찾고 라바나에게 복수하기 위해 수그리바에게 도움을 청하겠지만, 그것은 사자의 도움을 얻을 수 있는데 토끼의 환심을 사려고 하는 것과 마찬가집니다. 이게 무슨 판단입니까? 당신이 한 마디만 하면 나는 라바나를 그의 요새에서 끌어내어 당신 발치에 내동댕이쳤을 것입니다.

당신은 내 목숨을 빼앗는 짓을 했습니다. 누군가가 당신의 아내를 데려가면, 당신은 그놈과 맞붙어 싸우는 대신 옆으로 비켜서서, 또는 몰래 숨어서, 무장도 하지 않은 낯선 자에게 그 잘난 활 솜씨를 발휘하는군요. 당신이 전사로 훈련받은 목적은 오로지 이것뿐인가요? 우리 같은 동물은 힘줄과 근육으로 우리의 가치와 힘을 시험하고, 또한 언제나 맨손으로 싸우지, 절대로 당신처럼 무기를 들지는 않습니다."

라마는 숨어 있던 곳에서 조용히 나와, 죽어가는 발리에게 다가가 차분하게 말했다.

"네가 마야비를 따라 지하 세계로 사라졌을 때, 네 동생은 오랫동안 걱정하며 기다렸다. 그러다가 갑자기 결심하고 동굴로 들어가서 네가 간 길을 따라가기 시작했지. 네가 도움을 필요로 할지도 모른다고 생각했기 때문이다. 하지만 네 궁정의 참모들과 사령관들이 그를 붙잡고 말렸다. 그리고 당분간 섭정으로서 나라를 다스려달라고 요청했다. 하지만 너는 돌아오자마자 모든 것을 오해했고, 동생이 너를 보고 안도와 기쁨을 표현하기도 전에 너는 무자비하게 동생을 때리고 목숨을 빼앗으려고 했다. 동생은 그래도 사정을 설명하려고 했고, 잘못에 대해 용서를 빌었지만, 너는 동생의 호소를 무시했다. 그 후 너는 동생이 아무 잘못도 저지르지 않았다는 것을 알았지만, 그런 뒤에도 너는 계속 분노에 너 자신을 내맡겼다. 너는 권력 의식을 통해 너의 분노를 사치스럽게 충족시킬 수 있었다. 그것이 아무리 부당한 분노라 해도 말이다. 너는 동생을 죽일 작정으로 그를 공격하고 추적했다. 동생이 달아난 뒤, 네가 동생을 내버려둔 것은 동생이 잘못을 인정하고 용서와 보호를 청했기 때문이 아니다. 싸울 때 등을 돌린 사람을 추적하는 것이 잘못된 일이었기 때문도 아니고, 그가 너의 동생이었기 때문도 아니다. 그 이유는 단지 네가 감히 마탕가 언덕에 발을 들여놓을 수 없었기 때문이지. 말하자면 단순히 네 자신을 보호하기 위해서였다. 그리고 너는 때를 기다렸다. 지금도 너는 내 화살만 없다면 동생의 목숨을 빼앗으려 했을 것이다. 무엇보다도 너는 동생의 아내, 즉 제수의 명예를 더럽히고 제수를 네 아내로 삼았다. 여자의 명예를 지키는 것은 지적인 존재에게 부여되는 첫 번째 의무다. 하지만 너는 너의 무한한 힘을 알고 있기 때문에 비열하게 행동하고, 아무도 너에게 이의를 제기할 수 없다고 생각하기 때문에 거리낌 없이 해내지. 너는 행동의 원칙과 도덕률을 훤히 알고 있음에도 무력한 여자, 게다가 동생의 아내인 제수씨를 보호하는 대신 농락하고 괴롭혔다. 수그리바는 내 우정을 얻으려고 했고 도움을 청했기 때문에, 나는 너를 파멸시켜 그를 도와주는 것이 내 의무라고 생각했다."

발리가 대답했다.

"당신은 우리를 잘못 판단하고 있습니다. 판단 근거가 잘못되었어요. 당신은 내가 제수씨를 아내로 삼은 것을 너무 중시하지만, 우리 사회에서는 합법적인 일입니다. 내 동생은 적이었지만, 나는 동생이 떠난 뒤 제수씨를 보호하고 도와주고 싶었어요. 제수씨를 운명에 내맡길 수는 없었지요."

"약자를 돕고, 악이 보이면 언제 어디서든 그 악을 무찌르는 것이 내 주요 의무다. 알려지든 않든, 나는 내 도움을 얻으려는 자들을 도와준다."

"결혼을 비롯해서 남녀 관계에 대한 모든 제약은 인간 사회의 것이지, 우리는 그런 거 모릅니다. 브라흐마는 우리의 성적 추구와 습관과 생활에 무한한 자유를 주었습니다. 우리 사회에는 결혼 생활 따위는 존재하지 않습니다. 우리는 인간 사회가 아니라 원숭이들이고, 인간의 계율이나 도덕률을 우리에게 적용할 수는 없습니다."

"나는 너의 변명에도 속지 않고 원숭이 형상에도 현혹되지 않는다. 나는 네가 최고신의 아들이라는 것을 알고 있다. 너는 옳고 그름을 분별하고, 이 단계에서도 너의 입장을 변명할 수 있는 지성을 충분히 가지고 있다. 너는 영원한 진리를 충분히 알고 있다. 너는 잘못을 저질렀고, 그걸 알고 있다. 그런데 어떻게 이제 와서 네가 결백하다고 말할 수 있는 것이냐? 악어한테 물렸을 때 비슈누에게 도와달라고 기도한 가젠드라를 보통 코끼리로 분류할 수 있느냐? 자타유를 평범한 새라고 부를 수 있느냐? 평범한 동물은 옳고 그름을 분별하는 판단력을 갖고 있지 않다. 하지만 네가 하는 말은 삶의 가치에 대한 깊은 통찰을 보여주고 있다. 인간의 형상을 한 생물도 옳고 그름에 대한 지식을 보여주지 못하면 짐승이라고 부를 수 있고, 반대로 이른바 짐승이라도 깊은 지성을 보여주면 짐승이 아니라 가장 높은 기준에 따라 평가해야 할 것이다. 누구도 거기에서 벗어날 수는 없다. 네가 마하부타보다도 우월한 힘을 부여받은 건 꾸준히 명상하고 시바에게 기도를 드린 덕이었다. 그런 위업을 달성할 수 있는 자는 가장 높은 행동 기준에 따라 평가할 수밖에 없다."

"좋습니다. 당신 말을 받아들이겠습니다. 하지만 모든 생물의 보호자여, 당신은 어떻게 결투에서 나와 맞서 싸우지 않고, 들짐승을 추적하는 비열한 사냥꾼처럼 몰래 숨어서 화살을 쏠 수 있었단 말입니까? 당신과 결투하는 영광을 나도 누릴 자격이 있다고 생각하셨다면 말입니다."

락슈마나가 끼어들어 대답했다.

"라마는 피난처를 찾으러 왔을 때 네 동생 수그리바를 돕겠다고 맹세했다. 이것은 모든 것에 우선하는 약속이었고, 따라서 반드시 이행되어야 했지. 하지만 라마가 너를 만났을 때 너한테서도 비슷한 호소를 들었다면 목적에 혼란이 생겼을지도 몰라. 라마가 너한테 들키지 않게 숨어서 화살을 쏜 건 그 때문이야."

발리는 이 설명에 숨겨진 의미를 알아차리고 말했다.

"지금 나는 당신의 말을 표면상의 의미와는 다르게 이해합니다. 듣기에는 단순한 말이지만, 내적인 힘을 갖고 있군요. 나는 라마가 부당한 짓을 저지르지 않았다고 확신합니다. 나처럼 단순하고 어리석은 자는 끊임없이 실수와 실패를 거듭하지 않으면 결코 영원한 진리를 깨달을 수 없습니다. 제 잘못과 무례한 말을 용서하십시오. 나 자신은 나를 기꺼이 원숭이로 생각했지만, 당신은 나를 단순한 원숭이로 취급하지 않고 지위를 끌어올려 존중해주었습니다. 내 몸을 당신의 화살로 꿰뚫은 뒤, 내가 죽어가고 있을 때, 당신은 숭고한 빛으로 나를 깨우쳐주고 있군요. 나는 그것이 지금까지 나에게 주어진 최고의 축복이라고 생각합니다. 나의 완고한 고집에도 불구하고 당신은 내가 심오한 깨달음에 도달하도록 도와주었고, 당신의 마법으로 내 마음을 열어주었습니다. 다른 신들은 요구를 받은 뒤에야 은혜를 베풀지만, 당신은 당신의 이름을 입 밖에 내기만 해도 은혜를 베푸시는군요. 위대한 현자들은 오랫동안 금욕 생활을 한 뒤에 신의 통찰력을 얻으려 했지만, 당신은 내가 요구하지도 않았는데 그것을 나한테 부여하셨습니다. 지금 이 순간 나는 긍지와 행복을 느낍니다. 내가 부탁하고 싶은 것은 한 가지뿐입니다. 내 동생이 당신의 신뢰를 받을 자격이 있다는 것을 입증해주었으면 좋겠습니다. 하지만 언제라도 내 동생이 어떤 약점에 사로잡히고 당신이 그의 잘못을 발견한다 해도, 당신의 화살을 그에게 쏘아 보내지는 말아주세요. 내 동생을 상냥하게 대해주세요.

또 하나. 언젠가 당신의 형제들이 수그리바에게 형의 죽음을 획책한 자라고 비난하거든, 수그리바는 나의 구원을 도모했을 뿐이라고 말해주세요. 또 한 가지 부탁이 있습니다. 나는 마왕 라바나를 꼬리 끝으로 낚아채어 당신 앞에 내려놓을 기회를 얻지 못했습니다. 하지만 당신이 명령만 하시면 여기 있는 하누만이 그 일을 해낼 것이고, 모든 일에서 당신 명령에 따를 것입니다. 하누만이 당신을 섬기도록 해주십시오. 수그리바와 하누만은 당신의 소중한 동맹자가 될 것입니다."

그러고는 수그리바를 돌아보았다.

"내 죽음을 슬퍼하지 마라. 나를 공격한 분은 바로 위대한 신이시다. 나는 이 순간 특권을 얻었다는 걸 깨닫고 있다. 너는 항상 그분 곁에 있는 영광을 누릴 것이다. 제발 그분을 잘 섬겨라."

그리고 나서 발리는 수그리바를 후계자로 선택하여 정식으로 라마에게 넘겨주고, 나라를 다스리는 법을 충고해주었다.

이 서사시에서 가장 슬픈 대목이다. 발리의 아내 타라와 발리의 아들 앙가다가 위대한 발리의 시신을 운구하면서 애도하는 장면을 보면 마음이 무거워진다. 하지만 모든 이야기는 해피엔딩으로 끝나야 한다. 타라는 생명을 잃은 발리의 육신에 매달렸지만, 그의 본질적인 영혼은 가장 높은 하늘로 올라가 그곳에서 자신의 자리를 발견했다. 위대한 신이 그의 영혼을 해방시켰기 때문이다. 라마의 지시에 따라 수그리바의 대관식 준비가 시작되었고, 앙가다는 '유바라자(왕위 계승자)'가 되었다.

7
우기가 끝난 뒤

수그리바는 복잡한 의식과 축하 행사를 거쳐 왕관을 썼다. 왕답게 차려입고 왕관을 쓴 수그리바는 축하 행사가 벌어지는 동안 줄곧 키슈킨다 바깥에 머물러 있던 라마에게 다가와서 깊이 감사하는 마음으로 말했다.

"저는 당신께 복종할 준비가 되어 있습니다. 명을 내려주시겠습니까?"

라마는 그의 어깨를 다정하게 끌어안고 말했다.

"궁궐로 돌아가서 통치자로서의 임무를 수행하세요. 측근엔 성실하고 용감하고 판단력을 갖춘 자들을 두고, 그들의 도움을 받아 백성을 다스리세요. 무슨 일을 하든, 널리 인정된 행동 규범에 따르도록 하세요." 그는 이렇게 나라 다스리는 법을 설파하고, 또한 온화한 말씨의 중요성을 강조했다. "당신 앞에 있는 자가 엄하게 대해야 할

적일 경우에도 말로써 그에게 상처를 주지 마세요. 농담으로도 남의 감정을 해치지 마세요. 상대가 아무리 천한 자라 해도……."

그는 어릴 적에 곱사등이 만타라에게 흙덩어리를 던지며 놀렸던 것을 기억해내고, 어쩌면 그것 때문에 만타라는 평생 동안 그에게 원한을 품었고, 그가 왕위에 오를 때가 되자 이때를 기회로 삼아 그에게 앙갚음한 것인지도 모른다고 생각했다. 아주 작은 원인이 큰 재앙을 초래할 수 있다고 말했다. 자신의 판단을 남에게 양보해야 할 때도 많다면서, 시타를 기쁘게 해주려고 황금 사슴을 추적한 일을 이야기했다. "여자는 남자를 죽음으로 몰고 갈 수도 있다는 것을 명심하세요."

만남이 끝났을 때 수그리바가 간청했다.

"당신을 궁전으로 모시는 영광을 베풀어주십시오."

그러자 라마가 말했다.

"지금은 안 됩니다. 당신은 왕으로서 해야 일이 많은데, 내가 궁전에 머물게 되면 나한테 관심을 쏟느라 국사에 소홀해지게 될 거요. 게다가 나는 십사 년 동안 숲에서 살기로 맹세했으니, 따라서 지금 도시로 들어갈 수는 없습니다."

수그리바는 풀이 죽어 고개를 푹 숙이고 말했다.

"저는 당신을 모시고 싶은……."

"나중에요. 우기가 다가오고 있어요. 우기가 끝나면 군대와 함께 오세요. 시간은 충분히 있을 겁니다."

하누만도 고집스럽게 말했다.

"나리와 헤어져서는 살 수 없습니다. 나리를 섬기고 싶습니다. 영원히 나리와 함께 있고 싶습니다."

"지금은 안 됩니다. 수그리바와 함께 키슈킨다로 돌아가서 그를 도우세요. 수그리바는 물려받은 책임이 막중하니까 당신의 판단과 도움이 필요할 겁니다. 그를 돕는 것이 당신의 첫 번째 의무가 될 거요. 넉 달 뒤에 우기가 끝나면 오세요. 그러면 나를 위해 할 수 있는 일을 말해드리지요."

그래도 여전히 수그리바가 초대를 계속하자, 라마는 말했다.

"나는 아내를 잃었소. 아내는 지금 이디신가 말로 다할 수 없는 고통을 겪고 있을 텐데, 나 혼자 사치스러운 궁전 생활을 즐기고 있다는 말을 들을 수는 없습니다."

라마는 수그리바와 하누만을 보낸 뒤, 락슈마나와 함께 산에서 살기 위해 돌아섰다. 집터를 고른 뒤, 락슈마나는 또다시 건축가로서 천재적 재능을 발휘하여 암자를 지었다. 이곳에서 그들은 앞으로 몇 달 동안 계속될 우기를 보낼 수 있을 테고, 라마는 향후의 행동 방침을 차분하게 숙고할 수 있을 터였다.

해가 남쪽으로 움직이기 시작했다. 비를 잔뜩 머금은 먹구름이 자주 해를 가리면서 흘러갔고, 도중에 거대한 코끼리 군단처럼 한데 모여 무리를 이루었다. 천둥이 우르릉거리고 번갯불이 하늘과 땅을 밝게 비추었다. 폭풍이 나무를 뒤흔들고 잎을 공중에 흩뿌렸다. 거센 바람은 땅을 문질러 진흙과 먼지를 물보라처럼 뿜어 올렸다. 타타카가 헤매 다니던 곳에서 우리가 뜨거운 열기와 건조함을 느꼈던 것처럼, 이제 우리는 우기의 습기와 어스름, 그리고 생명이 없는 것처럼 보이는 삭막함을 뼈저리게 느껴야 한다.

그 몇 달 동안 비가 억수같이 쏟아졌다. 물은 달리고 파고들고 웅덩이에 고여서 썩고, 때로는 산비탈이나 큰 바윗돌을 싣고 내려왔다. 뻐꾸기와 꾀꼬리는 조용했다. 공작새는 보이지 않았다. 숲 속의 다른 생물들은 구석진 돌 틈새나 동굴에 틀어박혔다. 어떤 동물도 밖에 나와서 활동하지 않았다. 움직임이 전혀 없었다. 모든 생명체가 마비되어버린 것 같았다. 다양하고 기괴한 덩굴식물들 속에 거친 야생식물이 우거졌다. 하늘은 늘 구름에 덮여 음침했다. 차갑고 습한 바람이 불어 주위가 눅눅해질 뿐만 아니라 사람의 몸까지도 축축해졌다. 며칠 동안은 계절의 변화가 매혹적이었지만, 시간이 지나자 계속되는 어둠과 습기 때문에 기분이 우울해졌다.

이런 기후 속에 고립된 라마는 오랫동안 우울증에 시달리게 되었다. 주변 상황 때문에 마음도 더욱 혼란스러워졌다. 아내와 완전히 단절되었다는 절망감을 느꼈고, 무슨 수를 써도 아내를 찾을 수 없을 것 같았다. 그는 좌절감과 외로움을 느꼈다. 그리고 죄책감마저 느끼기 시작했다. 자신이 너무 태평하고 자기만족에 빠져 있다는 생각이 들었기 때문이다. "나는 여기서 이렇게 안전하고 편하게 살고 있으니까, 아내가 어떤 고통에 시달리고 있을지 상상도 못해."

벌건 홍수가 거품을 일으키며 산비탈을 내려가고 뿌리 뽑힌 나무들이 급류에 실려 떠내려가는 것을 보면서, 그는 시타가 납치되어 가는 모습을 연상했다. 이 연상은 그의 마음에 절망적인 고통을 안겨주었다. 그는 혼잣말로 중얼거렸다. "이런 식으로 사는 것은 아무 의미도 없어." 그는 번개가 하늘을 가르는 것을 보고, 그것이 사방에서 이빨을 드러내며 위협하는 아수라들의 소름끼치는 엄니라고 상상했다. 그는 간청했다. "너희 종족 하나가 내 생명의 핵을 빼앗아갔는데, 더 빼앗아가고 싶다고? 이제는 남은 게 아무것도 없다." 억수같이 퍼붓던 비의 기세가 잠시 수그러들면, 이따금 사슴이 은신처에서 나오곤 했다. 그러면 그는 사슴에게 말을 걸었다. "너는 시타를 질투했지. 시타는 몸놀림이 우아하다는 점에서 네 경쟁자였어. 이제는 시타가 여기 없으니, 만족스러우냐? 너와 같은 사슴 하나가 내게서 시타를 떼어놓았어. 그런데 다시 내 앞에서 뽐내며 걸어 다니는 목적이 뭐냐?" 그는 번개가 구름 가장자리를 지나는 것을 보고 한숨을 내쉬었다. "왜 너는 시타의 모습을 생각나게 하고 다시 사라지는 것이냐? 천둥이 우르릉거리는 것은 시타를 내게 돌려주겠다는 네 결심을 의미하는 것이냐?"

이어서 그는 사랑의 신 만마타에게 말했다.

"당신은 고문자요. 나는 속이 까맣게 타는 것을 느낍니다. 나는 치유책을 찾고 있는데, 당신의 창은 내 심장의 아픈 곳을 거듭거듭 찌르는군요. 무자비한 신이여! 눈에 보이지 않는 게 당신에게는 행운이오. 당신이 나를 얼마나 괴롭히는지를 내 동생이 보았다면 당신을 없애버렸을 거요. 수르파나카가 어떻게 되었는지 아시오?"

락슈마나는 라마의 심리 상태를 알아차리고 그를 위로해주어야 할 때라고 생각했다.

"우기가 오래 계속될까 봐 걱정이야? 아수라들이 만만찮을지도 모른다고 걱정하는 거야? 시타를 찾아내지 못할까 봐 걱정이야? 마음이 약해지면 안 돼. 수그리바와 앙가다를 비롯한 충성스러운 자들이 모두 우리를 도와줄 거야. 이제 곧 하늘이 밝아지고 맑게 갤 거야. 시간이 지나고 있어. 이제 곧 약속된 군대가 올 거야. 군대는 시타를 형에게 데려다줄 거야. 형은 단다카 숲의 현자들에게 아수라를 박멸하겠다고 약속했잖아. 그것이 형이 이곳에 온 사명이야. 힘을 내서 사명을 수행해. 사기가 떨어지면 안 돼."

라마는 위안을 얻었고, 잠깐 비가 그쳤다가 두 번째로 다시 퍼붓는 동안 그 말이 그를 지탱해주었다.

마침내 비가 그쳤다. 하늘이 맑게 개었다. 나무에 새싹이 돋아나기 시작했다. 재스민을 비롯하여 향기로운 꽃들이 활짝 피어났다. 주위가 더 밝아지자 라마도 활기를 되찾았다. 그는 암자에서 나와 적극적으로 활동할 수 있었다.

우기가 끝나자 땅과 하늘과 물에서도 자연의 왕래가 재개되었다. 고니 떼가 하늘을 가로질렀다. 두루미와 물새들이 날아갔다. 새로 태어난 다양한 물고기들이 수면 아래를 쏜살같이 지나갔다. 연꽃이 피어났다. 우기 내내 목이 쉬도록 꽥꽥거리며 합창하던 개구리들은 이제 조용했다. 공작새는 양지바른 곳으로 나와서 깃털에 달라붙어 있는 물방울을 흔들어 떨어뜨리고 꼬리를 화려하게 부채꼴로 펼쳤다. 요란한 소리와 함께 넘쳐흐르던 강물은 이제 원래의 물길로 돌아가 얌전하게 바다로 흘러갔다. 아레카 야자에서는 열매가 황금빛 다발로 익어갔다. 악어들이 깊은 물 속에서 바위 위로 올라와 햇볕을 쬐었다. 뱀들은 진창 속으로 사라졌다. 게들은 다시 땅 속으로 들어갔다. '반지'라고 불리는 희귀한 덩굴식물은 갑자기 꽃을 피웠고, 그 가느다란 가지에는 수다스러운 앵무새들이 앉아 있었다.

 이 모든 것을 라마는 세심하게 관찰했다. 그것은 계절이 바뀐 것을 알려주었고, 우기가 끝나면 군대를 데리고 오겠다고 약속한 수그리바가 약속을 지키지 않은 것을 상기시켜주었다. 그래서 락슈마나에게 말했다.

 "수그리바가 약속한 넉 달 기한이 지난 것 같은데, 수그리바는 왜 오지 않는 거지? 자고 있나? 우리가 도와준 덕에 강력한 왕국을 얻었는데, 이제는 우리를 잊어버린 모양이야. 우정의 고리를 자르고 진실에서 벗어나 거짓되게 행동한 자에게는 교훈을 가르쳐주어야 해. 그 과정에 그가 죽는다 해도 우리를 탓할 수는 없어. 하지만 우선 네가 가서 수그리바가 왜 약속을 어겼는지 알아봐라. 그에게 무슨 일이 있었는지, 그리고 그가 벌을 받아 마땅한지도 알아봐. 악을 무찌르는 것은 독벌레를 죽이는 거나 마찬가지이고, 그것은 어떤 행동 규범도 어기는 것이 아니라고 수그리바에게 말해. 설명은 충분하고 명확하게 하고, 다섯 살이든 쉰 살이든 올바른 행동을 모르는 자의 마음에 깊이 새겨져야 해. 키슈킨다의 통치자로 성공하고 싶으면 우선 동원할 수 있는 모든 도움을 끌어내어 지금 당장 시타를 찾으러 가야 한다고 수그리바에게 말해. 안 그러면 우리는 주저하지 않고 세상의 모든 원숭이를 없애버릴 거라고, 그래서 미래 세대는 원숭이 종족을 모르게 될 거라고 말해. 수그리바가 우리보다 더 강력한 후원자를 얻었을 경우에는 우리가 어떤 도전에도 맞설 수 있다는 걸 일깨워줘."

이런 말로 울분을 누그러뜨린 뒤, 라마는 자기가 지나쳤다고 느낀 모양이다. 락슈마나가 그의 말에 자극을 받아 난폭하게 굴지도 모른다고 생각했기 때문에, 그는 다시 락슈마나에게 말했다.

"부드럽게 말해라. 분노를 드러내지 말고, 단호하고 명확하게 설명해. 네가 말하는 윤리를 수그리바가 인정하지 않더라도 참을성을 잃지 말고 그가 하는 말을 주의 깊게 들은 다음, 그의 대답을 나한테 와서 알려다오."

락슈마나는 완전 무장을 갖추고 당장 길을 떠났다. 그는 제 사명의 중대함에 압박감을 느꼈고, 그의 생각은 되도록 빨리 목적지에 도달하는 데 집중되어 있었다. 그는 왼쪽도 오른쪽도 돌아보지 않고 앞만 보면서 빠르게 나아갔다. 그는 키슈킨다로 가는 익숙한 길, 수그리바가 발리와 대결하러 갈 때 이용한 길을 피하고 다른 길을 택했다. 수그리바에 대해 미심쩍고 불안한 기분을 느꼈기 때문이다. 길을 우회한 것은 수그리바의 염탐꾼들에게 들키지 않기 위한 예방책이기도 했다. 그는 이 바위에서 저 바위로 건너뛰면서 이윽고 키슈킨다에 도착했다.

망을 보던 파수꾼들은 앙가다에게 가서 락슈마나가 도착했다는 소식을 전했다. 앙가다는 그를 마중하려고 서둘러 나갔지만, 멀리서 보아도 락슈마나가 어떤 기분인지 알 수 있었기 때문에 조용히 철수했다. 그는 수그리바의 궁전으로 달려갔다. 뛰어난 건축가가 설계하고 지은 이 궁전은 너무 화려하고 안락해서 수그리바는 거의 궁전을 떠나지 않았다. 그의 침실에는 꽃이 뿌려져 있었고, 그는 삼단 같은 머리를 치렁치렁하게 늘어뜨리고 젖가슴이 풍만한 미인들에게 둘러싸인 채 누워 있었다. 여자들은 그에게 노래를 부르며 즐겁게 해 주었다. 아름다운 여자들, 현기증 나는 향수 냄새와 꽃향기, 희귀한 향내, 그리고 무엇보다도 과음한 포도주 때문에 그는 몽롱한 황홀경에 빠져 있었다. 수그리바는 바깥세상에는 관심을 두지 않고 무기력하게 누워 있었다. 앙가다는 조용히 들어가서 누워 있는 수그리바에게 절을 한 뒤 작은 소리로 말했다.

"라마의 동생 락슈마나가 왔어요. 그의 얼굴에서 분노와 긴급함을 보았어요. 어떻게 할까요?"

수그리바는 아무 반응도 보이지 않았다. 말을 알아들은 기색도 보이지 않았기 때문에 앙가다는 그 방을 나와서 하누만을 찾아갔다.

그리고 하누만과 의논한 뒤, 하누만을 데리고 어머니 타라를 만나러 갔다. 그는 어머니에게 상황을 설명하고 어떻게 해야 좋을지 지침을 내려달라고 호소했다. 타라는 화를 내며 외쳤다.

"너희는 모두 도덕이나 결과는 생각지 않고 잘못된 짓에 탐닉했어. 목적을 이루고 나면 책임 따위는 잊어버리지. 도대체 감사하는 마음이 없어. 나는 라마를 도와야 할 때가 왔다고 귀가 아프도록 몇 번이고 말했지만, 돌벽에다 대고 말하는 것 같았지. 이제 너희는 무관심의 결과를 감수해야 할 것이야. 라마가 얼마나 인내하고 노력하는지, 살아 있는 것 자체가 라마에게 얼마나 힘든 일인지 너희는 알지 못해. 너희는 모두 쾌락에 빠져 있어. 너희는 모두 이기적이고 배은망덕해. 남을 전혀 생각하지 않고 번영과 성공을 누리고 있어. 그런데 이제 뭘 해야 되느냐고 묻는구나. 라마와 락슈마나를 상대로 전쟁을 벌일 작정이라면 너희는 모두 죽을 거야. 내가 너희한테 충고할 게 뭐가 있겠니?"

키슈킨다 주민들은 성문을 닫고 빗장을 걸고 바위와 나무로 바리케이드를 쳤다. 그것을 보고 락슈마나는 노여움과 즐거움을 동시에 느꼈다. 그가 손으로 밀고 발로 걷어차자, 성문을 봉쇄했던 바리케이드가 무너지고 문이 활짝 열렸다. 이어서 대혼란이 벌어졌다. 원숭이들은 도시를 버리고 가까운 숲으로 달아났다. 락슈마나는 당당하게 시내로 들어가 주위를 둘러보았다. 타라를 둘러싸고 멀리서 그를 지켜보며 서 있던 앙가다와 원숭이들은 불안한 얼굴로 자문했다.

"이제 우린 어떡하지?"

그 순간, 하누만이 타라에게 조언했다.

"시녀들을 거느리고 궁전 문간으로 가세요. 락슈마나는 왕비님을 무시하고 그냥 지나치지 않을 겁니다. 락슈마나가 궁전으로 돌진해 들어오면 무슨 일이 일어날지, 생각하기도 두렵습니다."

"너희는 모두 지금 당장 떠나라." 타라가 말했다. "눈에 띄지 않는 곳에 숨어 있어. 내가 가서 락슈마나와 대면할 테니."

락슈마나가 왕궁 진입로를 지나 궁전에 다다랐을 때, 발찌와 팔찌가 짤랑거리는 소리가 들렸다. 고개를 들어서 보니 한 무리의 여자들이 단호한 태도로 다가오고 있었다. 물러나야 할지 어떨지 미처 결정을 내리기도 전에 그는 여자들에게 둘러싸이고 말았다. 그는 당혹스럽고 난처했다. 누구와도 얼굴을 맞댈 수 없어서 고개를 숙이고 눈을 내리깐 채, 어떻게 할까 궁리하면서 서 있었다.

타라가 정중하게 말을 건넸다.

"이렇게 방문해주셔서 참으로 기쁘고 영광입니다. 하지만 이런 식으로 오셔서 놀랐습니다. 당신이 무슨 생각을 하고 있는지 알 때까지는 우리 모두 불안을 느낄 거예요. 저희한테 하고픈 말씀이 있으신가요?"

락슈마나는 고개를 들었다. 타라의 얼굴을 본 순간, 타라가 생모인 수미트라와 계모인 카우살야를 많이 닮았다고 느꼈다. 걷잡을 수 없이 눈물이 솟아, 눈에 눈물이 가득 고였다. 그는 잠시 향수에 사로잡혔지만, 그것을 억누르고 말했다.

"수그리바는 군대를 데리고 와서 우리를 돕겠다고 약속했는데, 왜 망설이고 있는지, 그 이유를 알아보라고 형님이 나를 보냈소."

그러자 타라가 대답했다.

"수그리바에게 화내지 마십시오. 대인은 소인의 실수를 용서해야 합니다. 어쨌거나 수그리바는 잊지 않았답니다. 군대를 동원하기 위해 친구들에게 널리 통달을 보냈고, 지금은 전령들이 돌아오기를 기다리고 있지요. 일이 지체된 것은 그 때문입니다. 우리를 참아주세요. 라마님이 화살 하나만 쏘아도 모든 적을 죽일 수 있다는 것, 그리고 우리의 도움은 명색에 지나지 않는다는 것도 우리는 잘 알고 있답니다."

이 말을 듣고 락슈마나는 안심했다. 그의 기분이 좋아진 기색을 알아차리고 하누만이 조심스럽게 다가갔다. 락슈마나가 그에게 물었다.

"당신도 약속을 잊었습니까?"

그러자 하누만이 사정을 설명했다.

"제 마음은 항상 라마님께 가 있습니다. 그러니 약속을 잊는다는 것은 절대로 있을 수 없는 일입니다."

그가 너무 겸손하고 진지하게 말했기 때문에, 락슈마나의 분노는 어느새 사라져버리고 말았다.

"라마의 고통이 심합니다. 형은 지금 수그리바의 도움이 절실한 상황이에요. 그리고 형은, 자기가 지체될수록 악귀들은 더욱 강해질 거라고 걱정하고 있답니다."

"궁궐로 들어가서, 대왕님께 당신을 영접할 기회를 주세요. 당신이 들어가기를 거부하면, 적들이 우리에 대해 험담할 기회를 주게 됩니다. 지난 일은 잊고 안으로 들어가시죠."

락슈마나는 하누만을 따라 궁전으로 들어가서 앙가다의 영접을 받았다. 앙가다는 그가 도착한 것을 알리기 위해 당장 수그리바에게 갔다. 한편 타라는 시녀들과 함께 물러갔다. 앙가다는 락슈마나가 왔다고 수그리바에게 알리고, 그가 어떤 기분으로 도착했는지, 살짝 건드리기만 했는데도 성문이 얼마나 간단히 무너졌는지를 설명했다. 수그리바는 놀라서 듣고 있다가, 락슈마나가 도착한 것을 왜 아무도 제때에 알려주지 않았느냐고 물었다. 앙가다는 수그리바를 비난하지 않고 정중하게 대답했다.

"저는 여러 번 들어와서 말씀드렸어요. 삼촌이 깨어 있는 줄 알았는데, 주무시고 계셨나 보군요."

"그걸 이런 식으로 설명하다니, 너는 정말 생각이 깊구나. 하지만 나는 취해 있었고, 그 때문에 내 책임과 약속을 잊어버렸어. 술은 정력과 분별력, 판단력과 기억력을 약화시켜. 그리고 약속도 잊게 만들지. 아내와 어머니도 구별하지 못해. 우리는 이미 '마야(환영)'의 세계에 태어났어. 완전한 자기망상의 상태로 태어났지. 그리고 이 상태에다 술이 만들어내는 환영을 덧붙이고 있어. 우리에게는 어떤 구원도 없어. 현자들의 충고와 그들이 제시하는 교훈에 귀를 기울이지 않고, 발효된 거품 속에서 헤엄치는 벌레와 오물을 걷어내고는 그 술을 꿀꺽꿀꺽 들이켜고 망각에 빠지지. 내가 어떻게 지금 락슈마나를 볼 수 있겠느냐?"

그는 한동안 곰곰 생각하고 나서 선언했다.

"앞으로 다시는 어떤 술도 마시지 않겠다고, 가장 거룩한 라마의 이름으로 맹세하노라."

이렇게 결심한 뒤, 수그리바는 기운이 나는 것을 느꼈다.

"자, 락슈마나를 영접하겠다. 그동안 락슈마나에게 모든 경의를 표하고, 그의 방문을 축하하는 행사를 널리 열도록 하라."

앙가다는 이 지시를 실행에 옮기느라 바빴다. 수그리바가 수행원들과 함께 락슈마나를 마중하러 나왔을 때쯤에는 일반 대중도 환영회에 참가하여 완전히 축제 분위기로 바뀌어 있었다. 음악, 노래, 향, 꽃이 도처에 있었고, 수그리바는 당당해 보였다.

수그리바를 처음 보았을 때 락슈마나의 분노가 잠깐 되살아났다. 하지만 그는 분노를 억누르고, 수그리바의 손을 잡고 궁 안으로 들어갔다. 수그리바는 황금 의자를 가리키며, 락슈마나에게 그 의자에 앉으라고 권했다. 그러자 락슈마나가 말했다.

"라마도 맨땅에 앉습니다. 나도 맨땅보다 나은 자리는 필요 없습니다."

이렇게 말하면서 그는 맨바닥에 앉았고, 이 행동은 수그리바를 서

글프게 했다. 그래서 수그리바는 다시 제안했다.

"목욕을 하시고 우리와 함께 식사를 하시지요."

그러자 락슈마나가 말했다.

"라마는 나무뿌리와 푸성귀만 먹고 삽니다. 그래서 나도 그렇게 합니다. 내가 여기서 지체하는 동안, 라마는 아무것도 먹지 않고 지낼 겁니다. 그러니 당장 시타를 찾도록 하세요. 그것이 나에게는 강가 강에서 성스러운 물로 목욕을 하고 산해진미를 대접받는 것과 마찬가지일 겁니다."

수그리바는 몹시 슬퍼하며 대답했다.

"라마님이 그런 고난을 겪고 있는데, 육체적 쾌락에 탐닉할 수 있는 건 저 같은 원숭이뿐일 겁니다. 저를 용서하세요." 그러고는 하누만을 돌아보며 말했다. "우리가 보낸 전령들이 아직 도착하지 않았다. 그들이 군대와 함께 돌아오거든 라마의 암자로 가라. 나는 지금 떠나겠다."

그는 부하들과 함께 라마를 만나러 출발했다. 입을 다물고 엄숙하게 행진하는 그의 마음은 죄책감으로 가득 찼다. 하지만 산속 암자에서 라마를 만나자, 라마는 두 팔을 활짝 벌리고 그를 환영해주었다. 라마는 그의 등을 토닥이며 말했다.

"당신과 백성들이 행복하고 번영하기를······."

그러자 수그리바는 대답했다.

"당신의 은총을 받은 자에게 왕의 위업은 하찮아 보입니다." 그는 말을 멈출 수 없었고, 자신에 대해 몹시 비판적이 되었다. "저는 그동안 쾌락에 빠져 있느라 의무도 다하지 못했고 약속도 지키지 못했습니다. 원숭이의 정신적 한계를 드러냈으니, 당신의 용서를 기대할 권리가 없습니다."

"우기가 뜻밖에 오래 계속됐어요." 라마가 말했다. "나는 당신이 우기가 끝나기를 기다리고 있다는 걸 알았지요. 지금 당신의 말은 나를 돕겠다는 결심을 보여준 것이어서 나도 기쁩니다. 나는 당신의 헌신을 의심하지 않지만, 당신도 자신을 그렇게 비하하면 안 됩니다. 그런데 하누만은 어디 있죠?"

"이제 곧 올 겁니다. 군대와 함께."

"그럼 당신은 가도 좋습니다. 달리 해야 할 의무가 있을 테니까요. 군대가 준비되면 돌아오세요."

"그럼 좋습니다. 원정 계획에 대해서는 나중에 의논하도록 하십시다."

그가 떠난 뒤, 락슈마나는 키슈킨다에서 보고 들은 것을 모두 라마에게 자세히 보고했다.

오래지 않아 다양한 부대가 저마다 사령관의 지휘를 받으며 골짜기에 나타났다. 그 수를 헤아리기 위해 수그리바는 높은 곳에 올라가서 바라보라고 라마에게 제안한 다음, 지휘관들에게 북쪽에서 남쪽으로 부대를 하나씩 줄지어 행진시키라고 명령했다. 행진하는 병사들의 발에서 흙먼지가 거대한 구름처럼 일어났다. 부대가 그 먼지 구름 속으로 하나씩 사라지는 것을 지켜보는 동안, 라마의 희망도 되살아났다. 그가 락슈마나에게 말했다.

"수를 세려고 애쓰고 있는데, 계속 수를 잊어버려. 아무리 세고 세도 절대 끝까지 세지 못할 거야. 설령 끝까지 센다 해도, 그랬다가는 시타를 찾을 시간이 남지 않게 될 거야. 이 대군을 보고, 이제는 얼마든지 적과 싸워 시타를 찾을 수 있다고 확신하게 됐어." 그러고는 수그리바를 돌아보며 말했다. "자, 지체하지 말고 부대를 작전에 투입하세요."

수그리바는 지휘관들을 불러 각자 다른 방향을 맡아 수색하도록 임무를 주었다. 하누만과 앙가다는 남쪽으로 가게 되었다. 그것이 가장 중요한 임무였다. 시타를 찾을 가능성이 가장 높은 곳이었기 때문이다. 하누만이 떠나기 전에 수그리바는 시타를 어떻게 찾을 것인지, 그 방법을 자세히 말해주었다.

"여기를 떠나면 꼭대기가 구름으로 덮여 있는 빈디아 산이 나올 것이다. 그 산을 구석구석 수색해서 시타를 찾으라. 그다음에는 나르마다 강을 건너게 될 텐데, 그 차가운 강물 속에서는 신들도 장난을 치며 놀게 될 것이다. 그곳을 지나면 헤마쿠타 산맥에 이르게 될 터인데, 황금으로 덮인 그 높은 산꼭대기에는 선녀들이 내려와 새와 짐승들까지 달래주는 시를 짓고 노래를 부르며 지낸다. 헤마쿠타를 떠나서 더 남쪽으로 내려가라. 모든 곳을 재빨리 수색하라. 남쪽으로 가다 보면 비다르바에 이르게 될 텐데, 그곳의 경계는 백단향을 비롯한 향기로운 나무들이 많은 게 특징이다. 그곳은 자연이 줄 수 있는 온갖 과일이 풍성하게 열리는 과수원의 고장인데, 여기서는 군대가 진수성찬을 즐기느라 지체하지 않도록 조심하라."

그는 이런 식으로 하누만이 지나가게 될 여러 고장에 대해 정확하고 세세한 지시를 내리고, 군대가 길을 잃지 않고 제대로 나아갈 수 있도록 그들이 지나가야 할 풍경이며 산과 골짜기와 강을 분명하게 묘사해주었다. 마지막으로 그가 말했다.

"어떤 성소에 가더라도 너의 임무에서 딴 데로 관심을 돌리면 안 된다. 가장 성스러운 산인 티루벤가담으로 자신도 모르게 다가가고 있음을 깨닫게 되거든 길을 돌아서 가라. 이 성산에 가면 너는 분명 구원을 받겠지만, 구원은 시타를 찾은 뒤로 미루는 게 좋겠다. 라바나는 이 성산에 발을 들여놓았을 것 같지 않다. 너의 시간은 한정되어 있다. 시타를 찾는 데 삼십 일의 기한을 줄 테니, 삼십 일이 지나면 되도록 빨리 돌아와서 상황을 보고해주기 바란다."

하누만은 떠날 준비가 되었지만, 그때 라마가 물었다.

"오, 박식한 학자여! 시타를 만난다 해도, 어떤 징후로 그 여자가 시타라는 것을 알아보겠소?"

하누만은 대답하지 못했다. 그러자 라마는 그를 옆으로 데려가서 설명했다.

"시타의 발을 보면 발톱이 루비처럼 붉은색을 띤 것을 알 수 있을 거요. 시타의 발은 누구와도 비교할 수 없답니다. 발꿈치를 주의 깊게 살펴보세요. 학자들은 그것을 화살집에 비유했지요. 시타의 허리에 대해서는 묘사하지 않겠소. 마땅히 그래야 하지만, 허리는 섬세하고 눈에 보이지 않으니까 말이오."

시타의 생김새를 기억하여 하누만에게 설명하는 것만으로도 라마에게는 특별한 위안이 되었다. 하누만도 라마의 설명을 한 마디도 놓치지 않고 공손히 주의 깊게 들으면서 라마를 조금도 방해하지 않았다. 라마는 하누만의 마음속에 시타의 모습을 완벽하게 그려넣는 데 성공했다. 하누만은 오래전부터 잘 알고 있는 사람을 찾으러 가는 듯한 기분이 들었다. 라마는 시타의 생김새 외에 그녀의 말투와 걸음걸이, 목소리 등도 설명했다.

"누군가를 보고 그 여자가 시타일 거라는 확신이 들거든 접근해서 말을 거세요. 나는 스승인 비스와미트라와 함께 길을 가다가 자나카의 궁전 테라스에 있던 시타를 처음 보았는데, 그때를 기억하고 있는지 물어보세요. 그리고 이렇게 말하세요. 시바의 활을 부러뜨린 사람이 바로 비스와미트라와 함께 발코니 아래를 지나간 남자가 아니면 목숨을 버리겠다고, 당신은 나중에 말하지 않았느냐? 보석으로 치장하고 아버지의 궁전 회관에 들어와, 시바의 활을 부러뜨린 사람이 나인지 다른 사람인지 알려고 불안한 눈으로 쳐다보지 않았느냐? 우리가 유배지로 떠날 때, 아요디아의 높은 성문에 도착하자마자, 시타가 천진난만하게 '당신이 이야기한 그 잔인하고 견디기

힘든 숲은 어디 있나요?' 하고 물었던 것을 그녀에게 상기시키세요." 이렇게 시타에게 할 말을 열거한 뒤, 라마는 손가락에서 반지를 빼서 주면서 말했다. "이걸 시타에게 주세요. 당신의 사명이 성공적으로 끝나기를."

하누만과 앙가다는 정예부대를 이끌고 남쪽으로 떠났다. 그들은 산을 넘고 강을 건넜다. 라바나가 숨어 있을 듯한 곳에 이르면 시타를 찾아 미친 듯이 구석구석을 샅샅이 뒤졌다. 이렇게 필사적으로 찾아다니다가, 결국은 동굴 입구를 지나 안쪽으로 깊이 들어갔다. 그런데 굴을 따라 계속 안으로 들어간 그들은 밖으로 나오지 못하고 깜깜한 어둠 속에 갇혀버렸다. 모든 것을 삼켜버리는 어둠 속에서 그들은 방향도 형태도 윤곽도 전혀 알 수 없게 되었다. 그들은 이것이 라바나의 짓이라고 확신했고, 그들의 시력을 빼앗으려고 궁리해 낸 속임수에 대해 무력감을 느꼈다. 하누만은 놀라운 능력을 발휘하여 그들이 어둠 속을 조금씩 나아가도록 도와주었다. 그들은 오랫동안 여행한 끝에 마침내 땅속 깊은 곳에서 궁전 같은 건물과 광장, 분수, 공원, 큰길로 이루어진 매력적인 도시로 들어가게 되었다. 햇빛은 그렇게 깊은 땅속까지 뚫고 들어오지 못했지만, 눈부시게 빛나는 황금빛 돔에서 한결같은 빛이 나오고 있었다. 그 지붕에 박힌 보석들이 자연광을 발하고 있었던 것이다. 이렇게 완벽한 도시인데도 사람은 하나도 눈에 띄지 않았다. 사람만이 아니라 어떤 존재도 보이지 않았다.

"우리가 모두 죽어서 천국에서 눈을 뜬 것일까? 아니면 이것도 라바나가 우리를 위해 만들어낸 또 다른 환영일까? 우리가 죽었다면 라마에 대한 의무를 어떻게 이행하지? 우리가 살아 있다면 이 함정에서 어떻게 빠져나가지?"

문제는 곧 해결되었다. 가부좌를 틀고 앉아서 명상에 잠겨 있는 한 여자를 발견한 것이다. 그녀는 이 거대한 도시의 유일한 주민이었다. 처음에 원숭이들은 그녀를 시타로 오인했다. 라바나가 땅속 깊은 곳에서 시타를 완벽하게 숨겨둘 수 있는 곳을 발견한 게 분명하다고 생각했기 때문이다. 하지만 하누만은 그녀를 유심히 관찰한 뒤, 라마가 말해준 특징을 하나도 지니고 있지 않다는 것을 알았다. 그들은 여자를 명상에서 깨웠고, 스스로 밝힌 내력에 따르면 그녀는 원래 여신이었지만 어떤 실수를 저질러 저주를 받고 이 완벽한 환경에서 지금까지 절대 고독 속에서 지하 생활을 하게 되었다는 것이다. 그녀는 오랜 고행을 끝내고 하누만과 부하들을 위해 잔치를 베풀고 진수성찬을 대접했다. 마침내 그들은 하누만의 능력을 통해 이 지하 세계를 박살내고 밖으로 나올 수 있었다. 그리고 이 낯선 여인이 지하 감옥에서 탈출하여 자신의 천국으로 돌아가도록 도와줄 수 있었다.

그들은 계속 남쪽으로 내려갔다. 도중에 돌멩이 하나 남김없이 뒤집어보면서 어느 산꼭대기의 남쪽 끝에 도달했다. 여기서 그들은 굽이치는 바다를 바라보며 이야기를 나누었다.

"이제 우리가 할 일은 더 이상 아무것도 없어. 우리는 실패했어. 한 달이라는 기한도 오래전에 지나버렸어. 대안은 두 가지뿐이야. 세상을 버리고 고행자로 여기 남을 것인가? 아니면 독약을 먹고 스스로 목숨을 끊을 것인가?"

앙가다가 말했다.

"궁전에 떠날 때만 해도 우리는 라마의 면전에서 자랑스러운 마음으로 가득 차 있었다. 그런데 이제 어떻게 돌아가서 라마와 얼굴을 맞댈 수 있지? 이대로 돌아가서 실패했다고 보고할 수는 없다. 좀 더 시간을 달라고 요구할 수는 있겠지만, 그 시간에 뭘 하지? 앞으로 뭘 할 작정이냐고 라마가 물으면 뭐라고 대답하지? 라마의 실망한 얼굴은 차마 볼 수가 없다. 여기서 목숨을 끊는 게 내게는 최선일 것이다. 너희는 돌아가서 사실대로 보고하라."

무리의 지도자들 가운데 잠바반이라는 이름의 원로가 있었다. 지금은 곰의 형상을 하고 있지만, 지식과 지혜로 가득 찬 원숙한 영혼이었다. 그가 앙가다에게 말했다.

"당신은 당신 어머니의 유일한 희망이요. 키슈킨다 왕국의 후계자이기도 합니다. 살아남는 것이 당신의 의무예요. 당신은 돌아가서 라마에게 시타의 행방을 찾아내지 못했다고 사실대로 말해야 합니다. 그러면 라마는 아마 당신이 앞으로 해야 할 일을 말해줄 겁니다. 이곳에 남은 자들은 모두 스스로 목숨을 끊었다는 것도 라마에게 말해도 됩니다."

그러자 하누만이 말했다.

"물론 우리는 주어진 시간을 넘겼지만, 그건 중요하지 않습니다. 이 세계만이 아니라 다른 세계에도 우리가 찾아봐야 할 곳이 많다는 걸 아십니까? 절망하거나 포기하지 마세요. 아직 우리가 할 수 있는 일이 많습니다. 우리가 죽어야 한다면 전쟁터에서 죽읍시다. 자타유를 기억합시다. 자타유가 마지막까지 라바나와 얼마나 훌륭하게 싸우다 죽었는지를."

이 말은 침울한 분위기에 큰 격려가 되었고, 자타유를 언급한 것은 예기치 않은 결과를 가져왔다. 자타유라는 이름이 나오자마자, 갑자기 낯선 생물이 다가오고 있는 게 보였다. 정체를 알 수 없는 그 거대한 생물은 힘겹게, 하지만 단호하게 다가왔다. 그 괴물을 보고 원숭이들은 두려움과 혐오감에 사로잡혀 뒷걸음질을 쳤다. 그들은 그 생물이 괴상하게 변장한 락샤사족이라고 생각했다. 하누만이 그 동물과 맞서려고 일어났다.

"네가 아무리 변장한 락샤사나 아수라라 해도, 내게서 도망칠 수는 없을 것이다. 내 손에 죽을 테니까."

그러자 괴물은 눈물을 흘리며 애원했다.

"자타유라고 했소? 그에 대해 자세히 말해주시오."

"네가 누군지 말하면 나도 말해주겠다."

"내 이름은 삼파티라고 하오. 자타유의 형이지요. 우리는 오래전에 헤어졌는데, 방금 당신이 자타유가 죽었다고 말하는 것을 들었소. 자타유가 죽다니, 어떻게 죽었소?"

그러자 하누만은 라바나가 시타를 납치해가는 것을 막으려다가 자타유가 죽은 일이며, 자기들이 시타를 찾으러 나서게 된 일까지 자초지종을 털어놓은 다음, 비탄에 잠긴 삼파티를 한참 동안 위로해 주었다. 그러자 삼파티가 자신의 내력을 들려주었다.

"우리는 둘 다 태양신의 마차를 모는 아루나의 아들이었소. 우리는 더 높은 하늘에 떠 있거나 지나가면서 행복했지요. 하루는 신들이 사는 천상을 볼 수 있도록 여느 때보다 더 높이 날아가기로 하고, 함께 더 높이 날아올라 태양신의 길을 가로질렀다오. 우리를 보고 노여움을 느낀 태양신은 모든 열기를 우리 쪽으로 돌렸지요. 자타유는 내 날개 밑에서 보호를 받고 있었기 때문에 다치지 않았지만, 내 깃털과 날개는 모두 불에 타서 검게 그을었고, 나는 이 산 위에 뼈와 살의 무더기가 되어 떨어지고 말았소. 나에게는 정말 고통스러운 삶이었고, 내가 살아남은 것은 이 산에 살고 있는 어느 현자가 도와준 덕분이었소. 내가 살아남기로 마음먹은 것은, 내 귀에 들리는 범위 안에서 누군가가 라마의 이름을 말하는 것을 들으면 구원을 받을 수 있다는 말을 들었기 때문이오."

그가 이렇게 말하자 하누만과 부하들은 입을 모아 외쳤다.

"라마에게 승리를!"

그러자 괴물은 당장 변신했다. 깃털이 다시 자라고, 날개는 그의 몸을 하늘로 들어 올릴 수 있을 만큼 커졌다. 그는 이제 세상에서 가장 당당한 새로 변했다. 하누만과 부하들이 시타를 찾지 못해 절망에 빠져 있는 것을 알고는 그가 말했다.

"라바나는 시타와 함께 이쪽으로 왔소. 나는 라바나가 시타를 더 남쪽에 있는 랑카로 데려가서 가두는 것을 보았소. 시타의 행방을 찾으려면 어떻게든 바다를 건너야 할 거요. 넓은 바다가 앞에 있다고 해서 낙담하진 마시오. 당신들은 결국 사명을 완수하게 될 거요. 이제 나는 여러분과 헤어져야 하오. 자타유가 죽었기 때문에 우리 종족을 이끌 지도자가 없어요. 그러니 내가 자타유의 의무를 떠맡아야 하오." 이렇게 말한 뒤, 삼파티는 하늘 높이 떠올라 날아갔다.

삼파티가 떠난 뒤, 그들은 바다를 어떻게 건널 것인지를 의논했다. 하지만 뾰족한 수가 없어서 모두 절망하고 있을 때 잠바반이 하누만에게 말했다.

"바다를 건너 시타에게 희망을 전하기에 적합한 동물은 당신뿐이오. 당신은 자신의 능력과 재능을 모르고 있어요. 이것은 오래전에 당신 아버지가 당신에게 건 저주의 일부요. 당신이 당신 자신의 학식과 능력의 깊이를 알지 못하도록 저주를 내린 것이지요. 당신이 이제 무언가를 시도하려면 우선 이 미망을 극복해야 할 거요. 마음만 먹으면 당신의 몸은 어떤 크기로도 자랄 수 있다는 걸 잊지 마세요. 당신이 마음만 먹으면 온 세계를 한 걸음에 주파할 수도 있소. 마하발리 시대의 비슈누조차도 능가할 수 있다는 뜻이오. 당신이 필요한 만큼 몸을 키우면, 한 발은 이쪽 해안에 딛고 또 한 발은 바다

건너 저쪽 해안에 딛고 설 수 있소. 건너편 해안은 바로 랑카요. 랑카에 다다르면 눈길을 끌지 않는 크기로 몸을 줄이시오. 라마에게 헌신하는 마음이 당신을 시타가 갇혀 있는 곳으로 안내해줄 거요."

하누만은 겸손하게 고개를 숙이고 이 말에 귀를 기울였다.

"당신 말을 들으니 용기가 나서, 아수라족이 내 '어머니 여신'을 나에게 양보하지 않으면 아수라족 전체를 무찔러 박멸할 수도 있을 것 같습니다. 이 넓은 바다가 나에게는 하찮아 보입니다. 당신이 베풀어준 호의와 라마의 명령은 나를 어디로든 데려갈 수 있는 두 개의 날개 같습니다."

이렇게 말하면서 하누만은 몸을 거대하게 키웠다. 구름 속에 높이 솟아 있던 마헨드라 산이 지금은 발밑의 조약돌처럼 보였다. 그는 그곳에 서서 남쪽을 바라보며, 바다를 건너 랑카로 들어가기에 좋은 순간이 오기를 기다렸다.

8
라마의 증표

랑카 땅에 상륙하자 하누만은 몸을 눈에 띄시 않는 크기로 줄이고 시타를 찾기 시작했다. 그는 시내의 모든 건물을 구석구석 들여다보았다. 하누만은 라바나가 여러 세계의 여러 지역에서 데려온 여자들을 수용한 집들이 늘어서 있는 거리를 여럿 보았다. 라바나는 시타에게 반한 뒤로는 그 여자들에게 무관심해졌기 때문에, 총애하던 여자들을 완전히 무시했다. 하누만은 모든 집에서 라바나가 돌아오기를 애타게 기다리고 있는 여자들을 보았다. 하누만은 곧 화려한 가구로 치장된 정교한 저택으로 들어갔다. 이곳에서 그는 침대에 누워 있는 아름다운 여인을 보았다. 시녀들이 그녀에게 부채질을 해주고 있었다.

"내 탐색도 여기서 끝나는구나." 하누만은 그게 시타일지도 모른다고 생각하면서 혼잣말로 중얼거렸다. 그는 라마가 묘사한 시타의 모습을 몇 번이고 되살리면서, 앞에 보이는 여자의 생김새를 유심히 살펴보았다. 라마의 아내가 라바나에게 몸을 맡긴 뒤에는 그렇게 사치스러운 생활에 빠져 있구나 싶어 하누만의 마음은 고통과 분노로 가득 찼다. 라마는 아내를 찾느라 그렇게 고통을 겪고 있는데 그의 아내는 저토록 호화롭게 살고 있다고 생각하자, 하마터면 울음이 터질 뻔했다. 이제 자기가 할 일은 없다고, 라마를 도우려는 계획은 여기서 다 끝났다고 생각했다.

하누만은 남들 눈에 띄지 않게 지붕 위에 앉아서 지켜보는 동안, 어쩌면 자기가 잘못 생각했을지도 모른다는 것을 깨달았다. 그 여자를 좀 더 자세히 관찰해본 결과, 시타와는 생김새가 몇 군데 다른 것을 알아차렸다. 아름답게 생겼지만 약간 상스러운 데가 있었다. 잠을 잘 때는 두 팔과 두 다리를 아무렇게나 내던지고 입을 헤벌린 채 꼴사납게 잤다. 코도 골았고 잠꼬대도 심했다. "저 여자는 절대로 내가 찾고 있는 여자가 아니야." 하누만은 안심하여 중얼거렸다. 아니나 다를까, 그 여자는 라바나의 아내인 만도다리였다.

하누만은 라바나의 궁전으로 가서 사치스러운 방에 있는 그를 관찰했고, 그곳엔 시타가 갇혀 있지 않다고 확신한 뒤 다음 건물로 넘어갔다. 그렇게 모든 건물을 수색하느라 피곤해지자 숲을 찾기로 마음먹었다. 그는 마침내 아소카바나에 도착했다. 이곳은 라바나가 즐겨 찾는 곳인데, 과수원과 동굴과 유원지가 있는 웅장하고 화려한 공원이었다. 심수파 나무 꼭대기에 올라간 하누만은 기괴하게 생긴 락샤사족 여인들이 무장한 채 땅바닥에서 자고 있는 것을 보았다. 시타는 그 여자들 한가운데에 앉아 있었다. 하누만은 그녀를 유심히 살펴보았다. 그녀는 라마가 말한 특징들을 두루 갖추고 있었다. 이제 하누만의 의심은 사라졌다. 하지만 차림새가 단정치 못하고 예쁘게 꾸미지도 않은 상태로 사리 한 장만 걸치고 있는 그녀를 보자, 하누만은 가슴이 찢어지는 것 같았다. 오랫동안 씻지도 않았는지, 온몸이 먼지로 덮여 있었다. 갑자기 락샤사족 여인들이 잠에서 깨어나 벌떡 일어나더니 시타에게 다가가서 그녀를 위협하고 겁을 주었다. 시타는 움츠러들었지만, 마음대로 해보라고 대들었다.

곧 사나운 여자들은 라바나가 오는 것을 보고 옆으로 물러섰다. 라바나는 다정하게 말을 걸면서 시타에게 다가갔다. 그는 공갈과 감언이설을 번갈아 사용하여, 어떻게든 시타를 수석 후궁으로 삼으려고 했다. 하지만 그가 무슨 말로 구애하고 유혹해도 시타는 콧방귀만 뀌었다. 하누만은 눈앞의 광경에 몸서리를 쳤지만, 한편으로는 시타에 대한 존경심으로 감탄하기도 했다.

결국 라바나는 격분한 끝에, 사나운 여자들에게 무자비한 고문으로 시타의 의지를 꺾으라고 명령하고 떠났다. 그가 떠난 뒤 여자들의 태도가 너무 위협적으로 변했기 때문에 시타는 소리쳤다.

"오오, 라마여! 저를 잊으셨나요?"

곧 여자들은 물러났고, 시타는 가까운 나무에 목을 매어 스스로 죽을 준비를 했다. 그 순간 하누만이 시타 앞에 나타났다. 시타가 놀라지 않도록 천천히 나타난 하누만은 자신이 누구인지, 왜 여기 왔는지를 설명했다. 그뿐만 아니라 지난 몇 달 동안 일어난 일을 설명하고, 그녀의 의문에 모두 대답하여 자신의 신원을 입증했다. 마지막으로 그는 라마의 반지를 그녀에게 보여주었다. 그녀는 (사리 끝 매듭 속에 감추어두었던) 장신구 하나를 그에게 건네면서, 그것을 자신의 증표로 라마에게 전해달라고 부탁했다.

그곳을 떠나기 전에, 몸집을 거대하게 키운 하누만은 자신이 방문했다는 표시로 아소카바나를 파괴하고 랑카의 많은 지역을 망가뜨렸다. 이 소식을 들은 라바나는 그 원숭이를 잡으려고 군대를 보냈지만, 하누만은 그들을 교묘히 피했다. 마침내 라바나는 아들 인드라지트를 보냈다. 인드라지트는 원숭이를 잡아서 꽁꽁 묶은 다음 (하누만이 일부러 잡혔기 때문이다) 궁전으로 데려갔다. 라바나가 직접 심문했다. 너는 누구냐? 누가 너를 보내서 이 나라를 파괴하게 했느냐? 하누만은 이 기회를 이용하여 라마에 대해 이야기하고, 방법을 바꾸라고 라바나에게 충고하고, 이제 곧 라마가 이곳을 완전히 파괴할 거라고 경고했다.

격분한 라바나는 하누만을 죽이라고 명령했다. 하지만 라바나의 동생인 비비샤나가 끼어들어, 사절을 죽이는 것은 온당치 않다는 점을 상기시켜 하누만을 구해주었다. 그러자 라바나는 기름에 흠뻑 적신 솜을 하누만의 꼬리에 감고 불을 붙였다. 하누만은 결박을 풀고 모든 저택과 건물의 지붕을 넘어 달아나면서 랑카를 불바다로 만들었다. 라바나의 수도가 잿더미로 변한 것을 확인한 뒤(시타에게 그늘을 만들어주던 나무 한 그루만은 무사히 살아남았다) 하누만은 서둘러 라마에게 돌아가 자신이 목격한 것과 수행한 일을 모두 보고했다.

9
회의실에서

 라바나의 수도는 하누만에게 파괴된 뒤 위대한 건축가의 손으로 재건되었다. 라바나는 친족과 시종들에게 둘러싸인 채 새 회의실로 들어갔다. 하지만 잠시 후에는 형제들과 사령관들을 제외한 나머지 사람들을 모두 밖으로 내보내고, 문을 닫아 건 회의실에서 회의를 열었다.

 "나의 권위가 전사도 아닌 일개 원숭이에게 도전받았음을 명심하시오!" 라바나가 옥좌에 앉은 채 말했다. "이런 웃지 못할 상황이 벌어지고 있을 때, 그렇게 눈부신 장식으로 치장한 사령관들은 뭘 하고 있었소? 우리 우물에는 샘에서 솟아나는 물이 아니라 피가 고여 있소. 공중의 연기는 제물을 태우는 불에서 나오는 것이 아니라 불타고 있는 집들의 폐허에서 피어오르는 연기요. 공기 중의 냄새는 희귀한 향내가 아니라 발톱과 머리카락이 타는 악취요. 나는 많은 백성을 잃은 것은 물론, 친구와 친척도 많이 잃었소. 이 모든 일을 원숭이 한 마리가 해낸 것이오! 자, 우리가 해야 할 일을 생각해봅시다. 우리는 그 원숭이를 잡아 죽였다고 말하는 만족감조차 누릴 수 없소. 여러분, 나한테 솔직하게 충고하고, 의견이 있으면 기탄없이 말해주기 바라오."

그러자 총사령관이 말했다.

"남편이 옆에 없을 때 여자를 납치하는 것은 영웅이 할 일이 아닙니다. 라마와 락슈마나는 카라와 그가 지휘하는 만 사천 명의 병력을 쓸어버렸고, 폐하의 누이를 불구로 만들었습니다. 폐하는 남자들을 먼저 처리한 뒤에 여자를 납치했어야 합니다. 그것이 가장 간단한 해결책이었을 텐데, 폐하는 모든 것을 무시하고 서둘러 그 여자를 납치해놓고, 이제 와서 폐하의 권위가 흔들린다고 한탄합니다. 그 후에도 폐하께서는 편안히 앉아서 이 아름다운 도시의 생활을 즐길 것이 아니라, 그 두 사람에게 유리한 장소로 가서 그들을 죽이라고 우리에게 명령을 내렸어야 마땅합니다. 그런데 폐하는 그러지 않았습니다. 이제 우리는 밖에 나가서 그 원숭이를 부추긴 자들을 찾아내어 끝장을 내야 합니다. 조만간 그들을 죽이지 않으면, 원숭이로 시작된 일이 원숭이로 끝나지 않을지도 모릅니다. 다음에는 모기 떼조차 폐하의 권위에 도전하고 나설지 모릅니다. 우리는 행동에 나서야 합니다. 지금은 지난 일을 생각하고 있을 때가 아닙니다."

그가 자리에 앉자, 거인 중의 거인인 마호다라가 일어나서 말했다.

"대왕님! 카일라스 산을 뒤흔들고 모든 신들이 발밑에 엎드려 탄원하게 만든 폐하의 힘 앞에서 일개 원숭이의 못된 장난 따위는 무시해야 합니다. 허락만 해주시면, 제가 가서 그 원숭이를 우리에게 보낸 자들의 피를 다 마셔버리고 순식간에 돌아오겠습니다."

또 다른 자가 일어나서 말했다.

"어쨌든 원숭이와 인간은 브라흐마가 우리의 사냥감으로 창조한 것입니다. 이 작은 바다를 건너 그들의 활동을 끝장내는 것은 우리의 능력으로 충분히 할 수 있는 일입니다. 그런데 왜 그렇게 많이 생각해야 합니까? 사냥감을 두려워하다니, 있을 수 있는 일입니까?"

다른 자들도 일어나서 앞서 발언한 자들의 말을 되풀이하고, 라바나의 위대함과 적의 비열함을 강조했다. 그들은 적을 경멸하는 기분에 빠져들어 결국 이런 결론에 도달했다.

"원숭이 무리를 이끄는 두어 사람을 완전 무장하고 뒤쫓으면 우리의 품위가 떨어집니다. 그보다는 놈들이 우리 땅에 발을 놓을 때까지 기다리는 게 좋겠습니다. 그러면 그때 놈들의 모험을 끝장내줄 수 있습니다."

그때 라바나의 동생인 쿰바카르나가 일어나서 몇 마디 직언을 고했다.

"형님은 모순된 일을 했습니다. 남의 부인을 훔치는 것은 행동 규범에 어긋나지만, 형님은 남의 부인을 탐했지요. 그런데 지금은 형님의 위신과 평판, 지위와 신망, 권력과 명성 따위를 걱정하고 있습니다. 형님은 아름다운 여인의 비명과 호소에는 귀를 기울이지 않고, 그 여자를 납치하여 지난 몇 달 동안 감옥에 가두어놓았습니다. 그 때문에 우리는 지금 파국을 맞았습니다. 하지만 이제 깊이 생각하세요. 그 여자를 남편에게 돌려주고 평화를 찾고 싶으세요? 형님은 너무 멀리까지 와버렸기 때문에, 그 여자를 계속 붙잡아둘 수밖에 없고, 그 여자에 대한 소유권을 얻기 위해서는 싸울 수밖에 없습니다. 우리가 이기면 좋겠지만, 지면 함께 죽읍시다. 형님, 나는 지금 군대를 이끌고 적과 싸울 각오가 되어 있습니다. 지체하지 맙시나."

"너는 바로 내 기분을 그대로 말해주었다. 깃발을 들고 군대를 모아서 당장 진격하자." 라바나가 말했다.

그러자 라바나의 아들인 인드라지트가 말했다.

"대왕님! 이런 식으로 분발하면 안 됩니다. 어쨌든 우리의 적은 보병이나 기병이나 코끼리 군단이 아니라 원숭이 무리와 인간 몇 명뿐입니다. 폐하께서 노고를 아끼지 않고 굳이 그들과 맞서 싸울 필요는 없습니다. 저한테 맡기세요. 제가 화살을 쏘면 겁먹은 원숭이들이 깩깩거리며 달아날 겁니다. 그러면 제가 가서 라마와 락슈마나의 목을 가져다가 폐하 앞에 바치겠습니다. 약속합니다. 폐하께서는 그냥 여기 남아 계십시오."

그러자 라바나의 막내 동생인 비비샤나가 말을 가로챘다.

"너는 네가 무슨 말을 하고 있는지도 모르는구나." 그러고는 라바나에게 말했다. "저는 서글픈 마음으로 말씀드립니다. 형님은 저에게 가장 중요한 존재입니다. 아버지이자 지도자이고 스승이기도 하지요. 저를 슬프게 하는 것은, 형님은 많은 노력을 통해 왕위를 얻었는데도, 지금 그 지위를 너무 쉽게 잃으려 하고 있다는 겁니다. 진심으로 진지하게, 많은 심사숙고 끝에 말씀드리는 겁니다. 저는 남들처럼 소리를 지르지도 못하고 도발적으로 말할 만큼 대담하지도 않습니다. 하지만 분명히 말씀드리건대, 제가 느끼는 것은 진실입니다. 인내심을 잃지 말고 제 말을 끝까지 들어주십시오. 이 도시를 정말로 불태운 것은 원숭이의 꼬리에 묶인 횃불이 아니라 시타라는 여자의 영혼 속에서 사납게 날뛰는 불길이었습니다. 남자가 명예와 명성을 잃는다면, 그것은 주로 욕정과 탐욕 때문입니다. 형님은 자신의 정신적 성취를 통해 특별한 힘을 얻었지만, 그 힘을 잘못 사용하여 형님께 그 힘을 준 신들을 공격했고, 이제 나쁜 길을 걷고 있습니다. 신들을 정복하고도 계속 그 승리를 누리며 산 자가 있던가요? 조만간 반드시 보복을 당했지요. 인간이나 원숭이를 얕보지 마세요. 형님은 인간으로부터 보호해달라고 요청한 적이 한 번도 없다는 걸 명심하세요. 또한 형님이 카일라스 산을 들어 올렸을 때 난디가 형님의 종말은 원숭이를 통해 올 거라면서 형님을 저주한 것도 잊지 마세요. 나중에 형님이 베다바티의 머리카락을 움켜쥐고 괴롭히려 했을 때, 그녀는 불 속으로 뛰어들기 전에 언젠가는 다시 태어나 형님의 목숨만이 아니라 형님의 섬도 없애버리겠다고 저주하지 않았습니까?

시대의 동향을 들여다보면, 아마 이 세 가지 저주는 모두 실현되고 있을 것입니다. 하지만 아직은 재앙을 피할 수 있을지도 모릅니다. 형님이 시타를 포로로 잡고 있는 한은 형님의 백성에게 평화가 없으리라는 것을 명심하세요. 라마가 물려받은 유산, 다사라타의 업적, 그밖에 익슈바후족이 이룩한 눈부신 위업을 생각해보세요. 그들은 평범한 사람이 아니며, 그들을 후원하는 원숭이들도 단순한 원숭이가 아닙니다. 단지 형님께서 신의 공격을 피할 수 있는 면역성을 부여받았기 때문에 신들이 인간이나 원숭이의 형상을 띠었을 뿐입니다. 이제 한 마디만 더 하겠습니다. 시타를 라마에게 돌려보내십시오. 그렇게 하면 형님 평생에 가장 가치있는 업적이 될 것입니다."

라바나는 동생을 노려보면서 신랄한 웃음소리를 냈다.

"처음에는 듣기 좋은 말과 감상으로 시작하더니 꼭 미친놈처럼 실없는 소리를 주절거리는구나. 그건 그 인간들에 대한 두려움 때문이냐, 아니면 사랑 때문이냐? 너는 내가 인간으로부터 보호해달라고 요청한 적이 없다는 것을 일깨워주었지만, 그런 걸 굳이 요청할 필요가 있을까? 내가 카일라스 산을 들어 올릴 수 있도록 축복해달라고 요청한 적이 있더냐? 너는 아무 생각도 없이 말하는구나. 너는 내가 신들이 베풀어준 은총 덕분에 신들을 정복했다고 생각하지만, 나는 내가 원하는 일을 하기 위해 남이 은혜를 베풀어주기만 기다릴 필요는 없다. 누구의 저주도 나를 해칠 수는 없어.

 너는 왜 그렇게 라마를 찬미하는 것이냐? 라마가 시바의 낡고 녹슨 활을 부러뜨렸기 때문에? 아니면 다 썩어가는 나무 일곱 그루를 화살로 꿰뚫었기 때문에? 곱사등이 여자의 농간으로 왕국을 잃었기 때문에? 감히 발리 앞에 나서지도 못하면서 발리를 죽였기 때문에? 내가 쓴 단순한 속임수에 넘어가 마누라를 잃었기 때문에? 그러고도 라마가 목숨을 끊지 않고 계속 숨을 쉬면서 돌아다니는 게 나는 놀랍다! 게다가 그런 라마를 네가 찬미하다니! 너는 라마가 비슈누의 화신인 것 같다고 생각하겠지. 그래, 비슈누의 화신이면 어떻다는 것이냐? 나는 비슈누도 그 누구도 두렵지 않다. 특히 비슈누는 안 무서워. 비슈누는 전투에서 가장 많이 패한, 아니, 단 한 번도 이겨본 적이 없는 신이다."

 이렇게 말하고 나서 라바나는 외쳤다.

 "자, 싸우러 나가자." 그러고는 비비샤나를 바라보며 말했다. "원하는 자들은 나와 함께 가도록 내버려둬."

 비비샤나는 다시 한 번 형을 말리려고 했다.

 "가지 마세요." 그가 간청했다.

 "왜? 라마가 비슈누이기 때문에?" 라바나는 경멸하는 투로 물었다. "내가 인드라를 가두었을 때, 그는 어디 있었지? 내가 그의 코끼리들 머리에서 상아를 빼내어 그 힘센 짐승들을 죽였을 때, 그는 어디 있었지? 그때는 그 신이 젖먹이였나? 내가 시바와 브라흐마까지 물리치고 세 세상을 장악했을 때, 너의 그 신은 어디 있었지? 숨어 있었나? 그 신은 우리가 더 쉽게 자기를 삼킬 수 있도록 거대한 우주적 형태를 버리고 사람만 한 크기로 줄어들었나? 겁나면 따라오지 말고 이 도시에 남아 있거라. 이 도시는 널찍하고 안락하니까, 그냥 여기 있어."

라바나는 이렇게 말하고는 손뼉을 치면서 큰 소리로 웃었다.

그래도 이튿날 비비샤나는 남몰래 그를 찾아가 이런저런 말로 그를 말리려고 했다. 이것이 라바나를 더욱 화나게 했다.

"너는 우리 친족을 미워하고, 이제는 라마와 락슈마나를 존경하고 흠모하기 시작했어. 그들을 생각하면 네 눈에는 눈물이 고이고, 너는 다정한 감정에 빠져 뼛속까지 다 녹아버렸어. 너는 나의 공공연한 적의 우정을 얻고 싶어 하는데, 과연 네가 깊이 생각해서 네 미래를 계획했는지 의심스럽구나. 너는 배신자라서 믿을 수 없어. 이제 생각나는군. 그 원숭이가 내 앞에 끌려왔을 때, 나는 하인들에게 그놈을 잡아먹으라고 명령했다. 그랬더니 네가 끼어들어서 사절을 죽이면 안 된다고 말했지. 그 원숭이가 제 주인을 찬미하고 업적을 떠벌릴 때, 너는 넋을 잃고 도취해 있었어. 바보 같은 놈! 너는 이 나라가 불로 파괴되기를 원했겠지. 네가 음모를 꾸미고 있다는 걸 다 안다. 나는 막내 동생이라고 불리는 독약과 더 이상 함께 살 수 없다. 자, 나를 떠나거라. 내가 너를 죽이지 않는다면, 그건 동생을 죽였다는 비난을 받고 싶지 않기 때문이다. 하지만 네가 계속 내 눈앞에 남아 있으면, 너는 내 손에 죽게 될 것이다."

이 말을 듣고 비비샤나는 다른 네 명과 함께 물러났지만, 떠나기 전에 말했다.

"형님이 비열한 자들의 말에 휘둘리고 정의와 공정한 정신에 귀를 막고 있는 것은 형님의 불운입니다. 저는 형님의 종족 전체가 절멸하지나 않을까 그게 걱정입니다. 이제 저는 형님의 분부대로 떠나겠습니다. 저는 이 상황에 걸맞은 말을 형님께 하려고 애썼습니다. 형님은 여전히 저의 지도자이자 주군이지만, 저는 형님을 떠나겠습니다. 제 잘못을 용서하세요. 제가 형님의 기분을 상하게 했다면 말입니다."

비비샤나는 바다를 건너 맞은편 해안에 있는 라마의 숙영지에 도착했다. 그곳에는 어마어마한 규모의 원숭이 군단이 정렬해 있었다.

10
바다를 건너

비비샤나는 라마가 바닷가에 서서 깊은 생각에 잠겨 있는 것을 보았다. 아마 시타의 구출 계획을 세우고 있을 것이다. 그는 중요한 순간에 라마를 방해하고 싶지 않아서 눈에 띄지 않는 곳에 머물러 있었다. 하지만 나중에 라마의 지휘관들이 그의 존재를 알아차리고, 그를 첩자로 오인하여 거칠게 다루었다. 그러자 비비샤나는 큰 소리로 외쳤다.

"오, 라마여! 저는 망명을 요청하러 왔습니다. 당신의 은혜와 보호를 요청합니다."

외침 소리가 귀에 들리자, 라마는 전령을 보내 망명객을 데려오게 했다. 하누만도 손님을 보호하고 그의 내력을 조사하기 위해 사람을 보냈다. 조사원은 비비샤나를 심문하고 라마에게 돌아와서 보고했다. 그 보고를 듣고 라마는 손님을 어떻게 생각하느냐고 참모들에게 물었다.

수그리바가 말했다.

"자기 형을 배신한 자를 어떻게 믿을 수 있겠습니까? 나는 형과 친하게 지내지 않았지만, 내 경우는 달랐어요. 나는 평생 추적당했고, 아내를 빼앗겼고, 발리는 나한테 선택의 여지를 남기지 않았습니다. 하지만 이번 경우에는 형 라바나가 친절했다고 그 자신도 인정하고 있습니다. 그런데도 그는 형과 의절하고 이리로 왔습니다. 내게는 그게 정말 이상해 보입니다. 우리 진영에 그를 받아들일 수는 없습니다. 어쨌든 당신은 아수라족을 소탕하는 사명을 띠고 있습니다. 그자는 말투가 고상하긴 하지만 타고난 아수라입니다."

이어서 잠바반이 앞으로 나와서 말했다.

"적진에서 온 자를 받아들이면 위험을 무릅쓰게 됩니다. 사실을 알아냈을 때는 이미 늦을 거예요. 아수라족은 속임수와 변장술로 유명합니다. 황금 사슴처럼 보이던 것이 마리차로 밝혀진 일을 잊지 마세요."

라마는 참모들의 의견을 묵묵히 듣고 있다가 총사령관에게 의견을 물었다.

그가 말했다.

"첩보원, 세작, 망명자에 대해 책에 쓰여 있는 것을 저도 어느 정도는 알고 있습니다. 적에게 붙잡혀 어쩔 수 없이 반역한 자들, 또는 더 이상 싸울 수 없어서 등을 돌리는 병사들, 또는 집과 가족을 잃은 적의 이웃사람—이런 자들이 오면, 설령 그들이 당신의 원수와 친척 사이라 해도 그들을 받아들이고 그들의 우정을 받아도 됩니다. 비비샤나의 경우, 그가 도착한 시간과 상황을 분석해보면, 그를 이쪽으로 내몬 사건이 전혀 없었습니다. 그는 미덕과 선의를 내세우고 있지만, 그런 단순한 고백을 어떻게 믿을 수 있겠습니까? 우리의 성전은 망명자나 귀순자를 여러 부류로 나누어 규정하고 있는데, 그는 난민의 어떤 범주에도 들어맞지 않습니다."

그밖에도 많은 사람들이 발언했고, 모두가 한결같이 비비샤나를 내쳐야 한다고 주장했다.

라마는 하누만을 돌아보며 말했다.

"당신은 아직 아무 말도 하지 않았는데, 어떻게 생각하시오?"

하누만이 말했다.

"나리의 참모들이 모두 분명하게 의견을 밝혔기 때문에 제 생각을 털어놓기가 망설여집니다만, 나리께서 저한테 특별한 은혜를 베풀어주시니까 말씀드리건대, 저는 그가 악의를 품고 있다고는 생각지 않는다고 장담하겠습니다. 그를 보면, 깨끗하고 순수한 영혼을 가졌고 마음씨가 착하다는 것을 분명히 알 수 있습니다. 저는 그가 나리에 대한 헌신적인 애정 때문에 이리로 왔다고 확신합니다. 그가 나리를 숭배하는 마음을 안고 왔다고 생각할 이유는 충분합니다. 그는 나리가 수그리바를 도와준 이야기며 바라타에게 왕위를 양보한 이야기를 듣고, 나리라면 자기를 도와줄 수 있다고, 형의 학정으로부터 구해줄 수 있다고 확신했던 것입니다. 그는 형을 구하기 위해 최선을 다했지만 실패했습니다. 저는 랑카에 가서 여기저기 둘러볼 때 그의 집을 들여다볼 기회가 있었습니다. 다른 식구들이 사는 집들은 고기와 술과 여자로 가득 차 있지만, 그의 집은 경건하고 순박한 사람의 집이었습니다. 라바나가 저를 죽이라고 명령했을 때, 사절을 죽이면 안 된다고 라바나를 설득하여 저를 살려준 것이 비비샤나였습니다. 그때만 해도 그는 이곳에 오려는 의도가 전혀 없었고, 따라서 그것은 계산된 조치가 아니었습니다. 그는 성실하고, 나리께 보호를 청하고 있습니다. 우리는 더 이상 생각하지 말고 그를 받아들여야 합니다."

하누만의 말을 귀담아들은 뒤, 라마는 선언했다.

"나도 당신과 같은 의견이오. 어쨌든 피난처를 찾는 자는 마땅히 보호해주어야 합니다. 나중에 무슨 일이 일어나든, 그를 보호해주는 것이 우리의 첫 번째 의무입니다. 나는 그의 말을 믿었기 때문에, 패배한다 해도 상관하지 않을 것이오. 그래도 나는 옳은 일을 했을 테니까. 반대로 내가 그를 거절하면, 전쟁에 이긴다 해도 그 승리는 가치가 없을 것이오. 자신을 대변하는 자의 말은 액면 그대로 받아들여야 합니다. 피난처를 찾는 자는 보호를 받아야 합니다. 우리 조상 하나는 매를 피해 도망쳐온 비둘기를 보호하려다가 목숨을 잃기도 했습니다. 나는 결심했습니다. 그러니 여러분도 따라주시기 바랍니다."

라마는 수그리바를 바라보며 말했다.

"당신이 가세요. 가서 그를 받아들이기로 했다는 우리의 뜻을 전하세요. 그를 환영하고 여기로 데려오세요."

오래지 않아 수그리바가 비비샤나를 라마 앞으로 데려왔다. 라마는 친절하게 말을 걸었다. 비비샤나는 라마의 우정을 겸손하게 받아들였다. 마지막으로 라마는 락슈마나를 돌아보며 말했다.

"비비샤나를 랑카의 통치자로 대우해라. 하지만 지금은 망명지에 있는 처지니까, 그가 생활하는 데 필요한 물품을 부족하지 않게 드리고, 임금에게 어울리는 경의를 표하도록 해라."

그러자 비비샤나가 말했다.

"랑카의 왕관을 차지하는 게 제 목적은 아니지만, 나리께서 주시니 받을 수밖에 없군요. 정말입니다. 제가 여기에 온 유일한 목적은 나리와 함께 지내면서 나리의 은총을 받는 것이었습니다."

그들은 날마다 회의를 열었고, 비비샤나는 라바나의 부대 배치와 무기의 특징과 병력을 자세히 설명했다. 덕분에 라마는 랑카 공격 계획을 정밀하게 세울 수 있었다.

라마의 작전에서 다음 단계는 바다를 건너는 일이었다. 하지만 해변에 서서 바다를 바라볼수록 군대와 함께 바다를 건너는 것은 절망적인 일로 느껴졌다. 그는 일주일 동안 기도를 드리고 단식하면서, 바다의 신을 불러내어 명령을 내렸다.

"내 군대를 위해 길을 비키시오."

그러자 바다의 신이 말했다.

"세상 만물이 다 그렇듯이, 나도 자연의 법칙에 종속되어 있습니다. 내가 뭘 할 수 있겠소?"

그러자 라마는 화가 나서, 모든 물이 증발하여 그들이 쉽게 지나갈 수 있도록 바다에 화살을 쏘겠다고 위협했다. 바다의 신은 그만두라고 애원하고, 바다와 거기에 살고 있는 생물들을 죽이지 말아달라고 간청하면서 이렇게 제의했다.

"나에게 재료를 가져다주시오. 그러면 나는 그걸 최대한 활용하여 바다에 다리를 놓겠습니다."

오래지 않아 원숭이 군단이 진흙과 거대한 바위, 심지어는 산들의 조각까지 가져왔다. 사람과 원숭이를 비롯한 모든 동물이 이 일에 동참했다. 작은 다람쥐까지도 바다를 메우기 위해 자갈을 굴렸다고 한다. 그들이 모두 힘을 합쳐 만든 통로가 열리는 날이 왔다. 이윽고 라마의 군대는 바다를 건너 랑카 땅에 상륙했다.

11
랑카 포위전

 라바나는 수도로 접근하는 길을 지키도록 정예부대를 배치하고, 신임하는 장군과 친척들에게 요충 수비의 임무를 맡겼다. 하지만 차츰 그의 세계가 오그라들기 시작했다. 싸움이 계속될수록 그는 동지를 하나씩 잃었다. 밖에 나간 자는 아무도 돌아오지 않았다.

 그는 필사적으로 교활한 속임수를 몇 가지 시도했다. 라마의 원숭이 군단과 같은 옷차림의 첩자들을 파견하여, 가장 충실하게 라마를 지원하고 있는 수그리바 같은 자들을 매수하여 원래의 진로에서 벗어나게 하려고 했다. 그는 또한 마법사들을 고용하여 시타의 마음을 어지럽히려고 했다. 시타가 굴복하면 라마도 결국 절망하여 포기할 거라고 기대했기 때문이다. 그는 한 마법사에게 라마와 닮은 머리를 만들게 한 뒤, 라마가 싸움에 패하여 참수당한 증거라면서 그 잘린 머리를 시타 앞에 내놓았다. 시타도 처음에는 흔들렸지만,

곧 침착성을 되찾고 그 끔찍한 광경에도 끄떡하지 않았다.

마침내 라마가 보낸 사절이 도착하여 말했다.

"라마는 당신의 파멸이 다가왔음을 경고하라고 했습니다. 아직은 늦지 않았으니, 시타를 돌려보내고 라마의 용서를 빌도록 하세요. 당신은 너무 오랫동안 세상을 괴롭혔습니다. 당신이 왕 노릇을 계속하는 것은 온당치 않습니다. 우리 진영에서는 당신의 동생인 비비샤나가 이미 이 나라 왕위에 올랐고, 그의 치하에서는 만백성이 행복하리라는 것을 세상은 다 알고 있습니다."

라바나는 사절을 당장 죽이라고 명령했다. 하지만 그것은 말처럼 쉬운 일이 아니었다. 사절은 강력한 발리의 아들인 앙가다였기 때문이다. 두 락샤사가 잡으러 오자, 그는 두 겨드랑이에 락샤사를 하나씩 끼우고 하늘 높이 올라간 뒤 아래로 던져버렸다. 게다가 그는 라바나의 궁전 망루를 발로 차서 부수고 떠나버렸다. 라바나는 부서진 망루를 경악한 눈으로 바라보았다.

앙가다의 보고를 받은 라마는, 라바나가 마음을 바꿀 가능성은 전혀 없다고 판단하고 당장 랑카를 공격하라고 명령했다.

전투가 치열해질수록 양쪽은 밤낮의 구별도 잊었다. 공기는 전사들의 외침, 상대를 도발하는 함성과 저주로 가득 찼다. 건물과 나무는 갈가리 찢기고, 첩자들 가운데 하나가 라바나에게 보고한 바에 따르면 원숭이 군단은 바다처럼 랑카를 뒤덮고 있었다. 종말이 눈앞에 다가온 것 같았다.

한번은 인드라지트가 라마와 락슈마나를 공격했다. 라마와 락슈마나는 인드라지트가 사용하는 뱀창을 맞고 쓰러졌다. 인드라지트는 아버지에게 돌아가 라마와 락슈마나가 죽었다고 보고하고, 지도자를 잃은 원숭이들은 곧 전멸할 거라고 선언했다.

이 소식을 듣고 라바나는 무척 기뻐하면서 외쳤다.

"그렇게 될 거라고 내가 말했잖아? 너희 바보들은 모두 내가 투항해야 한다고 주장했지." 그가 덧붙여 말했다. "시타한테 가서 말하라. 라마와 그의 동생 락슈마나는 이제 세상에 존재하지 않는다고. 시타를 내 전차에 태우고 높은 곳으로 데려가서, 전장에 쓰러져 있는 놈들의 시체를 보여줘라."

그의 명령은 당장 실행되었다. 시타는 오랫동안 보지 못한 그리운 얼굴을 잠깐이라도 볼 수 있으리라는 기대에 전차를 타고 높은 곳으로 올라가, 저 아래 들판에 죽어 있는 남편을 보았다. 그러고는 혼절해 쓰러졌다.

"나를 여기까지 데려와서 저 광경을 보여주지 말고 나를 그냥 내버려두었다면 얼마나 좋을까. 아…… 내가 목숨을 끊도록 도와주세요."

라바나의 여인들 가운데 하나인 트리자타가 그녀에게 속삭였다.

"낙담하지 말아요. 저 두 사람은 죽지 않았어요."

그러고는 그들이 기절한 이유를 설명했다.

얼마 후 모든 뱀들의 천적인 독수리 가루다가 그 현장에 나타나자, 뱀창의 효과가 상쇄되었다. 라마와 락슈마나를 포위하고 있던 독사들은 가루다가 다가오자 뿔뿔이 흩어졌고, 형제는 다시 일어났다.

궁전에 틀어박혀 있던 라바나는 성벽 밖에서 적군이 다시 함성을 지르는 것을 듣고 깜짝 놀랐다. 포위 공격은 다시 계속되었다. 라바나의 주위에는 총사령관과 아들 인드라지트, 그리고 마지막 순간까지 그가 믿고 의지할 수 있다고 생각하는 대여섯 명의 심복이 남아 있었다. 그는 그들을 하나씩 내보냈다. 그러나 총사령관이 죽었다는 소식이 들려왔을 때는 모든 것이 산산조각 난 기분을 느꼈다.

"수수방관할 때가 아니야. 내가 직접 가서 라마와 원숭이 군단을 무찌르겠다."

그는 전차에 올라타고 전쟁터로 달려갔다.

이 전투에서 락슈마나가 기절하여 쓰러졌고, 하누만은 라마를 어깨에 태우고 라바나를 향해 돌진했다. 전쟁의 주역들이 처음으로 얼굴을 맞댔다. 이 전투가 끝났을 때, 라바나는 중상을 입었고 그의 왕관은 산산조각이 났고, 그의 전차도 부서졌다. 라바나가 맨손으로 무력하게 라마 앞에 서자, 라마가 말했다.

"지금은 가도 좋다. 내일 새 무기를 가지고 돌아오라."

이 세상에 존재한 지 수천 년 만에 처음으로 라바나는 양보를 받아들이는 굴욕에 직면했다. 그는 풀이 죽어 고개를 푹 숙인 채 궁전으로 돌아왔다.

그는 깊은 잠을 자기로 유명한 동생 쿰바카르나를 깨우라고 명령했다. 쿰바카르나라면 믿을 수 있었고, 이제 그가 믿을 수 있는 것은 쿰바카르나뿐이었다. 쿰바카르나를 깨우는 것은 쉬운 일이 아니었다. 소규모 군대를 동원해야 했다. 그들은 쿰바카르나의 귓전에서 나팔을 불고 북을 치고, 엄청나게 많은 양의 음식을 준비했다. 쿰바카르나는 잠에서 깨어나면 심한 허기를 느끼고, 침대 옆에서 손으로 잡을 수 있는 거라면 무엇이든 닥치는 대로 잡아먹었기 때문이다. 그들은 코끼리들의 도움을 받아서 쿰바카르나를 몽둥이로 때리고 치고 밀고 당기고 흔들었다. 마침내 그가 눈을 뜨더니 두 팔을 마구 휘둘러, 그를 깨운 자들 가운데 상당수를 짓뭉개버렸다. 그가 음식을 다 먹고 마시자, 라바나의 재상이 다가와서 말했다.

"전투가 우리한테 불리하게 진행되고 있습니다."

"무슨 전투?" 아직 잠에서 덜 깬 쿰바카르나가 물었다.

그래서 그들은 그의 기억을 되살려주어야 했다.

"형님께서 싸웠는데 패했습니다. 적은 계속 쳐들어오고 있고, 우리 성벽은 무너지고 있습니다."

쿰바카르나는 화를 냈다.

"왜 아무도 그 말을 진작 해주지 않았나? 아니, 아직 늦지 않았어. 내가 그 라마라는 놈을 처리하지. 놈은 이제 끝장이야."

이렇게 말하고 나서 그는 라바나의 방으로 성큼성큼 들어가서 말했다.

"형님, 이제 아무것도 걱정하지 마세요. 내가 다 알아서 처리할 테니까."

라바나는 불안과 좌절감에 사로잡혀 있었다. 형이 이런 상태에 빠진 것을 본 적이 없는 쿰바카르나가 다시 말했다.

"남의 말을 듣지 않고 마음대로 하다가 이런 사태를 맞으셨군요. 시타를 가지려거든, 형님은 라마와 싸워서 차지해야 했어요. 그런데 단순한 정욕에 이끌렸고, 누구의 말에도 신경을 쓰지 않았지요. 흐음…… 지금은 다 지난 일을 왈가왈부하고 있을 때가 아니죠. 저는 남들처럼 형님을 버리지 않겠습니다. 라마의 목을 접시에 담아서 가져오겠습니다."

쿰바카르나가 전쟁터에 들어오자 엄청난 살육이 벌어졌다. 그는 수백 마리, 아니 수천 마리의 원숭이 전사들을 죽이고 집어 삼켰다. 하마터면 수그리바도 그의 손에 끝장날 뻔했다. 라마는 이 마귀를 죽이는 일에 직접 나서야 했다. 그는 가장 날카로운 화살을 쏘아 보냈고, 그 화살은 쿰바카르나의 사지를 잘라냈다. 하지만 쿰바카르나는 몸이 온통 상처투성이가 되어 멀쩡한 부분이 남아나지 않을 때까지 격렬하게 싸웠다. 마침내 라마는 그의 머리를 화살로 꿰뚫었다. 그것이 쿰바카르나의 최후였다.

이 소식을 듣고 라바나는 탄식했다.

"내 오른팔이 잘려나갔구나."

그의 아들 가운데 하나가 그에게 말했다.

"왜 절망하십니까? 아버님은 브라흐마에게 받은 선물이 있잖습니까? 아버님은 천하무적입니다. 그러니 슬퍼하시면 안 됩니다."

그러자 인드라지트가 말했다.

"제가 살아 있는데 두려워하실 게 뭐가 있습니까?"

인드라지트는 눈에 보이지 않는 상태로 싸우는 능력을 가지고 있어서, 침입자의 진영에서 많은 병사를 죽였다. 그는 또한 시타와 비슷한 형상을 만들어 자신의 전차에 태우고 라마의 군대 앞으로 데려가, 그들이 보는 앞에서 그 형상을 죽이기도 했다.

이것은 원숭이들의 사기를 완전히 떨어뜨렸다. 그들은 싸움을 그만두고 외쳤다.

"우리의 여신 시타가 저렇게 죽어버렸는데, 싸울 이유가 없잖아."

그들은 패주했지만, 그들을 구원하러 온 비비샤나가 병사들을 다시 모아서 진용을 재편성했다.

인드라지트는 결국 락슈마나의 손에 쓰러졌다. 라바나는 아들이 죽었다는 소식을 듣고 쓰라린 눈물을 흘리며 맹세했다.

"이제 이 모든 불행의 원인인 그 시타라는 여자를 죽일 때가 왔다."

일부는 이 생각을 부추겼지만, 참모들 가운데 하나가 충고했다.

"여자 하나를 죽여서 폐하의 존재 이유와 고결함을 망치지 마십시오. 폐하의 분노로 라마와 그의 동생을 태우십시오. 군대를 모두 모아서 라마와 락슈마나를 무찌르러 가십시오. 폐하는 그렇게 할 수 있다는 것을 스스로 알고 계십니다. 그런 다음 시타를 취하십시오. 폐하의 축복받은 갑옷을 입고 나가십시오."

12
대결전

시시각각 진영에 새로운 재앙이 일어났다는 소식이 라바나의 귀에 들어왔다. 지휘관 대부분이 하나씩 사라졌다. 함성을 지르며 싸우러 나간 자들은 두 번 다시 소식을 알 수 없었다. 시종들은 승전가와 라바나 찬가가 궁전 회의실에 계속 울려 퍼지게 해놓았지만, 전사들의 아내가 남편을 잃고 울부짖는 소리는 그 노래 소리보다 더 크게 들려왔다. 불안해진 라바나는 갑자기 회의실을 떠나 망루로 올라갔다. 그곳에서는 도시를 한눈에 바라볼 수 있었다. 눈 아래 펼쳐진 광경을 내려다본 그는 도저히 참을 수가 없었다. 파괴로 평생을 보냈음에도, 유혈이 낭자한 그 처참한 광경은 차마 눈뜨고 볼 수가 없었다. 신음 소리와 울부짖는 소리가 그의 귀에 들려왔다. 원숭이 무리가 피비린내 나는 짓을 한껏 즐기고 있었다. 그는 도저히 참을 수가 없었다. 그는 마음속에서 무시무시한 분노가 치밀어 오르는 것을 느꼈다. 이 분노는 라마의 용맹에 대한 찬탄과 뒤섞였다.
"이제 또다시 내가 혼자 행동해야 할 때가 왔군."
그는 혼잣말로 중얼거리고는, 서둘러 망루를 내려가 방으로 돌아가서 전투에 나설 준비를 했다. 그는 목욕재계한 다음 시바의 축복을 얻기 위해 특별 기도를 하고, 무적의 갑옷을 입고 완장을 차고 관을 썼다. 그는 몸을 완전히 감싸는 보호 갑옷을 입었다. 허리에는 검대를 두르고, 몸을 보호하고 장식하기 위한 장비를 부착했다.

방에서 나오는 그의 모습은 참으로 씩씩하고 용감해 보여서 숨이 막힐 정도였다. 그는 전차를 불렀다. 전차는 말이 끌 수도 있고, 말이 다치거나 죽으면 스스로 굴러갈 수도 있었다. 그가 궁전에서 나와 전차에 올라타자 백성들은 옆으로 비켜섰다.

"이것이 나의 결심이야." 그는 혼잣말로 중얼거렸다. "시타나 아니면 만도다리가 이제 곧 비탄에 빠져 땅바닥에서 울며 뒹굴겠지. 오늘이 지나기 전에 두 여자 가운데 하나는 과부가 될 테니까."

천상의 신들은 라바나의 단호한 움직임을 알아차리고, 라마에게 도움이 필요할 거라고 생각했다. 그들은 라마가 사용할 전차를 내려보내주라고 인드라에게 요청했다. 인드라의 특별한 전차가 진영에 나타났을 때, 라마는 그 크기와 광채에 깊은 인상을 받았다.

"이 전차가 어떻게 여기 있는 것이냐?" 라마가 물었다.
"나리." 전차 몰이꾼이 대답했다. "제 이름은 마탈리라고 합니다.

인드라의 전차를 모는 영광을 누리고 있지요. 네 얼굴을 가진 만물의 창조주 브라흐마와 시바께서 이 전차를 이리로 가져와 나리께서 사용할 수 있게 하라고 저에게 분부하셨습니다. 사실 라바나는 시바의 힘을 믿고 나리께 도전할 만큼 대담해진 겁니다. 이 전차는 모든 장애물 위를 바람보다 빠르게 날 수 있습니다. 높은 산도, 넓은 바다도, 하늘도 장애물이 될 수 없습니다. 이 전차는 전투에서 승리할 수 있도록 나리를 도와드릴 것입니다."

그러자 라마는 중얼거리듯 말했다.

"어쩌면 락샤사들이 나를 속이려고 이 환영을 만들어냈는지도 몰라. 함정일 수도 있어. 어떻게 판단해야 할지 모르겠군."

그러자 마탈리는 라마의 마음속에 있는 의심을 몰아내려고 설득력 있게 말했다. 라마도 어느 정도는 납득했지만, 여전히 망설이면서 하누만과 락슈마나를 바라보며 물었다.

"어떻게 생각하나?"

하누만과 락슈마나가 대답했다.

"우리는 이 전차가 인드라의 전차라고 확신합니다. 결코 환영이 만들어낸 가짜가 아닙니다."

라마는 칼을 붙들어 매고, 희귀한 화살이 가득 들어 있는 화살집 두 개를 어깨에 메고 전차에 올라탔다.

북소리, 사기를 북돋는 병사들의 외침 소리, 나팔 소리, 서로 대결하기 위해 빠른 속도로 굴러가는 전차들의 바퀴 소리가 뒤섞여 귀청

이 찢어질 것처럼 요란한 굉음을 자아냈다. 라바나는 자신의 전차 몰이꾼에게 빠른 속도로 전진하라고 명령했지만, 라마는 자신의 전차 몰이꾼에게 아주 부드럽게 지시했다.

"라바나는 지금 잔뜩 화가 나 있네. 그가 마음대로 기괴한 짓을 해서 기진맥진하게 만드세. 그때까지는 침착하게. 우리는 서둘러 전진할 필요가 없어. 천천히 침착하게 움직이게나. 자네는 반드시 내 지시에 따라야 하네. 전차를 더 빨리 몰아야 할 때는 내가 말해줄 테니까."

라바나의 보좌관이자 가장 충실한 지지자인 마호다라(겉모습은 거인 중의 거인)는 라바나에게 간청했다.

"폐하께서 라마와 맞서시는데 저를 단순한 구경꾼으로 만들지는 말아주십시오. 저에게 라마와 맞붙는 영광을 누리게 해주십시오. 라마를 공격하도록 저에게 허락해주십시오."

"라마는 내 유일한 관심사다." 라바나가 대답했다. "싸움에 가담하고 싶으면 라마의 동생 락슈마나와 싸우도록 하라."

라마는 마호다라의 의도를 알아차리고, 마호다라가 락슈마나에게 가는 것을 막기 위해 전차를 몰아서 그의 앞길을 가로막았다. 그러자 마호다라는 자신의 전차 몰이꾼에게 명령했다.

"곧장 앞으로 돌진해서 라마의 전차를 들이받아라."

좀 더 실제적인 전차 몰이꾼이 그에게 충고했다.

"저 같으면 라마에게 가까이 가지 않겠습니다. 라마와 거리를 두는 게 좋겠습니다."

하지만 고집스러운데다 전쟁의 열기에 도취한 마호다라는 라마에게 곧장 돌진했다. 그는 라바나의 충고에도 불구하고 라마와 직접 대결하는 영광을 누리고 싶었다. 이 영광을 위해 그는 호된 대가를 치러야 했다. 라마가 그를 죽이는 것은 순식간의 일이었고, 눈 깜짝할 사이에 그는 생명도 없고 볼품도 없는 상태로 들판에 남겨졌기 때문이다. 이런 사실을 알고 라바나의 분노는 더욱 높아졌다. 그는 전차 몰이꾼에게 명령했다.

"속도를 늦추지 마라. 어서 가지!"

불길한 조짐이 많이 보였다. 느닷없이 활시위가 끊어졌다. 산들이 뒤흔들렸다. 천둥이 하늘에서 우르릉거렸다. 말들의 눈에서 눈물이 흘러나왔다. 이마를 장식한 코끼리들은 기운 없이 축 늘어진 채 돌아다녔다. 라바나도 이런 조짐들을 알아차렸지만, 일 초만 망설인 뒤에 말했다.

"나는 신경 쓰지 않는다. 라마는 죽음을 피할 수 없는 인간에 불과하다. 그 일개 인간은 전혀 중요하지 않다. 나는 이 조짐들을 전혀 걱정하지 않는다."

한편 라마는 잠시 멈춰 서서 다음에 취해야 할 조치를 생각하고 있었다. 그러다가 갑자기 라바나의 군대 쪽으로 돌아서서, 지평선까지 뻗어 있는 그들을 죽여 없앴다. 그는 이것이 라바나를 구하는 하나의 방법일지도 모른다고 생각했다. 군대가 사라져버렸으니, 라바나가 심경 변화를 일으킬 가능성도 높아졌기 때문이다. 하지만 그것은 라바나를 더욱 자극하고 부추기는 효과밖에 없었다. 라바나는 앞으로 돌진하여 라마와 자신의 파멸을 향해 점점 다가갔다.

라마의 군대는 라바나의 전차가 달려드는 기세를 감당할 수 없어서 길을 비켜주었다. 라바나는 소라를 불었다. 도전을 알리는 그 높고 날카로운 소리가 공중에 울려 퍼졌다. 그러자 '판차자니아'라고 불리는 또 다른 소라가 뒤를 이었다. 마하비슈누(라마가 현재 모습으로 환생하기 전에 가지고 있었던 원래 형태)의 소유인 이 소라는 라바나의 도전에 응하여 저절로 소리를 냈고, 그 진동으로 우주를 뒤흔들었다. 그러자 마탈리가 인드라의 소라를 집어 들고 불었다. 전투의 시작을 알리는 신호였다. 곧 라바나는 라마에게 화살을 빗발치듯 퍼부었다. 라마의 부하들은 그의 몸에 화살이 박히는 광경을 차마 볼 수 없어서 고개를 돌렸다. 라바나와 라마의 전차를 끄는 말들은 적개심에 찬 눈으로 상대를 노려보았고, 전차 위에서 펄럭이는 깃발(라바나의 깃발은 비나를 상징하는 표장이었고, 라마의 깃발에는 우주가 그려져 있었다)이 서로 부딪쳤다. 양쪽에서 활시위가 팽팽하게 당겨졌다가 팅 하고 퉁기는 소리가 들렸다. 그 소리는 다른 모든 소리를 압도할 만큼 컸다. 라마의 활에서도 화살이 빗발치듯 튀어나왔다. 라바나는 인드라가 보낸 전차를 바라보며 맹세했다.

"신들은 내가 아니라 저 하찮은 인간을 지원하는 쪽으로 돌아섰군. 그따위 신들에게도 본때를 보여주고 말겠다. 저 인간은 내 화살로 죽일 가치도 없어. 저 인간과 전차를 한꺼번에 잡아서 높은 하늘로 던져 박살을 내버릴 거야."

그는 여전히 활시위를 당겨 화살을 빗발치듯 라마에게 쏘아 보냈다. 그렇게 수천 개의 화살을 퍼부었는데도, 그 화살들은 모두 라마가 쏘아 보낸 화살에 맞아 부서졌다. 결국 라바나는 하나의 활을 사용하는 대신 스무 개의 팔로 열 개의 활을 쏘아서, 공격을 열 배로 늘렸다. 그런데도 라마는 다친 데 없이 멀쩡하게 서 있었다.

라바나는 전술을 바꾸어야 한다는 것을 깨닫고, 전차 몰이꾼에게 하늘로 날아오르라고 명령했다. 그는 하늘에서 원숭이 군단을 공격하여 라마의 후원 부대를 많이 죽였다. 그러자 라마는 마탈리에게 명령했다.

"공중으로 올라가게. 우리의 젊은 병사들이 하늘에서 공격을 당하고 있어. 라바나를 따라가게. 속력을 늦추지 말게."

하늘과 땅의 가장자리를 현기증 나는 속도로 가로지르는 공중 추격전이 벌어졌다. 라바나의 화살은 비처럼 쏟아져 내렸다. 그는 세상의 모든 것을 말살하기로 결심했다. 하지만 라마의 화살은 라바나의 화살을 다른 방향으로 보내거나 부러뜨리거나 무력하게 만들었다. 신들은 겁에 질린 채 이 추격전을 지켜보았다. 곧 라바나의 화살이 라마의 말들을 공격했고 마탈리의 심장을 꿰뚫었다. 전차 몰이꾼은 쓰러졌다. 라마는 어떻게 해야 할지 결정하지 못하고, 슬픔에 잠긴 채 잠시 추격을 멈추었다. 그러다가 슬픔을 딛고 다시 공격을 시작했다. 그 순간 신성한 독수리 가루다가 라마의 깃대에 내려앉는 것이 보였다. 지켜보고 있던 신들은 이것이 상서로운 조짐일 수 있다고 생각했다.

공중전을 벌이는 전차들은 지구를 몇 바퀴 돌고 나서 돌아왔다. 싸움은 랑카의 하늘에서 계속되었다. 싸움이 여기저기 도처에서 일어났기 때문에, 싸움터의 위치를 분명히 알 수는 없었다. 라마의 화살은 라바나의 갑옷을 꿰뚫어 라바나를 멈칫하게 했다. 라바나는 고통에 둔감하고 공격이 통하지 않는 상대였기 때문에, 그가 움찔한 것은 좋은 조짐이었다. 신들은 이를 계기로 상황이 호전되기를 기대했다. 하지만 그 순간 라바나가 갑자기 전술을 바꾸었다. 그의 화살 자체는 충분히 강력했지만, 그는 단순히 화살을 쏘지 않고 여러 가지 초자연적인 힘을 불러내어 기묘한 효과를 만들어냈다. 그는 특별한 마법을 쓰면 역동적으로 활동할 수 있는 다양한 아스트라를 사용하는 데 능숙했다. 이 시점에서 싸움의 성격이 바뀌어, 한쪽은 초자연력으로 공격하고 다른 쪽은 또 다른 초자연력으로 받아넘기는 양상을 띠게 되었다.

라바나는 스무 개의 팔로 화살을 쏘아대는 것만으로는 아무 소용이 없다는 것을 깨달았다. 그는 라마를 별로 힘들이지 않고 죽일 생각이었지만, 그렇게 얕보았던 인간이 만만찮은 상대로 밝혀졌고, 라마가 쏘는 화살들이 그의 갑옷을 뚫고 고통을 주기 시작했기 때문이다. 라바나가 라마에게 보낸 아스트라 중에 시바가 특별히 선물한

'단다'라는 아스트라가 있었다. 단다는 표적을 추적하여 가루로 만들 수 있었다. 단다가 불꽃처럼 타오르며 날아오자 신들은 공포에 사로잡혔다. 하지만 라마의 화살이 그것을 요격하여 무력하게 만들어버렸다.

이제 라바나는 혼잣말로 중얼거렸다.

"이건 모두 시시한 무기야. 나는 내가 마땅히 해야 할 일에 착수해야 해."

그러면서 '마야'라는 무기를 불러냈다. 이것은 환영을 빚어내어 적을 혼란시키는 무기였다.

그는 적절한 주문을 외고 기도를 드린 뒤 마야를 쏘아 보냈다 그러자 모든 병사와 지휘관들—쿰바카르나와 인드라지트 등—이 되살아나 전장으로 달려갔다. 곧 라마는 죽은 줄 알았던 자들이 함성을 지르며 다가와 자신을 에워싸는 것을 보았다. 모든 적군이 다시 싸울 채비를 했다. 그들은 의기양양한 외침 소리로 라마를 공격하기 시작했다. 이것이 너무 혼란스러워서 라마는 그가 되살려낸 마탈리에게 물었다.

"지금 무슨 일이 일어나고 있는 건가? 저자들이 어떻게 모두 원상태로 복귀하고 있지? 저자들은 다 죽었는데……."

그러자 마탈리가 설명했다.

"나리의 원래 정체는 이 우주에서 환영을 만들어내는 창조주입니다. 라바나가 나리를 혼란시키려고 환영을 만들어냈다는 것을 알아주십시오. 나리가 마음만 먹으면 저 환영들을 당장 몰아낼 수 있습니다."

라마는 당장 '그나나('지혜' 또는 '지각'이라는 뜻)'라는 무기를 불러냈다. 그는 아주 희귀한 이 무기를 쏘아 보냈다. 그러자 큰 무리를 지어 다가오던 무시무시한 적군이 갑자기 흔적도 없이 증발해버렸다.

그러자 라바나는 '타마'라는 아스트라를 발사했다. 타마는 온 세상에 완전한 암흑을 만들어내는 성질을 갖고 있었다. 화살들은 무시무시한 눈과 엄니와 불길 같은 혀를 드러내고 날아왔다. 땅은 끝에서 끝까지 완전한 어둠에 덮였고, 모든 창조는 마비되었다. 타마는 또한 한쪽에는 억수같은 비를, 다른 쪽에는 돌멩이를 빗발치듯 퍼부었다. 간헐적으로 우박이 쏟아지고, 회오리바람이 땅을 휩쓸었다. 라바나는 이번에는 라마의 계획을 저지할 수 있을 거라고 확신했다. 하지만 라마는 '시바스트라'라는 아스트라로 대처할 수 있었다. 그는 현재 일어나고 있는 현상의 성질과 그 원인을 알았고, 그래서 그 효과를 상쇄시키기에 적절한 아스트라를 선택한 것이다.

라바나는 가장 치명적이라고 생각하는 무기를 발사했다. 엄청난 파괴력을 가진 이 삼지창은 신들에게 선물로 받은 것이었다. 삼지창이 날아가기 시작하자, 진정한 공포가 주위를 뒤덮었다. 삼지창은 활활 타오르면서 라마를 향해 날아왔다. 라마가 삼지창을 향해 발사한 화살들은 삼지창의 속도나 진로에 아무 영향도 미치지 못했다.

삼지창이 자신을 향해 날아오는데도 그의 화살들이 추풍낙엽처럼 떨어지는 것을 보았을 때, 라마는 잠시 낙담했다. 삼지창이 아주 가까이 오자, 그는 자신의 존재 깊숙한 곳에서 만트라를 외웠다. 그 주문은 절호의 순간을 정확하게 포착하여 발음된 비전의 음절이었다. 그가 주문을 외고 있는 동안 삼지창이 떨어졌다. 삼지창으로 라마를 이길 수 있다고 확신했던 라바나는 삼지창이 라마의 코앞에서 떨어지는 것을 보고 깜짝 놀랐다. 그리고 상대가 죽음을 피할 수 없는 인간처럼 보이긴 하지만 결국 신이 아닐까 하고 생각했다.

"저자는 아마 가장 지위가 높은 신일 거야. 그럼 누구일까? 시바는 나를 지원하니까 시바는 아니야. 브라흐마는 네 얼굴을 가졌으니까 브라흐마일 리도 없어. 나는 삼위일체인 브라흐마와 시바와 비슈누의 무기에 면역성을 갖고 있으니까, 라마는 비슈누일 리도 없어. 저자는 아마 원초적 존재, 온 우주의 배후에 있는 근본 원인일 거야. 하지만 라마가 누구든 나는 저자를 이겨서 짓뭉개거나 최소한 포로로 삼을 때까지는 싸움을 멈추지 않겠어."

이렇게 결심한 라바나는 또 다른 무기를 쏘아 보냈다. 그 무기는 거대한 엄니와 새빨간 눈을 갖고 불과 독을 토해내는 기괴한 뱀들을 발사했다. 뱀들이 사방팔방에서 날아왔다.

이제 라마는 '가루다('독수리'라는 뜻)'라고 불리는 아스트라를 골랐다. 순식간에 수천 마리의 독수리가 높이 날아올라 발톱과 부리로 뱀을 잡아 죽였다. 이번에도 실패한 것을 보고 라바나는 미친 듯이 화가 나서 화살집에 든 화살을 몽땅 라마 쪽으로 마구 쏘아댔다. 라마의 화살들이 도중에 그 화살들을 만나 방향을 반대로 돌려놓았다. 라바나의 화살들은 왔던 길을 되돌아가서, 라바나의 가슴에다 뾰족한 화살촉을 깊이 박아 넣었다.

라바나는 기력이 약해지고 있었다. 이제 더 이상 써볼 수단이 없다는 것을 그는 깨달았다. 무기에 대한 지식과 기술은 아무 쓸모가 없었고, 모든 것을 파괴하는 특별한 재능도 사실상 끝나버렸다. 라바나가 이렇게 내리막길을 가는 동안, 라마의 기력은 높이 치솟고 있었다. 전사들은 이제 서로 맞붙어 싸울 수 있을 만큼 가까워졌고, 라마는 지금이 라바나의 목을 자를 수 있는 절호의 순간이라는 것을 깨달았다. 그는 초승달 모양의 화살을 쏘아 보내 라바나의 머리 하나를 잘라서 멀리 바다에 던졌다. 이 과정이 계속 되풀이되었다. 하지만 라바나는 머리 하나가 잘릴 때마다 그 자리에 다른 머리가 생겨나는 행운을 가지고 있었다. 라바나의 머리가 계속 생겨났기 때문에, 라마가 보낸 초승달 모양의 무기는 라바나의 머리를 자르느라 바빴다. 라마는 라바나의 팔을 잘랐지만, 그것도 다시 생겨났다. 잘린 팔은 모두 마탈리와 전차를 공격하고, 혼자 힘으로 파괴를 일으키려고 했다. 새로 생겨난 머리는 혀를 날름거리며 라마에게 저주와 도발의 말을 나불거렸다. 그동안 라바나를 두려워하고 그의 명령에 복종하고 그를 즐겁게 해주었던 마귀들이 내버려진 라바나의 머리 위에서 죽음의 춤을 추고 살을 뜯어 먹었다.

라바나는 이제 절망에 빠졌다. 라마의 화살이 그의 몸뚱이에 수백 군데나 박혀서 그의 힘을 빼앗았다. 오래지 않아 그는 전차 바닥에 기절하여 쓰러졌다. 전차 몰이꾼은 그의 상태를 알아차리고 후퇴하여 전차를 옆으로 몰았다. 마탈리가 라마에게 말했다.

"지금이 저 마귀를 끝장낼 기회입니다. 지금 기절했으니까 어서 끝장을 내세요. 어서요."

하지만 라마는 활을 치우면서 말했다.

"기절해 쓰러진 자를 공격하는 것은 공정한 싸움이 아닐세. 나는 기다리겠네. 그가 회복될 때까지."

그러고는 기다렸다.

라바나는 정신을 차리자 후퇴한 전차 몰이꾼에게 화가 나서 칼을 뽑으며 외쳤다.

"너는 나를 망신시켰다. 지켜보는 자들은 내가 후퇴했다고 생각할 게 아니냐."

하지만 전차 몰이꾼은 그가 기절했을 때 라마가 싸움을 미루고 공격을 삼갔다고 말했다. 그러자 라바나는 몰이꾼에게 고맙다면서 등을 토닥이고 나서 공격을 재개했다. 특별한 무기를 다 써버렸기 때문에, 라바나는 온갖 잡동사니를 라마에게 던지기 시작했다. 막대기, 쇳덩어리, 무거운 돌멩이를 비롯하여 손으로 잡을 수 있는 거라면 뭐든지 가리지 않고 던졌다. 하지만 하나도 라마를 맞히지 못하고 빗나간 뒤 무력하게 떨어졌다. 라마는 계속 화살을 쏘고 있었다.

이 싸움은 영원히 끝나지 않을 것 같았다.

라마는 잠시 싸움을 멈추고, 이 싸움을 끝내기 위해서는 어떤 결정적 조치를 취할 것인지를 생각했다. 한참 생각한 끝에 그는 '브라흐마스트라'를 사용하기로 결정했다. 그것은 창조주 브라흐마가 전에 시바에게 주려고 특별히 만든 무기인데, 브라흐마는 이 무기를 시바에게 제공하여, 날아다니는 산들의 형상으로 마을과 도시 위에 눌러앉아 세상을 파괴하려고 애쓰는 트리푸라라는 늙은 괴물을 죽이도록 했던 것이다. 브라흐마스트라는 다른 수단이 모두 실패했을 때에만 사용되는 특별한 무기였다. 라마는 기도와 경배로 그 무기의 힘을 최대한 불러내어 라바나 쪽으로 보냈다. 이번에는 라바나의 머리가 아니라 심장을 겨냥했다. 라바나는 심장이 취약했기 때문이다. 그는 머리와 팔이 불멸성을 갖게 해달라고 기도했지만, 심장을 강화하는 것은 잊어버렸다. 브라흐마스트라는 그의 심장으로 들어가서 그의 생애를 끝장냈다.

라마는 라바나가 전차에서 곤두박이쳐 땅바닥에 얼굴이 처박히는 것을 지켜보았다. 이것이 라마와 라바나가 펼친 대결전의 끝이었다. 이제 라바나의 얼굴은 새로운 성질을 얻어 발갛게 빛나고 있었다. 라마가 쏜 화살들은 라바나의 진정한 자아를 켜켜이 뒤덮고 있던 찌꺼기들, 즉 분노와 자만심, 잔혹함, 욕망, 그리고 에고티즘을 말끔히 불태웠고, 이제는 그의 존재도 원래의 형태— 독실하고 엄청난 것을 성취할 수 있는 존재— 로 나타났다. 비록 적으로서 생각한 것이기는 하지만 라마에 대해 끊임없이 생각한 것이 이제 열매를 맺는 것 같았다. 그의 얼굴이 고요하고 평화롭게 빛나고 있었기 때문이다. 라마는 그것을 알아차리고 마탈리에게 지시했다.

"나를 땅에 내려주게." 전차가 땅으로 내려가 멈춰 서자, 라마는 마탈리에게 말했다. "도와주어서 고맙네. 이젠 전차를 인드라에게 돌려주어도 좋다."

라마는 동생 락슈마나와 하누만, 그밖의 모든 지휘관들에게 에워싸인 채 라바나의 주검으로 다가가 내려다보았다. 그는 라바나의 왕관과 장신구가 땅바닥에 흩어져 있는 것을 보았다. 라바나의 가슴을 덮은 갑옷의 장식과 훌륭한 세공은 피로 물들어 있었다. 라마는 한숨을 내쉬며 말했다.

"마음속에 흉악한 의도만 없었다면 무엇인들 성취하지 못했겠는가!"

라바나의 피투성이 시체를 다시 정리한 순간, 라마는 라바나의 등에 흉터가 있는 것을 보고 큰 충격을 받았다. 하지만 그는 미소를 지으며 말했다.

"이 승리는 아무래도 나한테 영광스러운 일이 되지 않겠군. 등을 돌리고 후퇴하는 적을 죽인 모양이니까. 아무래도 브라흐마스트라를 그에게 쏜 것은 잘못이었나 봐."

라마가 자신의 실수를 너무 자책하는 것처럼 보였기 때문에, 라바나의 동생인 비비샤나가 나서서 설명했다.

라마야나

"폐하가 이룩한 것은 유일무이한 일입니다. 그것은 제 형의 죽음을 의미했지만, 그래도 저는 그렇게 말하고자 합니다."

"하지만 나는 등을 돌린 사람을 공격했소. 저 흉터를 보시오."

"그건 오래된 흉터입니다. 옛날 형이 힘을 과시했을 때, 한번은 네 방향을 지키는 신성한 코끼리들을 공격하려고 한 적이 있지요. 코끼리들을 잡으려다가 상아에 등을 찔렸는데, 그게 바로 폐하가 지금 보고 계시는 저 흉터입니다. 그 위에 선혈이 흐르고 있지만, 새로 생긴 상처가 아닙니다."

라마는 이 설명을 받아들였다.

"그에게 경의를 표하고, 그의 기억을 소중히 간직하시오. 그의 자리가 있는 하늘로 그의 영혼이 올라가기를. 이제 나는 라바나의 위엄에 어울리는 장례식을 준비하러 가겠소."

13
간주곡

줄거리의 연결을 위해 발미키의 『라마야나』에서 발췌.

라바나가 죽은 뒤, 라마는 하누만을 사절로 보내 시타를 데려오게 했다. 그녀는 옷차림과 외모에는 전혀 신경을 쓰지 않은 채 줄곧 비탄에 잠겨 있었다. 그녀는 그 모습 그대로 라마를 만나러 가려고 당장 일어섰다. 하지만 하누만은, 그녀가 라마 앞에 나타나기 전에 제대로 옷을 차려입고 아름답게 꾸미는 것이 라마의 특별한 소원이라고 말했다.

많은 군중이 라마 주위에 몰려들었다. 몇 달 동안 외로움과 고통에 시달린 시타가 한시라도 빨리 남편을 만나고 싶어서 서둘러 달려오자, 수많은 군중이 지켜보는 가운데 남편이 그녀를 맞이했다. 그녀는 어색한 기분을 느꼈지만, 이것을 체념하고 받아들였다. 하지만 그녀가 이해할 수 없는 것은 왜 남편이 다른 일에 마음을 빼앗긴 것처럼 보이고 우울하고 냉정해 보이는가 하는 점이었다. 그녀는 남편의 발치에 엎드렸다가 일어나서, 자신과 남편 사이에 묘한 장벽이 생긴 것을 느끼고 남편한테서 조금 떨어진 곳에 서 있었다.

라마는 한참 동안 곰곰 생각하다가 갑자기 입을 열었다.

"내 임무는 끝났소. 나는 이제 당신을 해방시켰소. 나는 내 사명을 완수했소. 이 모든 노력은 당신이나 나의 개인적 만족을 얻기 위한 게 아니었소. 그것은 익슈바후족의 명예를 지키고 우리 조상들의 행동 규범과 가치에 경의를 표하기 위해서였소. 수개월 동안이나 적의 집에서 살았던 여자를 정상적인 결혼 생활에 다시 받아들이는 것은 관례가 아니라고 말할 수밖에 없소. 우리가 다시 함께 살 수 없다는 점에 대해서는 어떤 의문도 있을 수 없소. 당신에게 자유를 줄 테니, 어디든 가고 싶은 곳으로 가서 당신이 살 곳을 선택하시오. 나는 어떤 식으로도 당신을 제약하지 않겠소."

이 말을 듣고 시타는 쓰러졌다.

"내 시련은 아직 끝나지 않았군요." 그녀가 외쳤다. "당신의 승리와 함께 우리의 고생도 끝난 줄 알았는데! 그렇다면 좋아요!" 그녀는 락슈마나를 손짓으로 불러서 지시했다. "지금 당장 이 자리에 불을 피우세요."

락슈마나는 망설이며 형을 바라보았다. 형이 반대 명령을 내려 시타의 명령을 취소할지 모른다고 생각했기 때문이다. 하지만 라마는 아무 말도 하지 않았다. 말하자면 시타의 명령을 묵인한 셈이었다. 락슈마나는 가장 충성스러운 참모로서 무조건 명령에 따를 수밖에 없었다. 그는 장작을 쌓아올려 순식간에 화장용 불을 피웠다. 군중은 사태의 추이에 놀라 그 과정을 지켜보았다. 불길은 나무 우듬지와 같은 높이까지 치솟았다. 그래도 라마는 아무 말도 하지 않고 지켜보기만 할 뿐이었다. 시타는 장작불로 다가가더니, 그 앞에 무릎을 꿇고 엎드려서 말했다.

"오, 위대한 불의 신, 아그니여. 저의 증인이 되어주소서."

그러고는 불 속으로 뛰어들었다.

그러자 불길 한복판에서 불의 신이 시타를 안고 나타나, 축복의 말과 함께 라마에게 시타를 넘겨주었다. 세상 사람들 앞에서 정절을 입증한 아내를 라마는 흡족한 마음으로 반갑게 맞아들였다.

14
대관식

　라마는 시타의 정절을 티끌만 한 의심도 없이 온 세상에 증명하기 위해 이 시련을 택할 수밖에 없었다고 설명했다. 이것은 공공연히 도덕적 잘못을 저지른 아할야 같은 사람을 되살려 남편에게 되돌려 준 이에게는 야릇한 모순처럼 보였다. 그리고 수그리바의 아내는 강제로 발리와 함께 살았지만, 발리가 죽은 뒤에 라마는 그녀를 수그리바가 다시 받아들일 만한 여자라고 칭찬했다. 시타의 경우, 라바나는 별의별 시도를 되풀이했지만 그녀에게 접근하지 못했다. 그녀는 범할 수 없는 존재로 남아 있었다. 그리고 그녀의 본질적 존재가 지니고 있는 불 같은 성질은, 그녀의 시련이 끝난 뒤에 불의 신 자신도 인정했듯이, 불의 신을 불태워버렸다. 이런 상황에서 라마가 시타를 처음 보았을 때 그랬듯이 거칠게 말하고 그녀로 하여금 끔찍한 시련을 겪게 한 것은 정말 기묘한 일이었다.

불안한 마음으로 이 상황을 지켜본 신들은 이제 깊이 안도했지만, 어쩌면 라마가 자신의 정체성을 잊었을지 모른다는 불안감도 가졌다. 라마는 인간의 시련과 한계를 드러냈고, 따라서 그의 정체가 신이라는 사실을 이따금 상기시킬 필요가 있었다. 창조자 브라흐마가 나서서 라마에게 말했다.

"삼위일체 가운데 나는 창조자다. 시바는 파괴자이고 비슈누는 보호자다. 이렇게 우리 셋은 모두 최고신으로부터 우리 존재를 끌어내고, 우리는 죽음과 재생을 되풀이한다. 하지만 우리를 창조하는 최고신은 시작도 끝도 없다. 최고신에게는 탄생도 성장도 죽음도 없다. 그는 모든 것의 기원이고, 그에게서는 모든 것이 마지막에 융합된다. 그 신은 너 자신이고, 지금 네 옆에 있는 시타는 그 신성의 일부다. 이것이 너의 진정한 정체라는 것을 부디 잊지 말고, 평범한 인간을 덮치는 공포와 의심에 흔들리지 마라. 너는 모든 것을 초월하는 존재이고, 네 앞에 있는 우리는 모두 축복받은 존재다."

높은 하늘에서 시바는 다사라타에게 땅으로 내려가 라마를 만나 보라고 부추겼다.

"라마는 네 명령을 수행했고 네 약속의 성실성을 지키기 위해 십사 년 동안 그렇게 많은 고난을 겪었으니, 너의 축복이 필요하다."

다사라타는 자신의 진짜 모습으로 가족에게 내려갔다. 아버지를 다시 만난 라마는 기쁨에 넘쳐 아버지의 발밑에 엎드렸다.

다사라타가 말했다.

"지금은 나에게 더없는 기쁨의 순간이다. 오랜만에 처음으로 내 마음이 밝아졌다. 카이케이가 내 약속을 악용한 기억은 가시처럼 내 심장에 박혀 있었다. 나는 육신을 벗어버렸지만, 고통은 그대로 남아 있었다. 이 순간까지. 그러나 지금은 사라졌다. 시타와 함께 있는 너는 원초적 존재이고, 너를 아들로 낳은 나는 참으로 축복받은 존재였다. 나에게 지금 이 순간은 완료의 순간이다. 나는 더 이상 할 말이 없으니, 내 세상으로 돌아가 거기서 영원히 평화롭게 쉬겠다. 하지만 가기 전에 네 소원을 들어주고 싶구나. 뭐든지 요구하렴. 내가 너를 위해 들어줄 수 있는 소원을 말해보아라."

라마가 말했다.

"아버지가 여기 오신 것은 저한테 최고의 은혜니까, 더 이상 아무것도 바랄 게 없습니다. 그동안 줄곧 제 유일한 소망은 아버지를 다시 만나는 것이었는데, 그 소망이 이루어졌으니까요."

그래도 다사라타는 여전히 자신이 들어줄 수 있는 소원을 말하라고 고집했다.

"그렇다면 아버지의 마음속에 카이케이와 바라타의 자리를 찾아주시고, 그들과 의절한 아버지의 맹세를 철회해주십시오. 저는 카이케이를 어머니로 생각하지 않을 수 없고, 바라타도 동생으로 생각하지 않을 수 없습니다."

"바라타는 다르다. 바라타는 자신의 훌륭함을 입증했다. 좋다. 바라타는 받아들이마. 하지만 카이케이는 우리 모두를 파멸시켰다. 카이케이는 네가 왕관을 쓰는 것을 마지막 순간에 방해했다. 나는 결코 카이케이를 용서할 수 없다."

"그건 카이케이의 잘못이 아니었습니다. 저는 아버지가 왕위를 넘겨주겠다고 하셨을 때, 결과를 생각해볼 겨를도 없이 왕위를 받아들이는, 용서할 수 없는 실수를 저질렀습니다. 저는 좀 더 후사를 깊이 생각해야 했습니다. 그것은 카이케이의 잘못이 아니었습니다."

라마는 카이케이를 위해 열심히 간청했다. 그 태도가 너무 진지해서, 다사라타는 마침내 거기에 동의했다. 라마의 마음에서 부담 하나가 사라졌다. 그는 다시 세상과 사이가 좋아진 듯한 기분을 느꼈다. 다사라타는 라마에게 축복을 주고 인생의 지침이 되는 몇 마디를 들려준 다음 작별을 고했다. 이어서 시타와 락슈마나에게도 따로 작별 인사를 하고, 하늘에 있는 자신의 자리로 돌아갔다.

이 일이 다 끝나자 신들은 라마에게 조언했다.

"내일, 보름달의 다섯 번째 날, 십사 년에 걸친 네 유배 생활도 끝날 것이다. 이 기한이 끝났을 때 네가 아요디아에 다시 나타나는 것은 절대 필요한 일이다. 바라타는 난디그람에서 일편단심으로 너를 기다리고 있다. 네가 정확한 시간에 나타나지 않으면, 바라타가 자신에게 무슨 짓을 할지 생각하기도 두렵구나."

라마는 상황이 다급하다는 것을 깨닫고 비비샤나를 돌아보며 물었다.

"내가 하루만에 아요디아로 돌아가도록 도와줄 수단이 있겠소?"
비비샤나가 말했다.

"푸슈파크 비마나를 드리겠습니다. 한때는 쿠베라의 것이었고, 그 후엔 라바나가 자기 전차로 사용했지요. 그걸 타면 원하는 시간에 아요디아로 돌아갈 수 있을 겁니다."

그러고는 당장 비마나를 가져오게 했다.

라마는 이 전차를 타고 전군과 함께 아요디아 쪽으로 돌아가기 시작했다. 비비샤나와 수그리바 같은 동맹자들도 라마와 헤어지기 싫어서 모두 함께 동행했다. 그들이 날아가는 동안, 라마는 원정길에 지나간 다양한 곳을 시타에게 말해주고, 랑카의 북문을 지날 때는 라바나가 마침내 쓰러진 지점을 알려주었다. 그들은 산을 넘고 숲을 지나 날아갔다. 그 땅은 한 치의 예외도 없이 모두 라마에게 의미를 갖고 있었다. 그는 키슈킨다에서 잠깐 아래로 내려갔다. 시타가 아요디아로 들어갈 때 그녀를 호위해줄 여자들을 모으고 싶다고 말했기 때문이다. 라마가 다음에 정차한 곳은 언젠가 그에게 호의를 베풀어준 현자 바라드와지의 암자였다. 여기서 라마는 선발대로 난디그람에 가서 그가 가고 있다는 소식을 바라타에게 알리도록 하누만을 파견했다.

난디그람에서 바라타는 시간을 재고 있다가 십사 년이 거의 다 끝난 것을 알았다. 아직 라마는 흔적도 보이지 않았다. 그 오랜 세월 동안 계속된 그의 금욕 생활과 고행은 아무 효과도 없었던 것 같았다. 그는 절망한 표정을 지었다. 그는 옥좌의 대좌 위에 라마의 신발을 올려놓고, 자신은 섭정으로서 나라를 다스리고 있었다. 그는 동생인 사트루그나를 불러서 말했다.

"내 시간은 끝났다. 그런데 라마가 어디로 가버렸는지, 어떤 운명이 라마를 덮쳤는지, 나는 짐작도 가지 않는다. 나는 십사 년 동안 기다리겠다고 약속했고, 이제 조금만 있으면 십사 년이다. 나는 그 이후까지 살아 있을 권리가 없다. 이제 나는 내 책임을 너에게 넘기겠다. 너는 아요디아로 돌아가서 섭정으로서 나라를 다스리도록 해라."

그는 불 속에 뛰어들어 자신을 제물로 바칠 준비를 했다.

사트루그나는 온갖 방법으로 바라타를 설득하여 그를 단념시키려고 애썼지만, 바라타는 고집불통이었다. 다행히 바로 그때 하누만이 교양 있는 젊은이의 모습으로 도착했고, 그가 맨 먼저 한 일은 화장용 장작불을 끄는 것이었다. 바라타가 물었다.

"당신은 누구요? 무슨 권리로 내가 애써 피운 불을 끄는 거요?"

그러자 하누만이 설명했다.

"라마가 보내는 전갈을 가져왔습니다. 라마는 이제 곧 도착할 겁니다."

바라타는 그 말을 믿으려 하지 않았다. 그러자 하누만은 잠시 거대한 형상으로 변신하여 자기가 누구인지를 설명한 다음, 지난 십사 년 동안 일어났던 일들을 모두 바라타에게 알려주었다.

다 듣고 나서 바라타가 말했다.

"라마가 오는 것을 백성들에게 널리 알립시다. 라마를 맞이하기 위해 모든 거리와 건물을 아름답게 장식하도록 합시다."

이것은 분위기를 완전히 바꾸어놓았다. 바라타는 당장 전령을 아요디아로 보내, 라마를 맞이하고 당연히 그가 앉아야 할 옥좌로 그를 인도할 준비를 갖추도록 했다.

오래지 않아 라마의 전차가 도착했다. 카이케이를 포함한 어머니들은 그를 맞이하기 위해 난디그람에 모였다. 재회는 즐거웠다. 라마가 우선 고행자의 소박한 옷을 버리고, 왕에게 어울리게 몸을 갖추고 옷을 차려입었다. 그리고 시타에게도 그렇게 하라고 말했다. 바시슈타는 새 왕과 왕비를 맞아들이고, 십사 년 동안 중단되었던 대관식 시간을 결정했다.

에필로그

라마는 십사 년 동안의 유배 생활을 끝내고 아요디아로 들어갔다. 그 기간 동안 그는 수백 년에 걸쳐 세상을 괴롭혀온 악의 세력을 이 세상에서 몰아냈다. 수도에서 행복한 재회가 이루어졌다. 십사 년 전에 중단되었던 대관식이 다시 열렸다. 라마의 친구와 동맹자들이 모두 그를 에워쌌다. 하누만과 수그리바를 비롯하여 키슈킨다에서 온 무리는 모두 신체적으로 주군과 같은 모양을 띠기 위해 인간의 형상으로 그곳에 와 있었다. 라바나의 뒤를 이어 랑카를 다스리게 된 비비샤나도 귀빈이었다. 라마는 생모와 계모들에게 둘러싸였다. 카이케이도 이제는 모질고 가혹한 태도를 모두 버렸다. 지상의 왕들도 있었는데, 그들도 모두 인간의 형상을 한 신들이었다. 바라타에게는 더없이 만족스러운 시간이었다. 형이 옥좌에 앉는 것을 보겠다는 그의 맹세가 결국 실현되고 있었다. 모든 사람에게 시련과 희생의 시간은 끝났다.

　선택된 날, 상서로운 시간에 라마는 황제가 되었다. 그는 '국가의 흰 일산(日傘)' 아래 시타와 나란히 옥좌에 앉았고, 오른손에는 지난 십사 년 동안 그에게 큰 도움을 준 '코단다'라는 활을 들고 있었다. 헌신적이고 세심한 락슈마나는 그보다 한 발짝 뒤에 서 있었고, 하누만은 그의 발치에 무릎을 꿇은 채 그를 쳐다보며 경배하는 태도로 두 손바닥을 맞대고, 아무리 사소한 명령도 재빨리 실행에 옮길 준비를 하고 있었다.

　앞에서 보았듯이, 하누만은 젊었을 때 아버지한테서 비슈누 신을 평생 섬기라는 권고를 받았다. 그는 라마가 바로 비슈누의 화신이라는 것을 깨달은 순간부터 두 번 생각해보지도 않고 곧바로 이 권고에 따랐다. 하누만은 라마의 이름이 속삭이는 소리로라도 들리는 곳이면 어디든 존재했다. 라마에 관한 이야기가 회관에 모인 사람들에게 이야기될 때마다 그는 회관 한구석에 눈에 띄지 않게 숨어서 귀를 기울일 것이다. 그는 라마 이야기에 절대로 싫증을 낼 수 없다. 그의 마음에 다른 대상이 들어설 여지는 전혀 없었다. 전통적인 이야기꾼은 이야기를 시작할 때 항상 보이지 않는 하누만에게 경의를 표할 것이다. 하누만은 자신 속에 그렇게 많은 힘과 지혜와 경건함을 압축해놓은 신이었다. 하누만은 『라마야나』에서 가장 중요하고 존경할 만한 인물로 등장한다. 그에 대해 명상하면 헤아릴 수 없이 많은 내공을 얻을 수 있을 뿐만 아니라, 공포에서도 자유로워질 수 있다고 믿는 사람도 있다.

라마 이야기는 사실 라마가 옥좌에 앉는 것으로 끝나지만, 전통적인 설화에서는 이야기꾼이 결말에 도달하기를 무척 망설인 것처럼 보일 것이다. 그는 캄반이 그랬듯이 지극히 자세하게 묘사할 것이다. 대관식 준비 과정, 손님들의 신원, 그들이 꼬박 한 달 동안 라마의 환대를 즐긴 뒤 집으로 돌아갈 때 각자의 마음속에 새겨진 화려한 인상을 이야기꾼은 세세하게 묘사할 것이다.

이야기하는 동안 이야기꾼은 현대에 대해 언급할 기회도 놓치지 않을 것이다. 그는 푸슈파크 비마나와 현대의 정기 여객기를 비교할 것이다. 오늘날의 여객기는 생각만으로 조종할 수 있는 추가 기능을 갖추었고, 거기에 타고 싶어 하는 사람을 모두 수용할 수 있을 만큼 내부 공간을 넓힐 수 있었다. 라마가 랑카를 떠날 때 함께 여행하자고 모든 장병을 초대한 것을 기억하는 사람도 있을지 모른다. 또 다른 경우, 이야기꾼은 라마가 현자 비스와미트라와 사막을 건널 때 읊은 만트라를 일종의 에어컨으로 언급했을지도 모른다. 이야기꾼은 그렇게 이따금 현대성을 섬광처럼 과시하여 이야기에 활기를 불어넣겠지만, 대개는 10,500연에 이르는 캄반의 서사시를 달달 외워서 노래나 시에 자유롭게 인용하고, 이따금 철학적이고 종교적인 해석으로 그의 서술을 함축성있는 것으로 만들곤 했다. 그의 구두 설화는 라마가 태어났을 때부터 대관식을 올릴 때까지의 기간 전체를 사십 일 동안 다룰 것이다. 그는 수천 명에 이르는 청중에게 말할 것이고, 일 회분을 이야기하는 데에는 적어도 세 시간이 걸릴 것이다. 라마의 결혼 같은 특별한 경우, 이야기꾼은 당연히 속도를 늦출 것이고, 결혼식의 세부 사항을 자세히 언급할 것이고, 청중은 옷과 돈을 선물로 주어 그에게 보답할 것이다. 그러면 이야기꾼은 이 행사를 축하하기 위해 사탕을 나누어줄 것이다. 하누만이 아소카바나에서 시타에게 라마의 반지를 선물로 주었을 때, 청중은 자기네끼리 돈을 모아 이야기꾼에게 금반지를 선물하곤 했다. 이야기가 유쾌한 결말에 이르면, 왕관을 쓴 라마의 초상화가 불빛과 음악 소리와 함께 행진할 것이다.

나는 라마와 시타의 두 번째 이별을 묘사하고 있는 후편은 생략하겠다. 시타가 숲에서 쌍둥이를 낳는 장면도 생략하고, 라마와 시타가 이 세상을 떠나 하늘에 있는 원래 고향으로 돌아가는 장면으로 끝을 맺겠다. 하지만 설화의 이 부분은 인기도 없거니와, 나중에 발미키의 『라마야마』에 덧붙여진 것으로 여겨진다. 캄반도 이 후편에는 눈길을 주지 않고, 라마가 아요디아로 돌아간 뒤 오랫동안 평화와 행복이 이 세상을 지배한다는 유쾌한 기록으로 이야기를 끝맺는다. 나도 그 장면에서 내 서술을 끝내고 싶다.

해설 · 옮긴이의 말

해설

1988년 여름, 북인도의 환경미화원들이 파업을 했다. 그들의 요구는 단순했다. 인도의 서사시 『라마야나』를 각색한 텔레비전 연속극에 연방정부가 영향력을 행사하여 더 많은 에피소드가 방영되도록 하라는 것이었다. 이 연속극은 국영 텔레비전 채널에서 일 년 넘게 방송되고 있었는데, 매주 에피소드가 방영될 때마다 무려 팔천만 명이 넘는 인도인이 시청하는 놀라운 인기를 누렸다. 연속극이 방영되는 일요일 아침에는 모든 도시와 마을의 거리가 텅 비었다. 전기가 들어오지 않는 마을에서는 자동차 배터리로 가동하는 임대 텔레비전 주위에 모여들었다. 역경을 딛고 승리를 쟁취한 정의의 화신 라마를 보기 위해 텔레비전 앞에 자리를 잡기 전에 목욕재계하고 텔레비전을 화환으로 장식한 사람들도 많았다.

쓰레기가 쌓이고 콜레라가 번질 위험이 높아지자, 강경하던 정부는 결국 태도를 바꾸어 『라마야나』를 연장 방영하라고 주문했다. 그러자 환경미화원들만이 아니라 수백만 명의 인도인이 이 결정을 축하했다. 십 년이 넘게 방영되었고 그 후에도 여러 차례 재방영된 이 연속극은 모든 지역의 인도인들에게 존경심을 불러일으키고, 지금도 여전히 많은 사람들이 인도에서 가장 인기있는 서사시를 경험하는 주요 방식으로 남아 있다.

충분한 지식이 없는 이방인은 그 이유를 제대로 이해할 수 없을지도 모른다.

볼리우드봄베이(현재는 뭄바이)와 할리우드의 합성어로, 인도 뭄바이의 영화 산업을 일컫는 말의 영화 제작자가 값싸게 만든 이 연속극은 어설픈 연기와 유치한 세트로 가득 차 있고, 연속극에 다수 등장하는 현자 노인들의 길고 하얀 턱수염은 금방이라도 떨어질 것처럼 위태로워 보인다.

하지만 이 연속극이 인도인들에게 사랑을 받은 것은 그것이 지니고 있는 볼리우드의 저급한 통속성 때문이 아니라 인류 역사상 가장 영향력 있는 전통 설화(부당하게 추방된 라마 왕자의 일대기)를 되살렸기 때문이다. 인도인이라면 누구나 "어느 정도는 『라마야나』의 줄거리를 알고 있다"는 R. K. 나라얀의 주장을 입증하기는 불가능할지도 모른다. 하지만 인도인들은 대부분 그 말이 사실이라고 생각할 것이다. 실제로 라마 이야기가 보통 사람들에게 갖는 대중적 매력은 인도의 문학 전통을 이루는 대다수 문학과는 구별된다. 힌두교의 상위 카스트가 차지하고 있는 인도의 문학 전통은 보통 사람들이 가까이 하기 어려울 만큼 엘리트주의적이다.

원래 세속적인 이 이야기는 오랫동안 구전되면서 수많은 사람들에게 영향력을 행사해왔다. 서양에서는 그리스의 전통에서도 히브리의 전통에서도 거기에 필적하는 예를 찾을 수 없다. 『일리아드』와 『오디세이』는 주로 문학적 텍스트지만, 이솝우화나 매우 도덕적인 경우가 많은 그리스 신화조차도 오늘날 그리스 주민들의 일상생활을 형성하지는 못한다. 그와는 대조적으로 『라마야나』는 감정적·심리적으로 인도인들과 계속 공명하고 있다.

간디는 '라마라자'라마 왕국의 유토피아적 약속을 환기시켜, 정치에 무관심한 대중을 인도의 독립운동으로 이끌었다. 식민지에서 벗어나 독립한 인도는 라마라자와 전혀 다를 수도 있지만, 『라마야나』의 감동적 호소력은 전혀 줄어들지 않는 것 같고, 정치적으로 이용되는 경우도 많은 듯하다. 1980년대 말과 1990년대 초에는 라마의 탄생지로 추정되는 곳에 신전을 짓자는 힌두 민족주의 운동이 일어나 인도 전역에서 수천 명이 목숨을 잃었다.

***

수많은 다른 아이들처럼 나도 부모님한테 처음으로 라마 이야기를 들었다. 내 기억 속에는 라마 이야기를 몰랐던 때가 존재하지 않는다. 집에서 행해지는 종교 행사는 『라마차리타마나스』16세기 시인 툴시다스가 『라마야나』를 바탕으로 지은 대중판 서사시를 낭송하는 것으로 시작되었다. 내가 아는 어른들은 모두 시골 생활에서 벗어난 지 이십 년이나 삼십 년밖에 되지 않았는데, 모두 어린 시절에 그 시를 외웠다고 한다. 라마가 원숭이 왕을 냉혹하게 죽이거나 마왕에게 붙잡혔던 아내 시타가 돌아온 뒤 정절 시험을 거치도록 강요한 것이 과연 정당했는지에 대해 누나들이 그들과 논쟁을 벌인 일도 생각난다.

해마다 가을이 오면 나는 인도에서 가장 중요한 축제인 '디왈리'를 기다렸다. 추방되었던 라마가 돌아온 것을 기념하는 이 축제는 새 옷과 폭죽을 사고 사탕을 먹을 기회를 주기 때문에, 특히 아이들이 좋아한다. 가을은 또한 '람릴라'가 공연되는 때이기도 했다. 라마의 모험담을 각색한 이 마당극은 오늘날에도 북인도의 모든 도시와 마을만이 아니라 멀리 떨어진 피지 군도와 트리니다드에서도 공연되고 있다. 이곳에서는 19세기에 이주한 인도 이민의 후손들이 모국과의 문화적 유대를 유지하려고 애쓰고 있다.

연기자들이 웃통을 벗고 한껏 과장되게 점잔을 빼며 발끝으로 걷던 모습이 생각난다. 하누만은 투명한 와이어에 매달려 무대를 날아다녔고, 공연이 시작된 지 열흘이 지나 마지막 날이 되면 머리가 열 개인 라바나의 번쩍거리는 인형을 불태웠다. 나는 대나무로 만든 활과 화살로 무장하고, 내가 혼란의 세력을 추적하는 라마라고 상상했다. 『라마야나』에 나오는 이야기에는 아이들의 흥미를 끄는 것이 많지만(운명에 던져진 왕자, 납치된 공주, 날아다니는 원숭이), 성숙하고 인간적인 복잡한 측면도 있다는 것을 나는 뒤늦게야 깨달았다. 『라마야나』는 선과 악의 싸움을 직설적으로 묘사하지 않고, 인간적 동기에 대해 윤리적이고 심리적인 불쾌한 의문을 제기한다. 그것은 탐욕과 욕망이 어떻게 인간을 지배하고 인간을 오만하게 만들며 자기기만에 빠지게 하는지를 보여준다. 라마를 이상화한 모습조차 윤리적 생활을 하는 것이 얼마나 어려운지를 역설적으로 암시한다.

***

라마 이야기는 여러 가지 판본이 있지만, 대개는 후계자가 없는 코살라 왕국의 다사라타 왕이 영적 조언자들의 권고에 따라 세 아내에게 아들을 잉태시킬 수 있도록 희생제를 올리는 장면으로 시작된다. 맏이인 라마는 다사라타의 자식들 가운데 가장 유능하고 가장 인기가 있다. 그는 다른 사람들이 거의 들지도 못하는 거대한 활의 시위를 팽팽하게 당겨서 시타를 아내로 얻음으로써 자신의 우월함을 입증한다.

속세의 의무에서 물러나기로 결심한 다사라타 왕은 라마를 후계자로 결정한다. 자신의 아들을 왕위에 앉히고 싶어 하는 둘째 아내는 이 선택에 낙담한다. 라마의 대관식을 앞두고 그녀는 다사라타가 일찍이 곤경에 처했을 때 자기한테 약속한 두 가지 사항을 이행하라고 요구한다. 라마를 십사 년 동안 왕국에서 추방하고, 라마 대신 그녀의 아들을 왕위에 앉히라는 것이다.

다사라타는 이 터무니없는 요구에 괴로워한다. 하지만 요구를 거절할 수는 없다. 『라마야나』에서는 자신의 맹세를 지키는 것이야말로 최고의 도덕적 성취의 하나이기 때문이다. 이와 마찬가지로 부모에게 순종하고 따르는 것은 라마가 타고난 미덕의 하나다. 그는 아버지의 결정을 받아들이고, 아내 시타와 이복동생 락슈마나와 함께 왕국을 떠나 백성들을 깊은 슬픔에 빠뜨린다.

숲을 지나면서 라마 일행은 숱한 모험을 겪는다. 하지만 어느 날 라마가 수르파나카라는 여자 마귀를 만나는 것보다 더 극적인 모험은 없다. 그녀는 라마한테 홀딱 반해서 사랑을 고백하지만, 라마가 무관심한 태도를 보이자, 시타의 아름다움 탓이라고 생각하고 앙심을 품는다. 수르파나카가 시타를 공격하려고 하자, 락슈마나는 그녀를 공격하여 불구로 만든다. 수르파나카는 오빠이자 랑카 섬의 지배자인 라바나에게 도망가서, 락슈마나가 자기한테 저지른 짓을 털어놓는다.

　시타의 아름다움에 대한 묘사는 오히려 라바나의 호기심과 욕망을 불러일으킨다. 그는 라마와 락슈마나를 시타의 암자에서 멀리 떨어진 곳으로 유인할 계획을 세운다. 그런 다음 성자처럼 변장하고 시타의 집에 들어가 그녀를 납치한다.

　이제 라바나를 추적하는 라마의 모험이 시작된다. 그는 원숭이 왕국에서 뜻밖의 친구와 동지들을 만난다. 그에게 헌신적인 원숭이 하누만은 바다를 건너 랑카로 가서, 원군이 오고 있다는 것을 시타에게 알린다. 또한 하누만은 일부러 붙잡혀 라바나의 궁정에 들어가서, 라마에 의해 파멸당할 날이 임박했다는 경고를 하지만, 라바나는 이를 무시하고 하누만의 꼬리에 불을 붙이라고 명령한다. 하지만 하누만은 도망치고, 그 과정에서 랑카 전역에 불을 지른다. 그는 진영으로 돌아오자마자 라마를 도와 랑카 공격 계획을 세우고, 원숭이 군단이 바다를 가로질러 섬까지 이어지는 다리를 건설한 뒤에 공격이 개시된다.

오랫동안 피비린내 나는 전투를 치른 뒤, 라마는 라바나와 그의 측근들을 죽인다. 하지만 그는 시타가 랑카에 붙잡혀 있는 동안 정절을 지키지 못했을 거라고 의심하고, 그녀를 받아들이기를 거부한다. 절망한 시타는 자신의 정절을 입증하기 위해 불 속에 뛰어드는 시련을 겪고 살아남는다. 마음이 누그러진 라마는 시타와 함께 왕국으로 돌아가서 왕위에 오른다. 하지만 시타의 정절에 대한 의심은 끊임없이 그를 따라다니고, 일반 대중 사이에 그녀를 헐뜯는 소문이 퍼지자 라마는 시타를 왕국에서 추방한다. 시타는 유배지에서 두 아들을 낳는다. 그 직후에 그녀는 세상을 떠나고, 아내를 잃고 상심한 라마는 천국에서 아내를 만나기로 결심한다.

***

이것을 기본 줄거리로 하여 수백 년 동안 수많은 변형이 만들어졌다. 『라마야나』가 처음 만들어진 것이 언제인지는 분명치 않다. 음유시인들의 구전문학은 연대를 확정할 수가 없다. 게다가 라마 이야기는 인도뿐만 아니라 동남아시아 전역에도 널리 퍼졌다. 라마 이야기는 인도의 주요 언어만이 아니라 타이어, 티베트어, 라오어, 말레이어, 중국어, 캄보디아어, 자바어로도 존재한다. 인도에서 멀리 떨어진 베트남이나 발리 같은 곳에서도 라마 이야기는 수많은 문헌과

구전, 조각, 부조, 연극, 무용극, 인형극으로 표현되었다.

시인 발미키는 기독교 시대가 시작될 무렵 산스크리트어로 라마 이야기를 처음 서술한 것으로 여겨지는데, 발미키에 대해서는 알려진 것이 거의 없다. 인도인들은 대부분 발미키의 『라마야나』를 표준판으로 생각하며, 지금도 수많은 영역본이 발미키의 『라마야나』를 텍스트로 삼고 있다.

발미키는 라마에 대해 축복받은 이미지는 아니라 해도 이상화한 이미지를 제시하여, 그가 대중에게 존경받을 토대를 확립했다. 그 후에 나온 라마 이야기는 라마를 세상에서 도덕적 질서가 유지되도록 돕는 힌두교의 주요 신인 비슈누의 화신으로 제시하여 서사문학에 종교적 양상을 부여하고, 『라마야나』를 대중적인 힌두교의 주요 숭배 대상 가운데 하나인 비슈누 숭배의 일부로 만드는 데 이바지한다. 하지만 이 라마 이야기는 대부분 인도의 사회적 다양성을 반영하여 서로 모순되는 경우가 많고, 대개는 그것을 스스로 깨닫고 있다. 금욕주의 원칙을 중심으로 조직된 인도의 한 종파인 자이나교도들이 좋아하는 형태의 라마 이야기에서는 라바나가 동정적인 캐릭터이고, 라마와 시타는 결국 속세를 버리고 각자 수도승과 수도녀가 된다. 북인도의 경건한 '라시크' 전설은 라마와 시타의 결혼에 초점을 맞추고, 그 전후에 일어나는 사건들을 대부분 무시한다. 19세기의 벵골 작가인 마이클 마두수단 두트는 이 장편 설화에서 라마보다 라바나를 더 찬양했다. 마하라슈트라 뭄바이가 주도인 주에서는 라바나가 지금도 달리트_{인도의 최하층 신분인 불가촉천민}들의 영웅으로 남아 있다.

『라마야나』의 수많은 판본은 그 시대의 이데올로기를 반영하기도 한다. 가장 영향력 있는 문학답게 『라마야나』는 정치적 권력 투쟁에서 배제된 적이 없었다. 이런 양상은 18세기 이후에 더욱 분명해졌는데, 그것은 인도에 군소 왕국들이 생겨나면서 통치자들이 이상적인 군주로 간주되는 라마 숭배와 연합하여 정통성을 얻으려 했기 때문이다(이 관행은 지금도 태국에서 계속 이어지고 있는데, 태국에서는 지난 이 백여 년 동안 아홉 명의 왕이 자신을 '라마'라고 불렀다). 오랫동안 이슬람교도가 인도를 지배한 동안에도 사람들은 특정한 사회 집단의 견해를 분명히 전달하기 위해 『라마야나』를 이용하곤 했다. 브라만 출신인 툴시다스의 『라마차리타마나스』는 카스트 제도가 무너지고 하급 카스트에 속하는 자들이 영향력 있는 지위에 오르는 것을 개탄했다. 툴시다스가 보기에 이런 사태는 만인이 저마다 분수를 알았던 라마 왕국의 상황과는 뚜렷한 대조를 이루는 것이다.

『라마야나』가 정치적 동기를 가진 평론가들의 참여를 유발한 것도 놀라운 일은 아니다. 남인도의 사회운동가인 E. V. 라마사미는 『라마야나』가 북인도 상위 카스트의 지배 도구라고 생각했다. 저명한 인도역사가인 로밀라 타파르는 1989년에 쓴 평론에서 텔레비전으로 방송되는 『라마야나』는 좀 더 동질적인 현대에 어울리는 범인도판 라마야마를 창조하려는 시도라고 주장했다. 야심적이고 정치적으로는 우파인 인도 중산층은 이 범인도판 라마야나에 쉽게 열중할 수 있었다. 돌이켜보면 타파르가 옳았다는 게 입증된 것 같다. 텔레비전 연속극의 엄청난 인기는 폭력적인 힌두 민족주의 운동에 무대를 마련해주었고, 이 무대에서 라마는 '람보'로 등장하고, 라마의 섬세한 이목구비와 부드러운 미소는 근육질 몸매와 찡그린 얼굴로 바뀌었으며, 『라마야나』 자체는 힌두교의 여러 전통을 일신교로 통합하려는 민족주의자들의 시도에서 핵심적인 텍스트가 되었다.

***

R. K. 나라얀은 어린 시절에 완화된 형태의 『라마야나』를 접한 것이 분명하다. 그는 카르나틱_{인도 동남 해안에 있는 역사상 중요한 지방으로 현재는 타밀나두 주와 안드라프라데시 주에 속한다}의 고전음악 전통, 남인도의 부르주아 가정에서 흔히 볼 수 있는 라마와 시타의 달력 그림과 보석이 박힌 초상화, 그리고 타밀어로 쓰인 위대한 고전문학 『캄바 라마야나』_{시인 캄반이 발미키의 『라마야나』를 바탕으로 12세기에 타밀어로 쓴 서사시}를 통해 그 이야기를 처음 받아들였을 것이다.

하지만 그가 자신의 『라마야나』를 쓰게 될 때까지는 수십 년 세월이 필요했다. 나라얀은 1906년에 타밀의 브라만 계급에 속하는 집안에서 태어났다. 그의 집안은 한쪽 발은 전통에 뿌리를 내린 채 영국 식민지 인도의 직업과 경력 세계에 들어가려고 애쓰고 있던 신흥 도시 가정이었다. 젊은 시절의 나라얀은 주위 사람들이 결코 가질 수 없었던 대담한 야심을 품고 있었다. 영어로 작품을 쓰는 사실주의 소설 작가들이 인도에서 거의 알려져 있지 않았던 시절에 그는 '사실주의 소설 작가'가 되고 싶어 한 것이다. 그가 회고록 『나의 인생』(1974)에서 말하고 있듯이, 그의 삼촌은 그에게 타밀 고전문학을 읽히고 싶어 했지만 그가 무관심했던 것은 그 때문이었다.

나라얀은 『스와미와 친구들』(1935), 『재정 전문가』(1952), 『마하트마를 기다리며』(1955), 『여행 가이드』(1958), 『사탕 장수』(1967) 같은 뛰어난 소설들을 발표한 뒤인 1970년대에 이르러서야 『라마야나』(1972)와 『마하바라타』(1978)의 축약본을 썼는데, 이는 결코 놀라운 일이 아니다. 언젠가 그는 이렇게 말했다. "내가 『라마야나』와 『마하바라타』를 다시 쓸 수밖에 없었던 것은, 바로 그 풍토 속에서 우리 문화가 발달했기 때문이다. 그것들은 상징적이고 철학적이다. 단순한 이야기로서도 훌륭하다. 놀랄 만큼 굉장하다. 나는 그것을 쓰지 않을 수 없었다. 그것은 작가 훈련의 일환이었다."

나라얀이 '쓸 수밖에 없었다'거나 '쓰지 않을 수 없었다'는 어휘 선택을 통해 표출하고 있는 작가적 강박 충동은 이야기꾼이 좋은 이야깃거리를 만났을 때 느끼는 강박 충동보다 훨씬 강했던 것 같다. 나라얀의 후기 소설에는 신화적이고 종교적인 측면이 짙게 나타난다. 거기에서는 개인적인 헌신, 겸손한 태도와 체념이 비인간적인 현대 세계의 가혹한 요구와 불확실성에 대한 방패가 된다.

이런 종교적인 측면은 그의 『라마야나』에도 명백히 드러나 있다. 이 책을 보면 그가 라마를 문화적·사회적 이상으로 찬탄하는 것은 분명하다. 라마가 원숭이 왕을 죽인 것은 많은 논란의 대상이 되었는데, 이 사건을 다룬 장_{제6장}을 나라얀이 회한의 말로 시작한 것은 라마를 이상적인 존재로 찬탄하기 때문이다.

> 라마는 이상적인 남자였다. 어떤 상황에서도 자신의 모든 기능을 완전히 통제할 수 있었고, 확고한 정의감과 공정한 정신을 가지고 있었다. 하지만 그런 라마도 한때는 편파적으로, 또는 어설픈 지식으로, 또는 서두른 나머지 너무 성급하게 행동한 적이 없지 않았고, 그를 해치기는커녕 본 적도 없는 동물을 쏘아 죽인 적도 있었다.

라바나와 벌인 전투가 끝난 뒤 라마가 시타에게 잔인하게 대한 것은 『라마야나』에서 가장 이상한 대목이다. 이것은 또한 모범적인 도덕적 존재라는 라마의 이미지에 직접 이의를 제기하는 일화이기도 하다. 실제로 나라얀에게 문학적 영감을 준 캄반은 라마가 시타의 마음을 어지럽히는 가혹한 말을 하게 만든다.

> 당신은 호의호식하면서 그 죄악의 도시에서 만족스럽게 머물러 있었소. 당신의 좋은 평판은 사라졌지만 당신은 죽기를 거부했소. 그런데 어떻게 내가 당신을 기꺼운 마음으로 다시 맞아들일 거라고 생각

했소?

하지만 이 결정적인 순간에 나라얀은 캄반의 기술을 생략하고, 그 대신 라마의 이상한 행동을 훨씬 온건하게 묘사한 발미키의 기술을 채택한다. 이런 생략은 나라얀이 언어적 폭력이든 물리적 폭력이든 명백한 폭력이 벌어지는 장면을 싫어하기 때문이기도 하지만, 라마가 잔인한 짓을 한 것을 나라얀이 충분히 인정하지 못하는 것 같다. 그가 폭력을 싫어한다는 사실은 극단적인 것을 신중하게 피하는 그의 소설을 보면 분명하다.

다행히 나라얀은 피비린내 나는 전투 장면에서 오래 머물지 않는다. 그의 일면인 사실주의 소설 작가는 일상생활의 세부를 묘사할 때 더 편안해 보인다. 다음은 라마의 결혼식에 참석하러 가는 군중을 묘사한 장면이다.

> 또 다른 젊은이는 마차에 탄 소녀의 살짝 가려진 젖가슴에서 눈길을 떼지 못했다. 그는 마차보다 계속 앞서 가려고 애썼고, 끊임없이 어깨 너머를 돌아보았기 때문에, 자기 앞에 뭐가 있는지 몰라서 행진하는 코끼리들의 엉덩이에 부딪히곤 했다.

우리가 그의 소설을 통해 잘 알고 있는 나라얀의 미덕은 그가 개작한 이 『라마야나』에도 여실하다. 특히 그의 영어 문장은 명료하고 부드럽게 조절되어 외국과의 관련성을 잃고, 행동으로 가득 찬 빠른 스토리텔링의 완벽한 매체로 여겨진다. 실제로 『라마야나』에는 나라얀의 가장 뛰어난 산문 가운데 일부가 포함되어 있다. 다음은 그가 우기의 끝을 묘사한 장면이다.

> 우기가 끝나자 땅과 하늘과 물에서도 자연의 왕래가 재개되었다. 고니 떼가 하늘을 가로질렀다. 두루미와 물새들이 날아갔다. 새로 태어난 다양한 물고기들이 수면 아래를 쏜살같이 지나갔다. 연꽃이 피어났다. 우기 내내 목이 쉬도록 꽥꽥거리며 합창하던 개구리들은 이제 조용했다. 공작새는 양지바른 곳으로 나와서 깃털에 달라붙어 있는 물방울을 흔들어 떨어뜨리고 꼬리를 화려하게 부채꼴로 펼쳤다. 요란한 소리와 함께 넘쳐흐르던 강물은 이제 원래의 물길로 돌아가 얌전하게 바다로 흘러갔다. 아레카 야자에서는 열매가 황금빛 다발로 익어갔다. 악어들이 깊은 물 속에서 바위 위로 올라와 햇볕을 쬐었다. 뱀들은 진창 속으로 사라졌다. 게들은 다시 땅 속으로 들어갔다. '반지'라고 불리는 희귀한 덩굴식물은 갑자기 꽃을 피웠고, 그 가느다란 가지에는 수다스러운 앵무새들이 앉아 있었다.

나라얀은 작가로서 본능적으로 견실하고 공정하기 때문에, 라마만이 아니라 라바나도 충분히 원숙하고 조금은 동정적인 인물로 등장한다. 라바나는 욕망에 충실한 호색한이지만, 본질적으로 나쁘거나 사악해 보이지는 않는다. 나라얀은 라바나가 탐욕 때문에 어떻게 길을 잃고 타락하는지, 그리고 어떤 권력의 환상―영원한 지배의 꿈―에 어떻게 굴복하는지를 분명히 보여준다. 나중에 라마 쪽으로 변절하는 라바나의 동생은 형에게 이렇게 말한다.

"형님은 자신의 정신적 성취를 통해 특별한 힘을 얻었지만, 그 힘을 잘못 사용하여 형님께 그 힘을 준 신들을 공격했고, 이제 나쁜 길을 걷고 있습니다. 신들을 정복하고 계속 그 승리를 누리며 산 자가 있던가요?"

나라얀의 소설에서 우리는 이와 비슷한 실용적 사실주의를 얼마나 자주 만나게 되는가? 선과 악을 다른 것이 섞이지 않은 순수한 것으로 간주하기를 거부하고, 삶의 진정한 한계를 우울하게 의식하는 장면은 또 얼마나 자주 만나게 되는가? 천 년이 넘는 세월 동안 숱한 사람을 『라마야나』로 끌어들인 매력은 바로 이 윤리적·정신적 전망이었다. 나라얀―우리의 분주하고 복잡한 현재와 거의 기억되지 않은 과거를 연결하는 법을 알고 있었던 말구디의 현자―은 이 고대의 이야기를 오롯이 되살려낸 현대의 완벽한 기록자였다.

판카지 미슈라 (소설가 · 평론가)

옮긴이의 말

지금 우리가 살고 있는 21세기는 인류 역사상 또 하나의 문명적 대전환기를 예고하고 있습니다. 직선적인 역사 발전을 신봉해온 근대주의가 그 한계를 드러내기 시작했고, 따라서 이성 중심의 합리주의·과학주의는 그 권위를 의심받기에 이르렀습니다. 반면에, 그동안 전근대적이고 비이성적인 것으로 폄훼되어 문화의 비주류로 밀려났던 환상과 직관과 신화 같은 상상/시유 체계들이 주목을 받으면서 디지털 시대의 코드로 등장한 것입니다.

이런 흐름을 반영하듯 요즘 우리나라에서도 신화에 대한 관심이 부쩍 높아져 있고, 신화를 다룬 책들도 많이 출간되고 있습니다. 그러나 안타까운 것은 그 책들이 주로 그리스·로마 신화를 대상으로 하고 있다는 점입니다. 이런 현상이 위험한 까닭은, 그리스·로마 신화에 편중된 나머지 이 세상을 서구 중심적이고 서구 우위적인 편견으로 바라보고, 서구 이외의 다양한 문화에 대해서는 변방 문화로 폄하하거나 무시할 수 있기 때문입니다.

이 세계는 다양한 지역과 민족만큼이나 다양한 문화와 문명 속에서 다양한 신화와 역사를 일궈왔습니다. 문화란 저마다 태어나고 자란 모양과 성격이 다를 뿐, 그 우열을 비교할 수 없습니다. 세계 여러 민족의 다양한 신화들도 각각의 특색을 가지고 있을 뿐, 결코 우등한 신화와 열등한 신화란 있을 수 없으며, 저마다 나름대로 소중한 가치를 가지고 있습니다. 이제는 세상을 다양한 시선으로 바라볼 때입니다. 그것이 신화를 읽는 태도이고, 신화를 읽는 이유입니다.

인도에서 신화는 수천 년 전까지 거슬러 올라갈 수 있는 종교와 맞물려 있습니다. 인도에서 종교는 지금도 여전히 주민들의 상상력을 강력하게 지배하고 있으며, 인도에서 가장 널리 퍼져 있는 종교인 힌두교는 일상의 중심에서 작동하는 과학이자 생활양식인 동시에 사회제도이기도 합니다.

이런 배경에 놓여 있는 인도 신화의 계보에서 『라마야나』는 베다 시대 이후 가장 중요한 유산일 것입니다. 힌두교의 경전을 이루는 문헌들 가운데 『라마야나』는 『리그베다』나 『브라마나』나 『푸라나』 등과 달리 구전문학으로서의 가치와 의미가 돋을하기 때문입니다. 다른 경전들은 단일한 정본으로서 고정되어 있지만, 『라마야나』는 기원전 3세기에 발미키가 서사시로 편찬한 이래 헤아릴 수 없이 많은 첨삭이 이루어졌고, 그것은 지금도 계속되고 있으며, 특정한 장소나 시대의 문제와 결부되어 수많은 변형을 만들어내고 있기도 합니다.

인도는 세속 국가지만, 종교와 일상생활이 밀접하게 관련되어 있기 때문에 종교 문제는 종종 정치 문제와 뒤섞여 정부의 태도와 전략을 형성하기도 합니다. '해설'에서 보았듯이 『라마야나』는 정치적·사회적 이슈를 생산할 정도로 인도인들에게 강력한 영향력을 가졌는데, 이 전설은 갈등의 상징이 되기도 합니다.

'해설'에도 잠깐 언급된 E. V. 라마사미는 1922년에 드라비다족 동포들에게 『라마야나』를 불태우라고 요구했습니다. 북부가 남부를 정복한다는 『라마야나』의 기본 주제에 정치적으로 이의를 제기한 것입니다. 이어서 그는 시타를 감언이설로 돈을 뜯어내는 자, 하누만을 방화범이자 살인자, 락슈마나를 음탕한 사디스트로 풍자한 책을 출판하기도 했는데, 우타르프라데시 주 정부가 이 책을 금지하자 그는 자작 풍자극 『게마야나』— 라마는 주정꾼, 시타는 매춘부로 등장합니다—의 순회공연을 계획하기도 했습니다. 라마사미의 『라마야나』 반대 운동은 1956년에 라마의 그림을 불태우는 대규모 집회 때 절정에 이르렀는데, 이것은 『라마야나』에 나오는 마왕 라바나의 초상을 태우는 북부의 오랜 전통을 거꾸로 뒤집은 것입니다.

『라마야나』는 워낙 방대한 작품이기 때문에, 원작을 완역한다는 것은 그리 쉬운 일도 아니고, 또한 그 필요성이 절실한 것도 아닙니다. 영역본의 경우도 축약본이 다양하게 나와 있는데, 한글로 옮기면서 텍스트로 삼은 것은 R. K. 나라얀이 영어로 집필한 '펭귄 클래식'판입니다. 저자의 약력만 보아도 그가 적임자임을 짐작할 수 있을 것입니다. 원작인 대서사시의 감흥을 느끼기에는 미흡한 점이 적지 않지만, 『라마야나』를 처음 만나는 독자에게는 유용한 점도 적지 않을 것입니다. 이 책을 안내서 삼아, 『라마야나』의 무궁한 세계로 떠나는 여행에 동참하시기 바랍니다.

2012년 만추
김석희

〈아시아 클래식〉을 펴내며

하루 종일 우리는 인터넷과 신문, 방송 등을 통해서 무수한 정보를 주고받는다. 그럼에도 우리는 늘 진정한 이야기에 목말라 한다. 그 까닭은, 백 년 전 발터 베냐민이 이미 말했듯이, 우리가 알게 되는 일들이 하나의 예외 없이 설명이 붙어서 전달되기 때문이 아닐까. 거기, 상상력이 설 자리는 없다.

"옛날 한 옛날에"로 시작되는 이야기는 한 순간이 아니라 모호해서 오히려 영원한 시간과 관련을 맺고 있다. "어느 마을에"로 시작되는 이야기의 공간 역시 아홉 시 뉴스의 특정 발화(發話) 지점하고는 상관이 없다. 그곳은 어디에도 없고 동시에 어디에나 있다.

그래서 우리는 이렇게 말할 수 있을 것이다.

"이야기는 미래의 모든 곳을 향해 열려 있다."

몽골의 한 소년이 초원을 초토화시킨 참혹한 조드(재앙)의 희생자가 된다. 아직 때가 아니라고 염라대왕이 돌려보내며 한 가지 선물을 준다. 소년은 뜻밖에도 '이야기'를 선택한다. 세상에 이야기가 생겨난 사연이다. 그리하여 바리공주부터 이난나까지, 손가락만한 일촌법사부터 산보다 큰 쿰바카르나까지, 엄마를 무시해서 돌이 된 말린 쿤당에서 두 어깨에서 매일 뱀이 자라는 폭군 자하크까지 크고 작은 이야기들이 나뉘고 또 섞이면서 아시아를 아시아답게 만들어왔다.

우리 현실은 충분히 추하지만, 그래도 아시아의 광대한 설화의 초원에서 새삼 희망을 읽는다. 오늘 밤 우리가 꾸는 꿈이 부디 그 증거이기를!

편저자 R. K. 나라얀

1906년 10월 10일 인도 동남부의 첸나이(옛 이름은 마드라스)에서 태어났다. 어린 시절 할머니와 함께 살면서 산스크리트어를 배웠고, 마이소르의 마하라자대학교에서 공부했다.

나라얀은 '말구디'라는 가상 지역을 배경으로 하여 장편소설 『스와미와 친구들』(1935), 『문학사(文學士)』(1937), 『영어 교사』(1945), 『재정 전문가』(1952), 『여행 가이드』(1958) 등을 썼다. 이 중 『여행 가이드』로 1960년 인도 국립문학원이 수여하는 '사히티아 아카데미상'을 받았다.

영어로 작품을 쓴 최초의 인도 문학가인 나라얀의 소설은 안톤 체호프, 윌리엄 포크너, 오 헨리, 플래너리 오코너 같은 작가들의 작품과 비견되기도 한다. 동시대 작가인 존 업다이크는 "찰스 디킨스 이후 나라얀의 가상 도시 말구디가 전달하는 다채롭고 풍부한 효과에 필적할 수 있는 작가는 거의 없다. 그 도시의 주민은 사원 벽을 장식한 띠 모양의 조각처럼 뚜렷하게 새겨져 있고 무한해서, 길모퉁이를 돌 때마다 항상 더 많은 등장인물이 나타나는 듯이 느껴질 정도다"라고 말한바 있으며, 나라얀의 친구이자 소설가인 그레이엄 그린은 "그는 나에게 제2의 고향을 주었다. 그가 없었다면 나는 인도인으로 사는 게 어떤 것인지 끝내 알 수 없었을 것이다"라는 말을 남겼다.

대표적인 단편집으로 『말 한 마리와 염소 두 마리』, 『말구디 시절』, 『벵골 보리수 아래에서』 등이 있다. 이밖에도 여행기, 수필집, 회고록, 인도의 전설과 신화를 개작한 『신들, 악마들, 기타』 등과 인도의 2대 서사시를 편저한 『라마야나』와 『마하바라타』도 출간했다. 1980년에 그는 영국 왕립문학회가 수여하는 'A.C. 벤슨 메달'을 받았으며, 1981년에는 미국 예술원 명예회원이 되었다. 1989년에는 선거를 거치지 않고 구성되는 인도의 상원인 라지아 사바의 의원이 되었다. 2001년 5월 13일 첸나이에서 세상을 떠났다.

옮긴이 김석희

서울대학교 인문대 불문학과를 졸업하고 대학원 국문학과를 중퇴했으며, 1988년 한국일보 신춘문예에 소설이 당선되어 작가로 데뷔했다. 영어·프랑스어·일어를 넘나들면서 존 파울즈의 『프랑스 중위의 여자』, 존 러스킨의 『나중에 온 이 사람에게도』, 허먼 멜빌의 『모비 딕』, 알렉상드르 뒤마의 『삼총사』, 쥘 베른 걸작선집(15권), 시오노 나나미의 『로마인 이야기』 시리즈 등 많은 책을 번역했다. 역자후기 모음집 『번역가의 서재』, 제주도 귀향살이 이야기를 엮은 『이 또한 즐겁지 아니한가』 등을 펴냈으며, 제1회 한국번역상 대상을 수상했다.

라마야나

2012년 10월 17일 초판 1쇄 펴냄
2025년 1월 17일 초판 4쇄 펴냄

편저자 R. K. 나라얀
옮긴이 김석희
펴낸이 김재범
디자인 나루기획
펴낸곳 (주)아시아
출판등록 2006년 1월 27일 | **등록번호** 제406-2006-000004호
주소 경기도 파주시 회동길 445(서울 사무소: 서울시 동작구 서달로 161-1 3층)
이메일 bookasia@hanmail.net

ISBN 978-89-94006-54-3 04800
978-89-94006-53-6 (세트)

*값은 뒤표지에 표시되어 있습니다.